ENTRE L'AUBE ET LE JOUR

CHRONIQUES DU NOUVEL-ONTARIO 2

DE LA MÊME AUTEURE

Chroniques du Nouvel-Ontario, tome I : La quête d'Alexandre, Sudbury, Éditions Prise de parole, 2011 [1985]; Montréal, Quinze, 1981 [1re éd.]; prix Champlain.

Marie-Julie, Ottawa, Éditions du Vermillon, 2001.

L'ermitage, Sudbury, Éditions Prise de parole, 1996.

A Saga of Northern Ontario, book 3 : The Honorable Donald, Winnipeg, Watson and Dwyer, 1990.

A Saga of Northern Ontario, book 2 : Rose-Delima, Winnipeg, Watson and Dwyer, 1987.

Chroniques du Nouvel-Ontario, tome III : Les routes incertaines, Sudbury, Éditions Prise de parole, 1986.

A Saga of Northern Ontario, book 1 : Alexandre, Winnipeg, Watson and Dwyer, 1983.

Hélène Brodeur

Entre l'aube et le jour

Chroniques du Nouvel-Ontario 2

Roman

Bibliothèque canadienne-française
Éditions Prise de parole
Sudbury 2012

Catalogage avant publication de Bibliothèque et Archives Canada

Brodeur, Hélène
Chroniques du Nouvel-Ontario / Hélène Brodeur ; préface, choix de jugements et bibliographie de Doric Germain.
(Bibliothèque canadienne-française)
Publ. à l'origine: Montréal: Quinze, 1981–. Sommaire: t. 1. La quête d'Alexandre – t. 2. Entre l'aube et le jour.
T. 2– publ. aussi en formats électroniques.
ISBN 978-2-89423-262-0 (v. 1).– ISBN 978-2-89423-274-3 (v. 2)
I. Germain, Doric, 1946– II. Titre. III. Titre: Entre l'aube et le jour. IV. Titre: La quête d'Alexandre. V. Collection: Bibliothèque canadienne-française (Sudbury, Ont.)
PS8553.R632C47 2011   C843'.54   C2011-903497-2

Brodeur, Hélène
Chroniques du Nouvel-Ontario [ressource électronique] / Hélène Brodeur; préface, choix de jugements et bibliographie de Doric Germain.
(Bibliothèque canadienne-française)
Sommaire: t. 2. Entre l'aube et le jour. Monographie électronique. Publ. aussi en format imprimé.
ISBN 978-2-89423-348-1 (PDF: v. 2).– ISBN 978-2-89423-529-4 (EPUB: v. 2)
I. Germain, Doric, 1946– II. Titre. III. Titre: Entre l'aube et le jour. IV. Collection: Bibliothèque canadienne-française (Sudbury, Ont.: En ligne)
PS8553.R632C47 2012   C843'.54   C2012-900109-0

Diffusion au Canada : Dimédia

Ancrées dans le Nouvel-Ontario, les Éditions Prise de parole appuient les auteurs et les créateurs d'expression et de culture françaises au Canada, en privilégiant des œuvres de facture contemporaine.

La maison d'édition remercie le Conseil des Arts de l'Ontario, le Conseil des Arts du Canada, le Patrimoine canadien (programme Développement des communautés de langue officielle et Fonds du livre du Canada) et la Ville du Grand Sudbury de leur appui financier.

La Bibliothèque canadienne-française est une collection dont l'objectif est de rendre disponibles des œuvres importantes de la littérature canadienne-française à un coût modique.

Œuvre en page de couverture et conception de la couverture : Olivier Lasser

Copyright © Ottawa, 2012
Éditions Prise de parole
C.P. 550, Sudbury (Ontario) Canada P3E 4R2
www.prisedeparole.ca

ISBN 978-2-89423-274-3 (Papier)
ISBN 978-2-89423-348-1 (PDF)
ISBN 978-2-89423-529-4 (ePub)

À Gérard, Aristide,
Germaine et Rolland

J'ai vu pour un instant
ce tableau de soleils immobiles
un fleuve de lumière coulait
entre l'aube et le jour
Gaston Tremblay

CHAPITRE I

D'aussi loin qu'il pouvait se souvenir, il semblait à Jean-Pierre qu'il avait toujours voulu quitter ce pays.

Jamais il n'oublierait le jour où, ayant laissé son Québec natal avec sa famille, il était arrivé dans ce petit village du Nord de l'Ontario qui s'appelait Val-d'Argent.

Après deux jours et une nuit passés dans le train, alors que le crépuscule tombait, son père avait dit : «Prépare le petit, Marguerite, nous sommes presque rendus. Mettez vos manteaux, les filles. Habillez-vous chaudement parce que, même si c'est le mois de mai, on m'a dit qu'il peut y avoir des passes de froid. En tout cas, le temps a l'air pas mal sombre. »

Son père avait descendu les valises du porte-bagages. Sa mère lui avait fait endosser son paletot tandis que ses deux sœurs, Aline et Madeleine, s'empressaient de rassembler leurs affaires.

Le conducteur était entré dans le wagon en criant : «Val-d'Argent! Val-d'Argent, *next station! This way out!*»

Le père s'était emparé des deux lourdes valises et toute la famille l'avait suivi à la file indienne. D'abord Aline, blonde comme son père avec des yeux gris clair illuminés de ferveur religieuse et qui les avait accompagnés ici en Ontario-Nord uniquement pour satisfaire au quatrième commandement. Mère Saint-Joseph de Jésus, la directrice du pensionnat, le lui avait bien dit : « Votre devoir est clair. Allez aider votre mère à installer la famille dans ce nouveau pays et revenez-nous vite. »

La bonne mère avait ressenti un petit pincement au cœur en voyant partir Aline. Elle était jolie. Si quelque jeune homme s'avisait, n'est-ce pas… Mais non, la vocation était solide.

Puis venait Madeleine, qui n'avait que quatorze ans et qui, elle aussi, rêvait de vie religieuse. Enfin sa mère, serrant fort la main de ce fils né lorsqu'elle n'était plus jeune, sept ans après Madeleine, et pour lequel (il le savait maintenant) elle avait accepté ce déménagement. Plus émue qu'elle ne voulait le laisser paraître, elle redressait le col du manteau et rajustait la casquette du petit.

Lorsque enfin s'était ouverte la portière, une grosse neige molle tombait, brouillant le paysage et s'ajoutant silencieusement à la couche blanche qui recouvrait le sol.

« Doux Jésus, nous sommes rendus au pôle Nord », avait gémi la mère.

Soudain, une grande détresse avait étreint Jean-Pierre. Il avait éclaté en sanglots et crié à travers ses larmes : « Je veux retourner chez nous ! Allons-nous-en chez nous ! »

« Chez nous », c'était Saint-Mathieu-de-Frontenac, un petit village sis au bord de la rivière du même nom. C'était la grande maison blanche à la croisée des chemins avec, à l'avant, le magasin mal éclairé mais tout plein de bonnes choses ; à l'arrière, la salle de séjour, qui, à ses yeux d'enfant, paraissait grande comme la nef de l'église, suivie de la grande cuisine qui ouvrait sur la remise où il jouait les jours de mauvais temps avec son ami Guy et son cousin Aimé. À la pensée qu'il ne les reverrait plus, une nouvelle vague de désespoir l'avait submergé. Alors son père, ayant remis les valises à son cousin Eugène Marchessault venu les accueillir à la gare, avait pris l'enfant dans ses bras et l'avait porté jusqu'à leur nouveau logis, un six-pièces au-dessus du magasin général dont il s'était porté acquéreur l'automne précédent.

Sept ans s'étaient écoulés depuis. Les lieux lui étaient devenus familiers. Le jeune garçon s'était fait de nouveaux amis. Il lui était toujours resté, cependant, une impression de séjour transitoire, la conviction très nette qu'il n'était que de passage dans ce pays, que la vraie vie l'appellerait ailleurs.

La voix de son père mit fin à sa rêverie.

— Ça va, Jean-Pierre, tu peux monter te coucher maintenant. Je vais balayer et fermer.

— Merci, papa. Bonsoir, papa.

Denis Debrettigny regarda l'adolescent qui grimpait l'escalier quatre marches à la fois et secoua la tête. Pour la centième fois, il se demanda s'il avait bien fait, alors qu'il avait atteint la cinquantaine, de vendre son magasin à Saint-Mathieu au Québec pour venir en acheter un autre dans ce village du Nord de l'Ontario, quasiment au pôle Nord comme disait sa femme Marguerite. Elle ne pardonnait pas à ce climat qui, souvent, gelait ses tomates et ses petites fèves et qui, dès le premier hiver, avait tué les roses et les pivoines odorantes qu'elle avait apportées du Québec. Que de fois elle avait parlé de ce jardin des Cantons-de-l'Est dont elle conservait la nostalgie, où s'épanouissaient les lilas et les sabots de la Vierge, les œillets de poète et les pois de senteur.

« D'ailleurs, se demandait Denis, ai-je vraiment eu le choix ? » Ce magasin de Saint-Mathieu, il l'avait hérité de son père, qui était parvenu à y élever sa famille de onze enfants. Les circonstances avaient changé depuis. Du temps de son père, les chantiers allaient bon train des deux côtés de la frontière avec les États-Unis. À l'automne, bûcherons et jobbeurs[1] se ravitaillaient au magasin avant de s'enfoncer dans les bois pour l'hiver; au printemps, quand ils revenaient avec de l'argent, ils dégarnissaient les rayons. Même qu'il fallait surveiller les achats car certains avaient tendance à vouloir se procurer des quantités anormales d'essence de vanille ou de citron, de Bay Rum et d'Eau de Floride, enfin de tout ce qui était à base d'alcool.

Durant l'été, il y avait les fermiers des environs, les acheteurs d'animaux qui parcouraient la campagne, les habitants des villes environnantes venant pêcher la truite dans les torrents qui dévalaient le flanc des montagnes.

Après la guerre de 1914, quand il avait hérité du magasin à la mort de son père, il y avait eu des années difficiles. Elles avaient été rendues plus difficiles encore par un facteur qui affaiblissait la rentabilité de son commerce. Dans ce petit village, les trois quarts de sa clientèle lui étaient apparentés : oncles, cousins, neveux et nièces, ses propres frères et sœurs. Ceux qui n'étaient pas parents avec lui l'étaient avec sa femme. Tout ce monde achetait à crédit et Denis avait trop bon cœur pour leur refuser quoi que ce soit. Plusieurs en étaient venus à lui devoir des sommes supérieures à leur capacité de payer.

[1] Jobbeurs : entrepreneurs forestiers

Il avait été chanceux de trouver à vendre à Armand Boudreau, un ancien jobbeur qui avait su amasser du bien et qui désirait vivre son âge mûr au village.

Aussitôt propriétaire, Boudreau avait resserré le crédit. Les débiteurs de Denis lui avaient fait grise mine lorsqu'il leur avait réclamé son dû. C'était tout juste s'ils ne blâmaient pas Denis d'avoir vendu son magasin et de les avoir ainsi privés d'une source de ravitaillement gratuit. «C'est ça, la gratitude», s'était-il dit amèrement.

Quand, en 1922, le cousin d'une belle-sœur était venu visiter sa parenté avant de partir s'établir dans le Nouvel-Ontario, Denis avait été intéressé par son récit.

— Vous auriez dû entendre prêcher le père Bouffard, avait-il dit. Il est curé de la paroisse de Val-d'Argent dans le Nord de l'Ontario.

— Tiens, justement, j'ai un cousin qui vit par là, un nommé Eugène Marchessault. C'est-y pas curieux, avait dit Denis.

— Il nous a parlé des belles terres qu'on peut acheter pas cher des Anglais qui veulent s'en aller, ou ben directement du gouvernement. Quand il nous a parlé du nombre de Canadiens français qui s'en vont aux États-Unis oùsqu'y vont perdre leur langue et leur foi au lieu de faire comme nos pères faisaient, aller se tailler une place dans des paroisses neuves, bâtir nous autres mêmes notre avenir, laissez-moi vous dire qu'y avait ben du monde qui se mouchait dans l'église.

Denis s'était senti visé parce que ses deux aînés avaient émigré, Édouard travaillant dans la chaussure à Fitchburg, Massachusetts, et Maurice comme plombier à Manchester, dans le New Hampshire.

— En tout cas, avait déclaré le cousin, c'était assez beau qu'après la messe y a dix familles qui se sont portées volontaires pour partir pour Val-d'Argent.

— Vous autres aussi, vous vous êtes portés volontaires?

— Pas tout de suite. Moi, j'ai dit au père Bouffard: «Je veux aller voir avant.» Alors, je suis monté et y faut dire que le père Bouffard avait pas exagéré. C'est de la bonne terre. Ça a passé au feu en 1916, donc y a pas de gros bois près du village. Mais y a des bonnes terres à bois dans les rangs où ça a pas brûlé. Moi pis mes garçons, mes trois garçons, c'est ça que je vas me prendre. Le plus vieux arrive à ses dix-huit ans. On va défricher ça et vendre du bois à mesure pour avoir du revenu.

Denis s'était senti gagné par l'enthousiasme de cet homme.

— Y aurait pas un magasin à vendre par là? Moi, c'est tout ce que je connais.

— Justement, j'cré qu'y en a un, s'était exclamé son interlocuteur. Y a deux magasins à Val-d'Argent. Un, c'est un nommé Wilfrid Lamontagne qui l'a. Lui, y est là depuis le début. Même qu'y a perdu sa première femme dans le feu. Y serait pas à vendre. Mais l'autre, c'est des Lacroix qui ont ça. Leur seul garçon est mort l'année dernière et je pense que les vieux voudraient revenir finir leurs jours au Québec.

C'est ainsi que Denis s'était porté acquéreur de cette grande baraque à toit plat, recouverte de tôle ondulée peinte en blanc, à l'angle de la rue de l'Église et de la grande route qui était devenue depuis deux ans le Ferguson Highway.

Non, somme toute, se disait-il, il avait bien fait. S'il était resté à Saint-Mathieu, il aurait sûrement tout perdu avec cette crise économique qui ne faisait qu'empirer, malgré les promesses des politiciens. Au moins, en Ontario, le premier ministre Ferguson avait tenu l'engagement qu'il avait pris de donner du travail en améliorant les routes. De plus, l'usine de papier d'Iroquois Falls continuait à fonctionner, les mines aussi. On trouvait par ailleurs un peu d'ouvrage dans les chantiers. Seulement, il y avait Jean-Pierre, dont il avait voulu assurer l'avenir en s'exilant dans cette région lointaine. À treize ans, cet enfant ne semblait prendre aucun intérêt au commerce. Pour lui, aider au magasin, c'était une corvée.

Denis Debrettigny hocha la tête et prit le contenant métallique qui renfermait la poudre à balayer. Avec un geste de semeur il répandit les cristaux verts sur le plancher, d'où une forte odeur de désinfectant s'éleva.

Lui, quand il avait l'âge de Jean-Pierre, il acceptait tout naturellement l'idée de remplacer son père le moment venu. Mais Jean-Pierre ne songeait qu'à courir la campagne avec le garçon de Doug Stewart et ses cousins Marchessault, attendant le jour où il aurait l'âge de partir. Ils ne parlaient que de ça, les jeunes, aller dans les grandes écoles après l'école du village, faire des choses extraordinaires. Ça devait être le beau Donald Stewart qui lui avait mis cela dans la tête. Les Anglais, eux, ils voulaient toujours envoyer leurs enfants dans les grandes écoles, même s'ils ne désiraient pas faire des prêtres, des docteurs ou des notaires. Même les filles, maintenant. La fille à Eugène Marchessault, Rose-Delima, parlait d'aller au *high school* de Bowman. C'était à n'y rien comprendre.

La porte s'ouvrit au haut de l'escalier qui menait à l'étage et la silhouette de Marguerite se détacha dans l'embrasure.

— Denis? Tu montes pas?

— Je voulais balayer le magasin avant de me coucher.

— Je vais t'aider, dit-elle, descendant l'escalier. Il faut que tu te reposes. Le docteur t'a ben dit de faire attention depuis ta crise de cœur.

Elle saisit le balai et se mit à l'œuvre dans le magasin désert éclairé par des lampes Aladin suspendues au plafond. Denis songea à l'avertissement du docteur Miron. S'il fallait qu'il lui arrive quelque chose, qu'est-ce que Marguerite deviendrait?

CHAPITRE II

V al-d'Argent… L'étranger qui arrivait dans le pays pouvait difficilement comprendre pourquoi ce petit patelin s'appelait Val-d'Argent.

De l'argent, il n'y en avait ni dans son sous-sol (jusqu'à preuve du contraire) ni surtout dans les porte-monnaie de ses habitants.

Il y avait bien une petite rivière aux flots argentés qui coulait aux abords du village. On l'apercevait mieux depuis que le grand feu de 1916 avait rasé la forêt, découvrant la plaine que des alluvions de glaise laissées par les glaciers préhistoriques avaient formée dans cette région du bassin de la baie James.

Aux curieux, on expliquait volontiers qu'on avait changé le nom original de Sesekun en souvenir du curé Antoine d'Argent, mort héroïquement lors du sinistre qui avait dévasté la région le 29 juillet 1916. Lorsque Nushka, un village de la région, s'était rebaptisé Val-Gagné pour commémorer son curé, mort lui aussi avec soixante-trois de ses ouailles dans ce même incendie, on avait suivi cet exemple et changé le nom indien de Sesekun en Val-d'Argent.

Les quelques douzaines de maisons qui constituaient le village s'échelonnaient parallèlement à la voie ferrée le long du Ferguson Highway, qui, depuis 1928, reliait Toronto à Cochrane. Une rue conduisait du *highway* à l'église, qui rappelait, en plus pauvre, les églises à clocher d'argent du Québec natal des habitants. À côté de l'église se trouvait le presbytère, grande maison à deux étages peinte en blanc, décorée de noir clérical, avec une galerie qui courait tout autour. Le garde-fou en était très ouvragé, avec des poteaux ronds en forme d'amphore comme ceux de la table eucharistique de l'église. Ces poteaux, peints alternativement en noir et en blanc, donnaient au presbytère une curieuse allure de vieille dame édentée souriant malicieusement.

À l'arrière se trouvait un grand potager où, tous les jours de la belle saison, on pouvait voir le curé Bouffard en salopette de coutil bleu fané bêchant, émondant, fertilisant, arrosant, à moins qu'un appel aux malades ou un office religieux ne vint l'arracher à son labeur de prédilection. Son goût naturel pour l'horticulture s'était vite transformé en combat homérique contre les forces d'une nature particulièrement hostile, combat qu'il gagnait assez souvent pour lui donner le courage de continuer. C'est ainsi qu'il parvenait à produire des tomates, vertes, il va sans dire, des concombres, des citrouilles et du blé d'Inde, alors que personne d'autre ne réussissait aussi bien ni aussi fréquemment, sauf peut-être Doug Stewart. Ce dernier était l'un des rares Anglais à continuer d'habiter dans la paroisse où les Canadiens français, arrivant par groupes à la suite des voyages de recrutement périodiques du curé Bouffard, avaient peu à peu déplacé la population anglaise du début.

Il fallait voir le curé, les soirées de juin ou d'août, alors que le vent tournait brusquement au nord et que planait un risque de gel, border, avec des gestes maternels, ses platebandes de couvertures de laine beige maintenues à distance voulue par un système de piquets, de sorte que les plantes se trouvaient protégées par une petite tente.

Ces couvertures, d'ailleurs, on les trouvait dans toutes les maisons du pays car elles provenaient de l'usine de papier de l'Abitibi Pulp and Paper d'Iroquois Falls. Lorsqu'elles devenaient trop feutrées pour servir à la fabrication du papier, la compagnie les vendait à la livre ; c'est ainsi que toute la population, à des milles à la ronde, dormait enveloppée de ces mêmes couvertures.

Le Ferguson Highway lui-même constituait la rue principale du village et était bordé des établissements commerciaux. Il y avait Charles Henri, le barbier, dont l'épouse, la grosse Émérentienne, coiffait les dames en leur faisant des « marcelles » à vagues pointues ; la veuve Bruno, qui tenait le bureau de poste ; madame Leblond, la tenancière du restaurant, dont le mari avait rendu l'âme subitement aux premiers jours de juillet de l'année précédente, la laissant avec sept enfants. Inconsolable, elle avait entouré la fosse d'une haie de cœurs saignants qu'elle allait chaque dimanche sarcler et rechausser de bon fumier. Cependant, lorsque, au printemps suivant, étaient apparus les premiers cœurs roses à larme de neige, elle était déjà devenue l'épouse de Luc Raviau, dont la femme était décédée en donnant naissance à leur dixième enfant.

Il y avait encore Paquette, le forgeron, qui se muait petit à petit en mécanicien avec l'arrivée des automobiles et des camions, et dont les fils avaient un alambic au petit lac à Boudreau; Fecteau, le beurrier, qui avait la fièvre de l'or; Hugh Anderson, le contremaître de l'équipe chargée de l'entretien d'une section du chemin de fer, condamné par son travail à habiter Val-d'Argent jusqu'à sa retraite; et Wilfrid Lamontagne, le propriétaire de l'autre magasin général.

Enfin, au coin de la rue de l'Église, se trouvait la grande bâtisse carrée recouverte de tôle ondulée blanche portant l'inscription: «Marchand général – Debrettigny – *General Merchant*». Le coin de l'édifice était coupé d'un mur où s'ouvrait la porte d'entrée, flanquée de part et d'autre de vitrines couvertes d'affiches, de sorte qu'on distinguait à peine l'assemblage d'objets hétéroclites qui se trouvait derrière. Le rebord du toit, crénelé et souligné d'une bande peinte en bleu foncé, donnait au bâtiment l'aspect d'un fortin de la Légion étrangère à la lisière du désert.

En ce samedi de juin, Jean-Pierre, appuyé au comptoir du magasin, bâillait d'ennui. Près du poêle, deux fermiers jouaient en silence une partie de dames qui s'annonçait interminable. Denis s'occupait dans l'arrière-magasin à servir de la moulée aux clients.

Il ne faisait vraiment pas beau aujourd'hui, se disait Jean-Pierre, mais ça n'avait pas d'importance puisque le samedi son ami Donald Stewart n'était jamais libre. Il lui fallait accompagner son père dans une tournée à Iroquois Falls, où celui-ci allait vendre les produits de sa ferme.

«Pourvu qu'il fasse beau demain, se dit l'adolescent. On ira pêcher dans la grande anse de la rivière puisque maintenant Donald a une chaloupe.»

La porte du magasin s'ouvrit et un homme trapu, de taille moyenne, entra. Il enleva sa casquette, découvrant des cheveux roux bouclés qui tournaient au gris.

— Y a pas à dire, si la terre a un trou de cul, c'est ben icitte, déclara-t-il avec une conviction profonde. De la neige et de la grêle un 15 juin, voyez-vous ça! Mon grain qui commence tout juste à lever...

Les deux joueurs de dames s'esclaffèrent.

— Voyons, Eugène, dit l'un. Après toutes ces années, tu te lamentes encore après la température? T'en as pas encore pris ton parti?

— T'en fais pas, mon Eugène, ajouta l'autre. Donne-z-y encore quec' jours et tu pourras te plaindre de la chaleur, des maringouins et des mouches noires.

— Merci, vous êtes ben encourageants, riposta Eugène.

Puis, se tournant vers Jean-Pierre, il lui tendit une note.

— Tiens, c'est la liste que Rose-Delima m'a donnée. Prépare donc ma commande pendant que je vais au bureau de poste.

— Oui, mon oncle.

Eugène remit sa casquette et sortit. Jean-Pierre se mit à lire la note portant l'écriture régulière et élégante de sa cousine: «2 fuseaux de fil blanc numéro 40...»

Tout en assemblant les articles demandés, il songeait à la pêche du lendemain avec Donald. S'il était chanceux, Rose-Delima serait occupée et ne pourrait pas venir avec eux. Il n'avait jamais compris pourquoi Donald la laissait toujours le suivre. Il n'avait rien contre Rose-Delima, sauf que c'était une fille.

21

CHAPITRE III

L e repas du dimanche midi s'achevait chez Eugène
Marchessault. Toute la famille était réunie autour
de la grande table. D'abord, il y avait Albert, l'aîné.
Maintenant que l'année scolaire était finie, il était revenu
du Juniorat du Sacré-Cœur à Ottawa, où il avait achevé
sa dernière année. En septembre, il entrerait au noviciat
et, l'année suivante, au scolasticat, pour se préparer à la
prêtrise et on ne le reverrait plus guère. C'était un jeune
homme tranquille et silencieux. La famille avait survécu
au grand feu de forêt de 1916 grâce à l'aide d'un jeune
séminariste du nom d'Alexandre Sellier et d'un guide
métis appelé Jos Vendredi. Ce dernier avait d'ailleurs
payé de sa vie son dévouement envers ses voisins. Après
l'incendie, Albert, qui avait alors sept ans, était resté plusieurs semaines sans prononcer un seul mot, ce qui avait
grandement inquiété ses parents. Petit à petit, il avait
certes recouvré l'usage de la parole, mais il n'était «pas
bien jasant», comme disait son père. Assis à la droite
d'Eugène, il se contentait d'écouter la conversation des
autres, s'occupant de sa jeune sœur Bernadette assise près

de lui et passant les plats que sa mère et sa sœur Rose-Delima apportaient.

Venaient ensuite Paul, dix ans, la mère et Rose-Delima, qui, assises au bout de la table, mangeaient à la hâte entre deux services. Enfin Germain, le portrait de son père avec ses cheveux bouclés d'un brun roux et ses yeux bleus. Vif et débrouillard, il était déjà, à dix-neuf ans, le bras droit de son père.

En plus, aujourd'hui, on recevait, comme il arrivait souvent, l'oncle Achille Nantel et la tante Laura. La femme d'Eugène, dont c'était l'oncle, tenait à les inviter assez régulièrement car ils étaient seuls depuis le mariage de leur fils Donat. L'oncle Achille ne s'était jamais consolé de la mort de ses deux aînés à la guerre. Après le feu de 1916, il avait vendu tout ce qu'il possédait à Latchford, où il était jobbeur et entrepreneur en voirie, pour venir acheter la terre des Simpson, une belle ferme qui s'était trouvée hors du parcours de l'incendie. Il s'était dit que si jamais la conscription était imposée, ses fils pourraient bénéficier de l'exemption agricole. Pendant un an, il avait vécu heureux, cultivant ses champs l'été, coupant du bois sur sa terre l'hiver, avec ses fils. Mais en août 1917, alors que se préparait la récolte, le *Military Service Act* avait été voté. Avant que les pommes de terre fussent remisées, la police militaire était apparue et avait emmené les deux aînés. On avait grand besoin de renforts dans les tranchées des champs de bataille européens. Ils avaient donc été expédiés outre-mer à temps pour l'offensive du printemps. Mais déjà en février, lorsque Donat, son dernier fils, avait atteint ses dix-huit ans, ils étaient revenus le chercher, laissant

Achille seul à la ferme. Envoyé à North Bay et assigné à la cuisine, Donat avait pelé des pommes de terre jusqu'à l'Armistice. Les deux aînés n'étaient jamais revenus.

Douze ans plus tard, Achille manquait rarement une occasion d'en parler. Ce dimanche ferait-il exception? Un rien pouvait provoquer le déclic.

Rose-Delima se mit à enlever les assiettes tandis qu'Alma apportait des pointes de sa fameuse tarte au sucre.

— Alors, tu travailles toujours pour le vieux Schraffner? demanda Achille, tournant vers son neveu Germain un regard sombre et perçant.

— Oui, mon oncle.

— Il est toujours dans les choux?

— Plus que jamais. Y cultive pratiquement pas autre chose. Il en a plus de vingt mille.

— Ah, cré bateau, c'est du chou, ça! Et ça paye, tu penses?

— Oui, mon oncle. Y vend pas mal tout soit au marché de Timmins, soit aux marchands de gros de Toronto.

— Et vous, mon oncle, votre récolte s'annonce belle? demanda Eugène tandis qu'il faisait signe à Alma, sa femme, de lui servir un autre morceau de tarte.

— Pas mal. Je vais avoir du fourrage vert et du foin pour hiverner mes vaches, p't'être ben pour en vendre un peu. Mais ça fait une grosse besogne, tout seul. Ah, si j'avais Adélard et Antonio avec moi. Quand on pense, continua-t-il en s'animant, qu'ils ont été tués tous les deux dans les derniers jours de la guerre. Y savaient pourtant que l'Armistice s'en venait. C'était-y nécessaire de continuer à faire tuer leur monde, pour rien, vous pensez? Qu'est-ce que tu dis de ça, toi, Albert? T'as été dans les grandes écoles.

Albert leva les yeux, surpris, mal à l'aise. Mais avant qu'il puisse répondre, Laura avait posé la main sur le bras de son mari.

— Tu sais ben, Achille, qu'on y peut rien astheure que les garçons sont partis. Remercie donc plutôt le bon Dieu que Donat au moins soit revenu et qu'il ait trouvé une si bonne job.

— Mais oui, mon oncle, renchérit Alma. Il est chanceux d'avoir trouvé une job comme ça par les temps qui courent.

— Haut placé, à part ça, ajouta Eugène. Quand Hugh Anderson va prendre sa retraite, c'est lui qui va devenir *foreman* et qui va pouvoir déménager dans la maison du chef de section avec sa famille. Y a pas beaucoup de gens de son âge qui ont des si belles maisons.

Ayant dégusté leur dessert, les convives s'attardaient à boire le thé. Rose-Delima regardait l'horloge. Donald et Jean-Pierre devaient être sur le point de partir pour la pêche.

— Maman, demanda-t-elle, est-ce que je pourrais faire ma vaisselle en revenant?

— En revenant d'où? demanda Alma.

— J'ai promis à Donald et à Jean-Pierre d'aller à la pêche avec eux.

— Mais non, t'as pas le temps. Une fois la table dégreyée et la vaisselle lavée, ça va être quasiment le temps de partir pour l'église pour le salut du Saint Sacrement. C'est bon pour Donald, ça, c'est un protestant.

— Et Jean-Pierre, lui, tante Marguerite le laisse bien aller, insista l'adolescente.

— Voyons, Lima, sois raisonnable, gronda sa mère. T'es pas un garçon. Dépêchons-nous de finir notre ouvrage.

Faut quand même pas être en retard pour le salut.

Rageusement, Rose-Delima se mit à laver la vaisselle tout en guettant par la fenêtre si elle n'apercevrait pas les garçons descendant vers la rivière. Mais il n'y avait que l'oncle Doug qui s'affairait dans son potager. Donald et Jean-Pierre devaient être partis depuis un bon moment. « Un jour, se dit-elle, je serai grande. Et alors, je ne serai plus raisonnable. Je serai libre, libre comme un garçon. »

La belle résidence fournie par la compagnie de chemin de fer au contremaître de l'entretien, celle-là même qui rendait la tante Laura si fière à la pensée qu'un jour son fils Donat l'occuperait, éveillait cependant d'autres convoitises. Chaque fois que la femme de Josaphat Poirier, l'un des membres de l'équipe d'entretien, passait devant la solide maison à deux étages, peinte en rouge brique comme la gare, elle se disait que c'était vraiment trop injuste. Son mari avait dix ans de plus que Donat Nantel, mais, parce qu'il avait été embauché dix-huit mois après Donat, il n'était pas le contremaître adjoint et il n'aurait pas droit à la maison lorsque Hugh Anderson prendrait sa retraite.

C'était intolérable. Il fallait faire quelque chose. Elle en avait souvent parlé à son mari, mais c'était un timide qui manquait d'ambition. Elle se dit qu'il lui faudrait elle-même s'en mêler de façon sérieuse. Aussi, ce soir-là, alors qu'elle servait le souper à Josaphat, revint-elle à la charge, commençant d'abord par des questions banales.

— Ça s'est bien passé aujourd'hui ? Quelle section que t'as faite ?

— J'suis allé vers Porquis. Dans le grand tournant, y commence à avoir pas mal de layes de pourries. Va falloir les remplacer.

— Tu travaillais avec Anderson?

— Non, avec Donat.

Elle fit une moue dédaigneuse.

— On sait ben, comme de raison, faut que tu prennes les ordres de Donat.

Josaphat haussa les épaules d'un air las.

— Tu vas quand même pas recommencer avec ça, Estelle. Personne y peut rien. Donat a un an et demi de service de plus que moi, et ça, on peut pas changer ça.

Estelle secoua sa tête blonde frisée d'un air de commisération. Elle était coquette et se mettait des papillotes. Même que, dans les grandes occasions, pour les noces ou dans le temps des fêtes, elle se faisait donner une marcelle par la grosse Émérentienne, comme la femme de Wilfrid Lamontagne.

— Non, mais c'est-y pas de valeur de se noyer dans son crachat comme ça. Je sais ben que tu peux pas changer les années de service, mais tu me diras pas qu'y fait jamais d'erreurs, celui-là. Tu l'as pas regardé, non, avec ses gros yeux vagues et sa face rouge? Y a pas l'air fin fin. C'est à toi d'y avoir l'œil.

— Donat, c'est un bon travaillant. Y fait sa job ben correct, dit Josaphat d'un air buté.

— En tout cas, si t'es pas assez homme pour y faire face, moi je t'avertis. Si jamais je vois une chance, je la manquerai pas.

Chapitre IV

Depuis le début de juillet, chaque soir, Rose-Delima guettait le retour de son frère Germain. Lorsqu'il quittait son travail chez monsieur Schraffner, comme il passait par le village pour revenir à la maison, il s'arrêtait au bureau de poste pour y chercher le courrier. Cette lettre qu'elle attendait avec une hâte mêlée de crainte lui apprendrait si elle avait réussi les examens du ministère de l'Éducation à Toronto pour être admise au secondaire en septembre.

Assise dans la balançoire de bois devant la maison, elle lisait un livre que lui avait prêté tante Rose tout en jetant de temps à autre un coup d'œil vers le sentier qu'emprunterait son frère. Enfin, elle vit apparaître le jeune homme au sommet de la colline, dans le soleil éclatant de cette fin de journée d'été. Posant son livre, elle se leva pour aller à sa rencontre. Lorsqu'elle le vit agiter joyeusement une longue enveloppe blanche, elle comprit que la réponse était enfin arrivée. Son cœur se mit à battre et elle resta figée sur place à l'attendre.

— T'es changée en statue de sel? taquina-t-il en lui tendant l'enveloppe. Ouf! ce qu'il a pu faire chaud aujourd'hui, ajouta-t-il en enlevant son chapeau de paille pour essuyer son front où perlait la sueur.

Il se dirigea vers le puits, actionna vigoureusement la pompe pour remplir le gobelet qui y était rattaché par une chaînette et but d'un trait. Puis il puisa dans le baquet pour se rincer le visage à l'eau fraîche avant de se retourner vers sa sœur, qui serrait toujours l'enveloppe dans ses mains.

— Voyons, qu'est-ce que t'attends pour l'ouvrir?

— J'ai peur… S'il fallait que j'aie pas réussi…

Germain haussa les épaules.

— Voyons, Lima, toi, pas réussir? Tu sais bien que tu es bonne en classe. Veux-tu que je la décachette pour toi?

Elle fit signe que non et se mit lentement à décoller l'enveloppe. Elle en tira un feuillet qu'elle parcourut des yeux.

— Oh, Germain, j'ai réussi! J'ai même passé avec honneur!

Elle courut dans la cuisine d'été, où sa mère s'affairait à la cuisinière.

— Maman, j'ai passé mes entrées. Maintenant je pourrai aller au *high school.*

— Tu sais bien qu'y faudra que ton père demande à monsieur le curé, dit Alma. C'est une école anglaise et protestante après tout.

— C'est quand même mieux que de ne pas aller à l'école du tout!

— Reste à voir, répliqua sa mère d'un ton sentencieux.

Puis, se tournant vers son fils:

— Approche-toi, Germain, que je te serve. Tu dois être affamé à cette heure et après une si longue marche.

Depuis deux ans déjà que Germain travaillait pour

monsieur Schraffner durant l'été, il arrivait toujours tard pour souper car, une fois sa journée faite, il lui fallait marcher trois milles à travers bois et champs pour rentrer à la maison, arrivant ainsi après le repas de famille.

Rose-Delima sortit et dévala rapidement la route qui conduisait à la rivière, se hâtant vers la maison des Stewart.

Lorsqu'elle entra dans la remise qui protégeait l'entrée de la cuisine contre les rafales de l'hiver, elle cria :

— Tante Rose, j'ai eu mes résultats! J'ai passé mes examens d'entrée.

Rose se retourna et fixa la jeune fille de ses yeux bleus fatigués. Contrairement à la mère de Rose-Delima, qui avait pris de l'embonpoint avec l'âge et les maternités, elle semblait s'être amenuisée. Ses cheveux blonds sévèrement tirés et noués en chignon à la nuque découvraient un visage où les joues se creusaient sous les pommettes et où de fines rides s'annonçaient autour des yeux.

— Félicitations, Lima! Moi, j'ai toujours été sûre que tu passerais.

— Donald n'est pas là?

Rose eut un sourire indulgent.

— Tu oublies que c'est jeudi aujourd'hui. Il est allé à Iroquois Falls avec son père. Ils ne devraient pas tarder maintenant.

Elle prit une assiette de petits gâteaux sur la table et en offrit à la jeune fille.

— Voilà, ça tombe bien. J'ai fait tes favoris cet après-midi. Ma vieille amie, Mrs. Smyth, m'a envoyé des revues d'Angleterre. Tu peux les regarder en attendant.

Rose-Delima s'installa dans le fauteuil et se mit à feuilleter l'*Illustrated London News*. Rose la regarda un moment avant de retourner à ses occupations et songea qu'ils étaient demeurés inséparables ces deux-là, Donald et elle. Même quand Donald était tout petit, Rose-Delima, de deux ans son aînée, s'en occupait gravement comme une petite maman, l'aidant à marcher, le faisant manger, le protégeant. Cependant, le garçonnet avait très vite affirmé son caractère et, avant même d'atteindre l'âge scolaire, il était devenu le chef incontesté et Rose-Delima, l'esclave soumise, prête à le suivre partout, à se plier aux caprices du petit homme.

Rose leva les yeux vers la fenêtre et aperçut la voiture qui descendait la pente vers le pont au pas du cheval fatigué.

— Les voici qui arrivent, dit-elle.

Rose-Delima se leva d'un bond.

— Je vais aller l'aider à dételer.

Rose regarda son mari qui descendait péniblement de voiture tandis que les deux adolescents dételaient le cheval, le menaient à l'abreuvoir, puis à l'écurie, tout en entretenant une conversation animée.

Doug entra, traînant la jambe droite, s'appuyant lourdement sur sa canne, le visage gris de fatigue.

— Tu as tout vendu? demanda-t-elle avant même qu'il se fût assis.

— Pas tout, mais une bonne partie. Je suis chanceux d'avoir pu conserver mes meilleurs clients. J'ai presque tous les dirigeants du moulin.

— Donne que je compte.

Sans protester, il fit passer sa canne de la main droite à la gauche et sortit de sa poche deux billets et une poignée de monnaie qu'il posa sur la table. Silencieusement, il regardait sa femme qui, de ses mains usées par le travail, comptait jusqu'à la moindre pièce de monnaie. Puis, elle s'en fut dans la chambre ajouter cette somme à la cassette dans le tiroir du bureau. Une fois par mois, elle allait à Iroquois Falls avec lui afin de déposer l'argent à la banque. Il n'avait qu'une vague idée du montant qui pouvait s'y trouver.

Et cela remontait loin. Quand ils avaient été hospitalisés à Haileybury à la suite du feu de 1916, Rose, après une première rechute, avait fait une convalescence remarquable, même si elle s'était trouvée enceinte. Il semblait au contraire que cette grossesse l'eût transformée en lionne. Doug, pour sa part, avait mis des mois à remonter la pente physiquement et moralement. Après tant d'années, il lui venait encore des spasmes asthmatiques les jours de mauvais temps. De plus, il avait été, avant le sinistre, victime d'un accident qui l'avait laissé partiellement infirme.

À la différence de Doug, Rose avait été infatigable. Auparavant si timide, elle avait fait le voyage à Matheson pour réclamer des autorités non seulement l'aide que le gouvernement accordait sous forme de bois de construction pour rebâtir leur maison et leur grange mais, vu l'incapacité de son mari, des ouvriers pour le faire.

Quand l'enfant était né en février, Doug avait suggéré qu'on l'appelle Murdoch comme son propre père. Rose avait refusé. « Il s'appellera Donald, avait-elle dit, comme mon grand-père. » Elle n'avait pas ajouté que ce serait en souvenir d'un grand jeune homme auquel elle pensait encore souvent et qui lui avait déclaré un jour avoir été baptisé sous les prénoms de Joseph-Donald-Alexandre.

L'été suivant, Doug avait repris ses tournées régulières à Iroquois Falls pour y vendre les légumes qu'il cultivait si habilement. Rose avait alors demandé à Alma

Marchessault, sa voisine, de garder le petit, qui n'avait que six mois, pendant qu'elle accompagnerait son mari. Sur ce point, Doug ne se faisait pas d'illusions. Ce n'était pas seulement par égard pour lui, pour lui épargner des fatigues qu'elle tenait à faire le voyage, mais aussi pour l'empêcher de boire et de jouer à l'argent comme cela lui arrivait autrefois. Sur ce point, elle était implacable. Elle faisait fermenter de la bière dans de grandes cruches derrière le poêle et préparait chaque été du vin de pissenlit. Il devait se contenter de cela. Les économies, c'était pour le petit, pour préparer son avenir.

Tant que Donald n'avait pas été assez âgé pour accompagner son père au marché, Alma l'avait gardé trois jours par semaine en l'absence de Rose durant la belle saison, de sorte que l'enfant avait grandi parlant le français comme les petits voisins.

— Tu veux en faire un Canadien français? avait demandé Doug avec ironie.

— Qu'il sache le français en plus de l'anglais, c'est pas grave. Ça peut même lui être utile plus tard.

Plus tard. Elle n'avait que cette expression à la bouche. Toute sa vie — et forcément celle de son mari — était axée sur ce «plus tard». Tout était prévu. Donald fréquentait l'école séparée catholique du village puisqu'il n'y en avait pas d'autre à distance praticable. D'ailleurs, l'enseignement du français dans les écoles étant alors interdit par le *Règlement XVII*, toutes les matières au programme se donnaient en anglais. L'institutrice, cependant, réservait une heure ou deux par jour à l'enseignement de la grammaire, de l'orthographe et de la littérature françaises. Pour ce faire, on descendait dans le sous-sol de l'école, où, assis en rond sur des bûches qui servaient à alimenter le chauffage, on s'adonnait à l'étude du français. Ce système permettait à l'institutrice de répondre négativement lorsque l'inspecteur de Toronto lui demandait si elle parlait ou enseignait le français en classe. Par restriction mentale, elle pouvait répondre avec assurance: «Non, monsieur l'inspecteur, nous ne parlons pas le français en classe.» Elle se gardait bien d'ajouter qu'on le parlait au sous-sol.

L'institutrice avait offert à Donald de s'abstenir de ces leçons et d'employer ce temps à faire ses devoirs, mais il avait préféré suivre ses amis. Il y avait d'ailleurs un relent de clandestinité qui ajoutait grandement au charme de tels exercices. On avait l'impression de prendre part à une aventure passionnante parce que interdite.

Quand Donald aurait fini son cours primaire, il était entendu qu'il fréquenterait le *high school* de Bowman. Il prendrait le train chaque matin pour s'y rendre et il en reviendrait de la même façon le soir. Une fois terminé le secondaire, il faudrait de l'argent pour qu'il puisse aller à Toronto, à l'université, et Rose s'employait à amasser la somme nécessaire. Elle avait décidé qu'il serait quelqu'un. Rien d'autre ne comptait pour elle.

Au début des années 1920, alors que les familles canadiennes-françaises arrivaient par demi-douzaines, les Stewart avaient reçu des offres pour leur ferme. Rose avait refusé.

«Même si on en tire un millier de dollars, où irons-nous? En ville pour payer loyer? Et quel travail pourras-tu faire? Acheter une terre dans le Sud de l'Ontario comme d'autres ont fait, on n'y arrivera jamais. On n'aura pas assez d'argent.»

C'est ainsi qu'ils étaient demeurés l'une des rares familles anglaises dans une paroisse de Canadiens français.

Rose revenait dans la cuisine lorsque Donald entra. Elle prit dans ses mains le visage de son fils, ce fils blond aux yeux bruns qui, à treize ans, était déjà plus grand qu'elle.

— Bonjour, mon chéri. Tu n'es pas trop fatigué?

— Mais non, maman.

— Lima est partie?

— Non. Elle m'attend dans la chaloupe pour aller faire un tour sur la rivière après souper. Je vais trôler un peu. Peut-être que je te rapporterai du poisson.

— Assieds-toi, c'est prêt.

Elle déposa les plats sur la table et versa à son mari un verre de bière qu'il but à petites gorgées, les yeux mi-clos, avant de se servir à manger.

— Les gens commencent à me demander si j'aurai des dindes à Noël ou seulement des poulets et des oies comme d'habitude. On pourrait peut-être y penser pour le printemps.

Rose fut immédiatement intéressée.

— Ça pourrait être une bonne idée. Je vais écrire à la Ferme expérimentale de Kapuskasing pour demander des renseignements sur l'élevage des dindons.

— Tu me redonnes un peu de bière?

Rose se leva et remplit le verre.

— Combien penses-tu qu'on pourrait en vendre?

— Je ne sais pas. Il faudrait commencer avec un nombre raisonnable. Je crois me rappeler que ces oiseaux sont assez fragiles à élever.

— Maman, tu permets que je me prenne des gâteaux et que j'aille retrouver Lima?

— Mais oui, mon chéri. Fais bien attention, n'est-ce pas?

Donald sortit, les mains pleines de gâteaux.

— Tu n'aurais pas dû le laisser partir, dit Doug d'un ton de reproche. Je pense qu'il faudra arroser ce soir. Il devrait aider.

— Il ne sera pas parti longtemps. Et puis, il faut bien qu'il s'amuse un peu, cet enfant.

— Tu le gâtes trop, se contenta de bougonner Doug.

La chaloupe aussi avait été une gâterie de sa mère. Donald l'avait aperçue dans la cour de Mrs. Spradley, l'une des clientes de son père. Lorsqu'il lui avait demandé si la chaloupe était à vendre, la dame avait d'abord hésité, puis elle avait dit :

— C'était à mon mari mais, maintenant qu'il est décédé, plus personne ne s'en sert. Autant vaut te la vendre, mon petit.

— C'est combien ?

— Donne-m'en trois dollars. Elle a besoin d'être réparée, tu sais.

Donald avait regardé son père.

— Est-ce qu'on peut, papa ?

Celui-ci avait haussé les épaules.

— Faudra demander à ta mère.

— Je vous donnerai ma réponse quand je reviendrai samedi, Mrs. Spradley. Vous allez me la garder jusque-là, n'est-ce pas ?

— Mais oui, ne crains rien. Personne ne m'a encore fait d'offre jusqu'à maintenant.

Quand Donald en avait parlé à sa mère, elle n'avait pas donné sa permission tout de suite.

— J'ai peur que ce soit dangereux. S'il fallait qu'il arrive un accident !

— Mais non, maman. C'est une petite chaloupe à

fond plat, impossible à chavirer. Je pourrais m'en servir pour pêcher. Dis oui, maman.

Rose avait fini par céder, même si trois dollars en cette année 1930 représentaient autant que Doug pouvait gagner en vendant les produits de sa ferme de porte en porte durant toute une journée. Germain Marchessault, qui était habile de ses mains, avait réparé l'embarcation et maintenant elle faisait les délices des enfants, de Rose-Delima surtout, qui suivait Donald comme son ombre.

CHAPITRE V

« Papa, demanda Rose-Delima, est-ce que tu descends au village cet après-midi? Est-ce qu'on peut aller voir monsieur le curé?»

Eugène posa sa tasse de thé.

— Ouais, y faudrait ben. Faut que je fasse ferrer Prince avant que les récoltes commencent.

— Alors, je vais aller me changer de robe, déclara Rose-Delima, tout heureuse.

Elle grimpa l'escalier en courant et disparut dans sa chambre.

Alma la regarda monter, puis elle soupira.

— J'espère que monsieur le curé va dire oui. Elle y tient tellement.

— Tu y es pas allée dans les grandes écoles, toi. Y a moyen de faire sa vie sans ça, bougonna Eugène.

— Tu sais ben que dans mon temps c'était pas possible. Mais les temps changent, Eugène. Ça serait fin si elle pouvait faire une maîtresse d'école. Sans compter qu'à ferait des bons salaires.

— Bon, je vais aller atteler. Dis à Lima de venir me rejoindre, ajouta-t-il en sortant.

Lorsqu'ils arrivèrent au village, Eugène entra à la boutique de forge de Roméo Paquette pour y laisser Prince. Il examina la camionnette sous laquelle Roméo, couché sur le sol, travaillait.

— Tu comprends ça, ces patentes-là, Roméo?

La tête grisonnante de Roméo sortit de dessous le véhicule.

— Eh oui, Eugène, faut ben apprendre les choses nouvelles. Même les métiers durent pas. Si on veut rester en vie, faut changer avec.

— Vas-tu avoir le temps de ferrer mon cheval?

— Ben sûr. Attache-le là. J'ai presque fini.

Tandis qu'il revenait vers sa fille qui l'attendait sur le trottoir, il songea que, dans sa robe des dimanches blanche à pois rouges, avec ses cheveux sombres brillants, ses yeux en amande et ses joues roses à fossettes, c'était une belle fille, sa Rose-Delima. Et bonne à l'école avec ça. Eugène soupira. Enfin, on verrait bien ce que monsieur le curé déciderait.

Lorsqu'il sonna au presbytère, la servante vint ouvrir.

— Monsieur le curé est dans son jardin. Donnez-vous la peine d'entrer et de vous asseoir. Je vais aller le chercher.

Tous deux s'assirent sur les chaises de bois qui faisaient face au grand bureau de chêne. Quelques moments plus tard, le curé Bouffard entra en coup de vent, toujours vêtu de sa salopette.

— Tiens, salut, Eugène. T'as affaire à moi? T'as pas emmené ta fille parce que tu veux la marier, j'espère. Elle est encore jeune.

— Non, monsieur le curé, c'est pas pour ça, mais ça a quand même rapport à Rose-Delima. Comme vous savez, elle a fini sa huitième année et elle a passé ses examens d'entrée avec grande distinction.

Le curé tourna vers la jeune fille des yeux sombres sous des sourcils embroussaillés.

— Félicitations, ma fille! Tu fais honneur à la famille, comme ton frère Albert. Lui aussi réussit bien dans ses études.

— Alors, monsieur le curé, c'est qu'a voudrait continuer. A voudrait aller à l'école de Bowman en septembre.

Le visage du curé se fit sévère.

— Quoi, dit-il, elle veut aller au *high school*, dans une école protestante et anglaise? Jamais!

Rose-Delima pâlit.

— Mais, alors, dit-elle d'une voix étranglée, qu'est-ce que je peux faire pour continuer mes études?

— Tu peux aller dans nos écoles françaises et catholiques, ma fille. Les sœurs de l'Assomption ont un très bon pensionnat à Haileybury. Elles forment de bonnes institutrices tant religieuses que laïques et de bonnes mères de famille.

Eugène tournait sa casquette dans ses mains.

— Ça, on y avait pensé, monsieur le curé, mais avec les malheurs que j'ai eus dans les dernières années, depuis que j'ai acheté la terre à Brisson, pis avec sept bouches à nourrir, je pourrais pas payer la pension.

— Alors, il faut y renoncer pour le moment, trancha le curé. Encore, s'il s'agissait d'un garçon. Mais la femme, c'est le cœur du foyer. Tant que la mère reste catholique et française, on n'a rien à craindre. Le foyer le restera.

— Alors, dit Rose-Delima d'une voix tremblante, je peux pas y aller, même pour un an?

— Non.

40

Les larmes jaillirent des yeux de la jeune fille et coulèrent sur ses joues. Elle se leva et sortit précipitamment.

— Excusez-la, monsieur le curé, dit Eugène d'un air malheureux, elle voulait tant faire une maîtresse d'école. C'est de ma faute, aussi. Si j'avais pas fait la folie d'acheter la terre à Brisson...

— Mais non, Eugène, t'as rien à te reprocher. T'es un bon colon. Je voudrais qu'ils soient tous comme toi. Mais c'est le bon Dieu qui envoie la pluie et le beau temps, on n'y peut rien.

Eugène hésitait à partir.

— Ça va faire ben de la peine à Rose-Delima, commença-t-il.

Le curé se leva pour signifier que la visite était finie.

— Mais non, Eugène. Fais-toi-z-en pas pour ta fille. Les chagrins, ça dure pas longtemps à son âge. Qu'elle apprenne à travailler avec sa mère et bientôt on la mariera à un bon cultivateur.

Quand il sortit du presbytère, Eugène chercha sa fille des yeux, mais elle avait disparu. Il soupira, remit sa casquette et se mit à descendre la rue de l'Église.

« Si seulement je m'étais pas laissé tenter par la terre à Brisson, songea-t-il, si je n'étais pas allé m'acheter une terre presque pas défrichée, ça me ferait des paiements en moins et je pourrais payer la pension de Rose-Delima. »

Mais quand la veuve Brisson lui avait offert la terre, vu que son fils avait décidé qu'il aimait mieux travailler dans les manufactures de Hamilton que de s'établir cultivateur à Val-d'Argent, Eugène avait pensé à l'avenir de Germain et, plus tard, à celui de Paul qui marchait sur ses sept ans. Seulement vingt acres étaient défrichées, mais il y avait une assez bonne grange dessus et la terre aboutait à la sienne. Alors il avait signé le contrat à l'automne 1927 et il avait labouré les vingt acres afin de les ensemencer le printemps suivant.

Cependant, on ne pouvait jamais prévoir quel temps il ferait dans ce maudit pays. L'été d'après, le mois de juin avait été assez beau. Tout poussait à merveille. Dans la deuxième semaine de juillet, il s'était mis à pleuvoir et cela n'avait plus cessé. C'était le déluge. Quand il y avait une éclaircie de quelques heures, d'une journée, on se hâtait de couper et d'étendre le foin. On travaillait même la nuit avec des fanaux ou au clair de lune quand les nuages se dissipaient. De cette façon, on en avait sauvé assez pour nourrir le bétail, du foin pas très beau et qui chaufferait sans doute dans la tasserie.

Malgré les prières publiques du curé pour demander du beau temps, la pluie reprenait de plus belle et continuait de tomber sans arrêt. La rivière débordait comme au printemps, le moindre cours d'eau, le plus petit fossé roulait une eau épaisse couleur de glaise. Dans son beau champ d'avoine, les épis émergeaient comme d'une mare. Quand il s'y était aventuré avec la moissonneuse, la glaise adhérait aux roues, doublant leur diamètre en quelques tours, jusqu'à ce qu'il devienne impossible aux chevaux, eux-mêmes embourbés jusqu'au ventre, de tirer la machine. Marchant près des chevaux pour les conduire, Eugène enfonçait à chaque pas dans cette boue plastique et collante dont il n'arrivait pas à s'arracher les pieds et, le plus souvent, ses chaussures restaient au fond du trou et il se retrouvait en chaussettes dans la boue. Pour la première fois depuis le feu de 1916, le désespoir avait provoqué ce cri du cœur: «Si la terre a un trou de cul, c'est icitte, drette icitte», expression qui lui était souvent montée aux lèvres par la suite.

La misère rend ingénieux. Il s'était dit: «Qu'est-ce que Noé a fait pour se sauver du déluge? Il a construit une arche, quelque chose qui flotte.» Pour pouvoir moissonner, il fallait quelque appui qui empêcherait les roues de s'enfoncer. Il avait construit des espèces de radeaux en planches que lui et Germain mettaient devant les roues et reprenaient à l'arrière pour les remettre à l'avant. De cette façon, péniblement, ils avaient réussi à moissonner la moitié du champ avant que débutent les grands gels, mais cette avoine n'était pas d'assez bonne qualité pour être vendable.

Il avait même perdu de bonnes vaches laitières, cette année-là. S'étant approchées de la rivière pour y boire, elles avaient glissé sur la pente et s'étaient noyées en se débattant pour reprendre pied.

Il ne s'était jamais remis de ce désastre. L'année suivante, la récolte avait été assez bonne, mais ç'avait été le début de la Crise et, depuis, les prix n'avaient cessé de baisser.

En arrivant à la boutique de forge, Eugène demanda à Roméo si sa fille était venue.

— Rose-Delima? Elle est passée tout à l'heure. Elle avait pas l'air d'être dans son assiette. Elle est partie vers chez vous à pied.

Lorsque Germain revint du travail ce soir-là, sa mère était seule dans la cuisine d'été, occupée à remettre du bois dans le poêle pour réchauffer son repas.

— Sapré bois, dit-elle au moment où il entra. Chaque fois qu'on y touche, on se salit les mains.

Même s'il s'était écoulé quatorze ans depuis le grand feu, on se chauffait toujours avec les troncs noircis des arbres tués par l'incendie.

Alma se lava les mains, puis lui servit la soupe.

— Lima n'est pas là? demanda-t-il.

— Elle est en haut. Elle n'a pas voulu descendre pour souper.

— Qu'est-ce qu'elle a?

Rapidement, Alma le mit au courant de la visite chez le curé. Quand il eut fini de manger, il monta l'escalier et frappa à la porte de la chambre des filles.

— Lima? C'est moi.

Un murmure indistinct lui répondit. Il ouvrit la porte et entra. Rose-Delima était assise près de la fenêtre et ne tourna pas la tête. Germain s'assit sur le bord du lit.

— Maman m'a dit que monsieur le curé veut pas que t'ailles au *high school*. Y faut quand même pas te décourager, Lima.

Elle se tourna alors.

— Comment veux-tu que je me décourage pas? Qu'est-ce que je peux faire à part que rester ignorante? jeta-t-elle avec colère.

— C'est pas perdu pour toujours. Y peut y avoir un moyen.

— Ah, moi aussi j'ai pensé que peut-être je pourrais aller à Timmins m'engager comme servante et me gagner de l'argent.

— Non, je pensais à autre chose. Ça fait un bon bout de temps que je prépare ça, mais je voulais pas en parler avant d'être sûr. Tu sais, monsieur Schraffner pour qui je travaille? Y pense retourner dans son pays, en Hollande, pour finir ses jours.

— Alors, tu n'auras plus d'ouvrage?

— Mais non. C'est peut-être pas un malheur. J'ai pensé d'acheter sa machine pour arroser les choux. Je pense qu'y me la vendrait. Y me trouve débrouillard et il aime que je m'intéresse à apprendre. Y m'a tout expliqué. J'en sais quasiment aussi long que lui. Je sais comment partir les plants de choux, quoi mettre dessus, comment les transplanter et quoi mettre dans l'eau pour les arroser pour pas que les bibittes les mangent.

— Tu veux aller travailler pour d'autres qui cultivent les choux?

— Non. Ce qui se fait par un homme peut se faire par un autre. Je vais me mettre à cultiver les choux moi-même et je vais ramasser les marchés que monsieur Schraffner avait. C'est moi qui vas faire l'argent qu'y faisait et je pourrai payer le pensionnat de ma p'tite sœur, tu comprends?

Rose-Delima regarda son frère avec étonnement.

— Tu ferais ça?

— Pourquoi pas?

Il y avait tant d'assurance dans ses yeux bleus, tant de force tranquille dans sa carrure solide qu'elle sentit naître un vague espoir.

— Donne-moi seulement un an, Lima, et tu verras, dit-il.

— Mais toi, t'aimerais pas ça, toi aussi, continuer tes études, devenir quelqu'un?

Germain secoua la tête.

— Moi, Lima, je passe pas mon temps dans les rêves. Je me dis que si le bon Dieu m'a placé ici, c'est ici qu'y faut que je me fasse une place. Inquiète toi pas pour moi, Lima, je me débrouillerai toujours.

CHAPITRE VI

Maintenant que l'espoir était revenu dans le cœur de Rose-Delima, elle s'intéressait de nouveau à ce qui se passait autour d'elle. Le souper était terminé. Tandis que sa mère rangeait les plats et descendait le seau à crème dans le puits au bout d'une longue corde afin de la conserver fraîche jusqu'au matin alors que Germain l'apporterait à la beurrerie en se rendant à son travail, Rose-Delima lavait la vaisselle que Bernadette, sa jeune sœur, essuyait.

Le visage malicieux d'un gamin de dix ans parut à la porte-moustiquaire qui fermait l'entrée de la cuisine d'été.

— Hé, Lima, cria Paul, ton amoureux s'en vient veiller. Faut croire que c'est un bon soir à soir.

Elle se retourna et aperçut la longue silhouette de Vital Larramée, comme un corbeau filiforme, qui se hâtait vers leur maison.

— Ah, non, s'exclama-t-elle, pas lui !

— Quoi, t'es pas contente d'avoir un cavalier, Lima ? demanda Bernadette.

— Toi, mêle-toi de ce qui te regarde, dit Lima, les dents serrées.

« C'est bien ma chance, songea-t-elle amèrement, d'avoir comme premier soupirant quelqu'un comme Vital Larramée. » D'ailleurs, elle n'en voulait pas, de soupirant, elle voulait simplement qu'on la laisse tranquille afin qu'elle puisse aller à la pêche avec Donald.

Sa mère entra.

— Maman, veux-tu dire à Vital que je suis partie ? J'ai promis à Donald d'aller à la pêche ce soir.

— Non, ma fille, riposta Alma. Le pauvre garçon est assez malheureux comme ça, et il n'en a pas pour si longtemps à vivre, on va le recevoir comme il faut. T'achèves la vaisselle. Tu iras t'asseoir avec lui dans l'autre côté.

Vital Larramée avait vingt ans et il se mourait de tuberculose. Chaque jour voyait sa longue silhouette, déjà courbée vers la terre, qui parcourait les chemins jusqu'aux concessions les plus reculées. Il errait, comme s'il avait fui devant la mort, frappant à toutes les portes pour venir « faire une petite visite », comme il disait. Il s'invitait à toutes les fêtes et ne manquait jamais d'assister aux sauteries qui se tenaient régulièrement chez l'un ou l'autre des fermiers des environs. Assis dans un coin, il suivait de ses yeux brillants de fièvre les jeunes gens qui, eux, pouvaient danser sans perdre le souffle et enlacer de leurs bras robustes les jeunes filles éclatantes de santé. Rien n'échappait à son observation, comme s'il eût voulu, faute d'avoir une vie propre, vivre à travers les autres.

Lorsqu'il frappa à la porte des Marchessault, Alma alla ouvrir.

— Bonjour, m'ame Marchessault. Je passais, comme ça, et j'ai pensé vous faire une petite visite, dit-il pendant que ses yeux cherchaient Rose-Delima.

— T'as bien fait, Vital, fit Alma, maternelle. Entre, viens t'asseoir un peu. Tu dois être fatigué. Ça fait long de route et y fait chaud aujourd'hui.

Vital s'assit près de la table, regardant Rose-Delima qui rangeait les tasses en haut de l'armoire. Quand elle allongeait le bras, ses seins tiraient le corsage de cotonnade rose et sa jupe remontait, découvrant en partie ses cuisses longues et fermes. Lorsqu'elle se retourna et rencontra le regard avide du jeune homme, elle rougit.

— Fais donc passer Vital dans l'autre côté, Lima. C'est plus frais. Et puis, sers-y un verre de mon vinaigre aux framboises. Tu dois avoir soif, Vital?

— Ça serait pas de refus, m'ame Marchessault.

Rose-Delima ouvrit la porte de «l'autre côté» et y fit passer Vital. C'est ainsi que l'on désignait la pièce qui, dans la maison proprement dite, servait à la fois de cuisine et de salle de séjour durant l'hiver. Au printemps, quand le temps doux revenait, on déménageait la cuisinière et la table de famille dans la cuisine d'été (qui servait de hangar durant l'hiver) et cette pièce, avec ses tapis crochetés et ses chaises berçantes, retrouvait sa vocation de salle de séjour. La jeune fille retourna à la cuisine afin de mélanger le sirop de vinaigre aux framboises avec l'eau fraîche du puits artésien. Elle revint et tendit à Vital le verre rempli du liquide opaque et rouge comme du sang. Puis elle s'assit dans la berçante près de celle du garçon. Vital buvait à petites gorgées, s'arrêtant de temps à autre lorsqu'une quinte de toux le prenait.

— Où es-tu allé aujourd'hui? demanda-t-elle pour meubler le silence.

— J'ai fait toute la deuxième concession, dit-il avec fierté.

Ils parlèrent un moment des gens qui habitaient le long de cette route, puis de nouveau le silence retomba, plus lourd qu'auparavant. Vital la fixait avec une intensité déconcertante.

— Qu'est-ce que t'as à me regarder comme ça tout le temps, Vital? Tu me gênes.

— C'est parce que t'es la plus belle fille que j'ai jamais vue, la plus belle fille de la paroisse, ça c'est sûr, dit-il avec conviction.

— Voyons, Vital, protesta mollement Rose-Delima.

— C'est la pure vérité. T'as des belles joues roses, des beaux yeux noirs et des beaux cheveux luisants qu'ont l'air si doux que ça donne envie d'y toucher.

Il avança une main si décharnée que malgré elle Rose-Delima recula.

Une toux creuse fit ployer son buste frêle. Lorsqu'il retrouva son souffle, il continua:

— Ce que je veux te dire, ce que j'sus venu te dire, c'est que, quand je serai guéri, je voudrais être capable de parler à ton père. Dis-moi que tu voudras, Rose-Delima.

Ses yeux suppliaient. La jeune fille détourna les siens.

— Ça presse pas, Vital. J'ai toujours dit que je me marierais pas jeune. Et maintenant, je pense qu'il va falloir que tu m'excuses. J'ai promis à Paul et à Bernadette que j'irais les aider à arroser le jardin ce soir.

Avec soulagement, elle le regarda reprendre la route, son long paletot noir flottant comme un vêtement accroché à une patère. Puis, en fredonnant, elle dévala la pente qui conduisait à la maison des Stewart. «Pourvu que Donald ne soit pas déjà parti», songea-t-elle.

Elle contourna la grange pour se diriger vers le quai rudimentaire où, d'ordinaire, était attachée la chaloupe.

Elle n'y était plus. À ce moment, une voix chaude de baryton s'éleva dans la grange :

For he set them bells a-ringin'
And I could hear the angels singin'
Climbing up them golden stairs.

Ce devait être l'oncle Doug qui chantait en nourrissant les volailles. D'ordinaire, Rose-Delima aimait l'entendre chanter, mais ce soir elle avait d'autres préoccupations. Elle se dit que, si elle se hâtait, elle pourrait monter sur la grosse côte où poussaient les bleuets et apercevoir les pêcheurs dans la grande anse. En courant, elle se mit à longer la rivière jusqu'à ce qu'elle parvienne au ruisseau qui s'y déversait. Un tronc d'arbre jeté en travers servait de pont. Elle grimpa la colline et poussa un soupir de soulagement. La chaloupe était là, près de l'anse aux nénuphars.

Elle agita les bras et cria : « Ohé ! Donald ! »

L'un des deux occupants de l'embarcation lui envoya la main et la chaloupe se rapprocha de la rive.

— T'es ben en retard, dit Donald en lui tendant la main pour l'aider à monter à bord. Je pensais que tu venais pas.

— J'ai été retardée, dit Rose-Delima brièvement, tentant de reprendre son souffle. Vous avez pris quelque chose ?

— Tu vois, dit Jean-Pierre, deux perchaudes. Je pense que la pêche est pas mal finie pour à soir.

Intérieurement, il se disait : « Surtout maintenant qu'on a une fille à bord. Pêcher, c'est sérieux. On est bien mieux entre garçons. » Mais il n'y avait rien à faire. Donald la laissait toujours les suivre.

— Il n'est pas tard, dit Donald. Je pense qu'on pourrait descendre jusqu'au remous. C'est bon pour le poisson, là.

— En tout cas, approche pas du camp des Rabot. Tu sais que ta mère ne veut pas, dit Rose-Delima. Ils me donnent le frisson, ces deux-là. J'aime mieux pas les voir.

Après le grand feu et la mort de Joe Vendredi, les deux frères Rabot s'étaient installés sans autorisation sur les terrains de chasse du vieux chef indien Bazil McDougall. Ils y faisaient la trappe en hiver et s'engageaient ici et là comme manœuvres durant la belle saison. De plus, ils avaient un alambic et étaient les seuls à faire concurrence aux frères Paquette.

— Rame jusqu'au milieu, dit Donald à Jean-Pierre. Je vais préparer la trôle.

Il prit un mené dans le seau sous le banc et planta l'hameçon dans le dos du petit poisson, près de la nageoire arrière. Rose-Delima détourna les yeux.

Une fois au milieu de la rivière, il jeta la ligne à l'eau pendant que Jean-Pierre rangeait les rames et laissait la chaloupe aller à la dérive.

— Vas-tu au *high school* en septembre? demanda-t-il en se tournant vers la jeune fille.

— Non, monsieur le curé n'a pas voulu, et ça parce que je suis une fille. C'est pas juste.

Jean-Pierre s'esclaffa.

— Eh bien, dans deux ans, quand on aura passé nos entrées, on ira, nous, hein, Donald?

L'adolescent, qui surveillait la ligne, grogna un assentiment.

— T'as pas besoin de rire, Jean-Pierre Debrettigny, dit Rose-Delima furieuse. Moi aussi, j'irai à l'école secondaire. Germain dit que l'an prochain je pourrai aller pensionnaire au couvent d'Haileybury. Je serai en retard d'un an, voilà tout. Quatre ans à Haileybury, un an à l'École normale, et je pourrai revenir ici enseigner. J'aurai vingt et un ans.

— En tout cas, moi, quand j'aurai vingt et un ans, j'espère que je serai pas à Val-d'Argent, que je serai loin d'ici, continua Jean-Pierre.

— Et où veux-tu aller ?

— J'sais pas, dans une grande ville, Toronto ou Ottawa, quelque part où y se passe des choses, où on voit des choses. Toi, Donald, où est-ce que tu vas être quand t'auras vingt et un ans ?

— À Toronto, j'imagine, dit-il sans se retourner, l'œil sur la trôle qui suivait loin en arrière du bateau. Maman dit que quand j'aurai fini au *high school*, j'irai rester chez mon oncle Ronald Brent à Toronto pour aller à l'université.

— Qu'est-ce que tu veux faire ? Un docteur ?

— Wow, j'en ai un gros !

Donald se leva et se mit à tirer la ligne doucement, maintenant la tension constante, laissant filer la ligne entre ses doigts lorsque la proie s'éloignait, puis la ramenant patiemment, inexorablement. Les deux autres se taisaient, suivant les péripéties de la lutte entre le poisson et l'adolescent. Petit à petit, il l'amena vers le bateau. Un remous dans l'eau, une nageoire sombre, et un gros brochet apparut à la surface.

— Attrape-le, Jean-Pierre !

Celui-ci se pencha, guettant sa chance, puis d'un geste triomphal il sortit le poisson frétillant. Donald décrocha l'hameçon et rangea la capture avec les deux autres.

— Le soleil baisse, dit Rose-Delima. Il va falloir rentrer.

La rivière était devenue un couloir sombre. Seuls les arbres sur le haut de la colline reflétaient encore la lueur du soleil couchant. Donald reprit les rames et se mit à remonter le courant. Lentement, ils revinrent au quai fait de troncs d'arbres tout en devisant de projets d'avenir.

Chapitre VII

Ce fut Vital Larramée qui le premier apporta au village la nouvelle du déraillement du train. Il se précipita si énervé dans le magasin général Debrettigny qu'on eut de la difficulté à comprendre l'histoire qu'il s'efforçait de raconter. En descendant au village, il avait vu le convoi de fret immobilisé sur la voie ferrée et quatre wagons renversés.

Un peu plus tard, le chef de gare avait confirmé la nouvelle. Il n'y avait eu qu'un blessé, l'un de ces vagabonds comme on en voyait de plus en plus, perchés sur les convois de marchandises en route pour l'Ouest. Le choc l'avait projeté sur le sol et il s'était cassé la jambe.

Cet accident paralysait la circulation ferroviaire et il faudrait attendre que l'équipe de secours vienne dégager la voie pour que, de nouveau, courrier et passagers puissent s'acheminer vers leurs destinations.

Lorsque la première rumeur de l'accident parvint aux oreilles d'Estelle Poirier, elle se dit que peut-être son heure était enfin venue. Elle attendit avec impatience le retour de son mari. Quand il entra, il se contenta de dire :

— T'as appris le déraillement d'à matin, je suppose. Donne-moi quelque chose à manger au plus vite parce qu'y faut que je retourne travailler avec l'équipe de secours qui vient d'arriver de North Bay.

Dès qu'il fut à table, elle s'assit en face de lui.

— Raconte-moi comment c'est arrivé.

— Y a pas grand-chose à dire, remarqua-t-il en haussant les épaules.

— Comment ça se fait que le train a déraillé?

— C'est en prenant la courbe. Y paraîtrait que les boulons qui tenaient les rails ont cassé.

— Ah, bon. Et qui est-ce qui a inspecté cette section-là hier?

— Ben… c'étaient Donat pis Viateur. Moé pis Laurent on a fait l'autre bout.

— Mais Hugh Anderson, le boss, y était pas avec vous autres?

— Non, y était parti, hier.

— Parti? Parti où?

Josaphat avala la dernière bouchée et se leva tout en finissant sa tasse de thé, qu'il posa au passage dans l'évier.

— Comment veux-tu que je le sache? Y a pas de permission à me demander. C'est lui, le boss.

Il ouvrit la porte pour sortir et se retourna sur le seuil.

— Attends-moi pas pour te coucher. Je vais travailler une partie de la nuit. Il faut que le train puisse passer demain matin.

Tout en lavant la vaisselle, Estelle revoyait les faits. Le train avait déraillé justement dans un endroit inspecté par Donat. Par chance, son mari avait été envoyé ailleurs, donc il était hors de tout blâme. Restait maintenant à savoir où Hugh Anderson était allé la veille.

Le lendemain matin, elle guetta le passage de Vital Larramée. Il n'y avait pas de meilleure source d'information que Vital.

Lorsque Estelle le vit venir, vêtu, malgré la douceur de cette matinée ensoleillée, de son long paletot noir, elle sortit sur le pas de sa porte.

— Hé, Vital, tu voudrais pas un bon verre de limonade?

Le jeune homme s'arrêta, surpris. Il n'avait guère l'habitude que l'on se dérange pour l'inviter. Sa figure décharnée s'illumina d'un sourire.

— Vous êtes ben bonne, m'ame Poirier. Ça serait pas de refus.

Lorsqu'il fut confortablement installé devant un verre de limonade qu'elle lui prépara avec une essence achetée du colporteur de Watkins, elle se mit à l'interroger.

— As-tu vu monsieur Anderson avant-hier, la veille de l'accident?

— Je l'ai vu, m'ame Poirier. Y prenait le train, le train du matin.

— Sais-tu où il allait?

— Non, mais il avait sa canne à pêche à la main.

La joie inonda le cœur d'Estelle. C'était mieux qu'elle n'avait osé espérer.

— T'as pas idée où il pouvait aller pêcher?

— Non, m'ame Poirier. Mais une fois j'sus allé chez lui et y avait ben du poisson. Même qu'y m'en a donné deux et qu'y m'a dit qu'y avait pris ça avec le docteur Clifford de l'Académie à Monteith, qui a un gros bateau et qui est un grand pêcheur.

Estelle jubilait.

— Je t'assure que tu manques pas grand-chose, Vital.

Tiens, je vais te servir un morceau de gâteau au chocolat et un autre verre de limonade.

Lorsque Josaphat revint du travail et lui annonça que les travaux étaient terminés, que la voie était de nouveau en service, il s'étonna de voir qu'elle ne le questionnait pas davantage. Elle paraissait distraite, tout absorbée dans ses pensées.

Le lendemain, aussitôt le souper fini, elle mit son chapeau et ses gants.

— Tu sors? demanda Josaphat, étonné.

— J'ai promis à sainte Anne de faire brûler un lampion. Je vais aller faire un tour à l'église.

— Comme tu voudras. Moi, j'sus fatigué et j'irai pas plus loin que le perron à soir.

Estelle s'éloigna sur le trottoir de bois, tournant le coin pour s'engager dans la rue de l'Église. Lorsqu'elle fut sûre que Josaphat l'avait perdue de vue, elle contourna le magasin Debrettigny et reprit le Ferguson Highway jusqu'à la résidence de Hugh Anderson. Ouvrant la barrière de la cour, elle monta les marches du perron et frappa à la porte-moustiquaire, qui, étant donné la chaleur, fermait seule l'entrée de la maison.

Hugh Anderson apparut dans l'embrasure de la porte de cuisine au bout du passage et vint ouvrir. Il sembla étonné de voir la femme de son employé.

— Mrs. Poirier?

— Oui. Je pourrais-t'y vous parler? C'est ben important.

— Certainement. Entrez, passez au salon.

Estelle entra et s'arrêta, éblouie. C'était encore plus beau qu'elle ne se l'était imaginé. Un corridor émaillé blanc conduisait à la cuisine. À droite, il y avait une vraie salle à manger avec une table vernie et des chaises à siège rembourré. À gauche, c'était le salon avec des murs roses et des boiseries grises. Et probablement deux, peut-être trois chambres en haut.

— Venez vous asseoir, dit Hugh, très cordial. Qu'est-ce que je peux faire pour vous?

— C'est à propos de l'accident d'hier.

— Ah, oui. Très regrettable, cet accident.

— À ce qu'il paraît, c'était Donat Nantel qui était responsable d'inspecter c'te section-là la veille de l'accident?

— Ah oui, peut-être bien. En effet, je pense que Jos, votre mari, faisait l'autre section avec Viateur. Alors, ce devait être Donat.

— Eh ben, dit Estelle d'un ton âpre, qu'est-ce que vous attendez pour le mettre à la porte celui-là?

Hugh Anderson la regarda, étonné.

— Mais voyons, Mrs. Poirier, c'est pas nécessairement de sa faute. Malgré toutes les précautions, avec la *metal fatigue, you know*, il peut se produire de petits accidents.

— Vous appelez ça des petits accidents, vous, quatre chars déraillés?

La colère grondait en Hugh.

— Mais enfin, Mrs. Poirier, de quoi vous mêlez-vous? C'est pas de vos affaires.

Estelle ne se laissa pas intimider. Elle le regarda un moment en silence puis elle dit d'une voix grave:

— Au contraire, monsieur Anderson, c'est de mes affaires. Mon mari est plus vieux que Donat et y connaît le travail mieux que Donat. Si ça avait été mon mari qui avait inspecté la section, y aurait pas eu d'accident, vous pouvez en être sûr.

— Donat est un bon employé et ce n'est pas vous qui me direz quoi faire, dit Hugh en se levant pour montrer qu'il ne discuterait pas de ce sujet plus longtemps. Et à partir de maintenant, je vous conseillerais de vous en tenir à vos chaudrons, Mrs. Poirier.

Estelle, assise sur le bord de sa chaise, tournait fébrilement la courroie de son sac à main.

— Moi, monsieur Anderson, je pense que cet accident a coûté cher à la compagnie et qu'y doivent pas être contents. Si, par-dessus le marché, quelqu'un allait leur écrire pour dire que le *foreman* était parti à la pêche avec son ami le docteur Clifford ce jour-là au lieu d'être à l'ouvrage comme il aurait dû, ça les mettrait pas plus de bonne humeur.

Le sang monta au visage de Hugh Anderson.

— Mrs. Poirier, dit-il d'une voix étranglée par la colère, je vous souhaite le bonsoir. Nous n'avons plus rien à nous dire.

Estelle se leva et, pour montrer qu'elle n'était pas pressée de partir, se dirigea lentement vers la porte. Sur le seuil, elle se retourna.

— Juste une autre chose. J'attendrai trois jours. Après, si Donat Nantel n'est pas renvoyé, je ferai mon devoir. J'écrirai à la compagnie.

Hugh referma la porte avec fracas, faisant sursauter Mrs. Anderson dans sa cuisine.

— Hugh, qu'est-ce qui se passe? demanda-t-elle.

— Rien, Phyllis. Un coup de vent.

Intérieurement, il devait admettre qu'il se trouvait dans une situation fâcheuse. Dire qu'il ne lui restait plus que dix-sept mois pour atteindre sa retraite. S'il fallait qu'il se produise quelque chose pour mettre sa pension en danger! Rien qu'à y penser, une sueur froide perla sur son front. Puis il songea à la circulaire qu'il avait reçue il y avait déjà quelque temps, où, pour réduire progressivement les effectifs, on lui interdisait de remplacer les employés qui quitteraient la compagnie pour quelque raison que ce soit. Mettons qu'il renverrait Donat en lui faisant porter le blâme de cet accident, cela pourrait être avantageux de deux façons : d'abord, par son rapport, il empêcherait une enquête plus approfondie ; ensuite, en réduisant les effectifs à Val-d'Argent, il préviendrait d'éventuelles mises à pied, ou, pire encore, que la section soit tout bonnement rattachée à une autre.

Lorsque Estelle revint chez elle, Josaphat fumait tranquillement sa pipe tout en se berçant sur le perron.

— Alors, t'as allumé ton lampion ?

Elle s'arrêta et ferma à demi les yeux.

— Oui, Josaphat, je l'ai allumé. Pis j'ai ben l'impression que la bonne sainte Anne va m'exaucer cette fois-ci.

Lorsque Donat Nantel se présenta au travail le lendemain, il fut reçu par un contremaître au visage grave.

— Attends-moi ici un moment. J'ai à te parler.

Il alla donner les ordres du jour aux trois autres employés et attendit qu'ils se fussent éloignés sur la draisine. Puis, il revint vers Donat.

— J'ai reçu des mauvaises nouvelles hier soir, dit-il en évitant son regard. Il semble que la compagnie te tient responsable du déraillement d'hier et que tu es suspendu jusqu'à nouvel ordre. Je peux pas te dire si ce sera pour longtemps.

Donat leva sur Hugh des yeux étonnés.

— Qu'est-ce que ça veut dire ?

— Ça veut dire que t'as pas besoin de revenir au travail avant que je te fasse demander. Je vais faire mon gros possible pour qu'ils te reprennent.

— Mais pourquoi?

— Parce qu'on te blâme pour le déraillement, je te l'ai déjà dit. C'est toi qui étais responsable de cette section-là la veille.

— Mais vous savez ben que c'est pas de ma faute. Les boulons étaient solides quand je suis passé. S'ils ne l'avaient pas été, je l'aurais dit. J'ai toujours fait ma job de mon mieux.

— Le problème, c'est que la voie était défectueuse quand le fret est arrivé.

— Alors, qu'est-ce que vous voulez que je fasse?

Hugh réprima un mouvement d'impatience.

— Es-tu sourd? dit-il en haussant la voix. Va-t'en chez vous et restes-y. On t'enverra ton chèque.

Donat le regarda, hébété, pendant un moment. Un tremblement nerveux agitait ses mains. Puis, comme un automate, il traversa la route et s'enfonça dans les broussailles en direction de sa maison.

Hugh, mal à l'aise, le regardait aller.

— Voyons, est-ce qu'il est devenu fou? dit-il, sans se rendre compte qu'il parlait tout haut. On dirait qu'il se prépare à traverser le muskeg au lieu de prendre la route comme tout le monde.

Achille revenait à la maison pour dîner lorsqu'il reconnut le buggy de son fils Donat qui venait par la route. Il fut plus étonné encore de voir que c'était Imelda, sa bru, qui menait le cheval et qu'elle avait les trois enfants avec elle. Intrigué, il hâta le pas.

Pénétrant dans la maison, il vit Imelda qui pleurait,

affalée sur une chaise. Les trois enfants étaient assis, silencieux, sentant qu'il se passait quelque chose de grave.

— Voyons, qu'est-ce que c'est ? Quelqu'un de malade ?

Laura essaya de parler, mais en fut incapable et se détourna. Imelda, à travers ses sanglots, finit par dire ce qui s'était passé.

— Il est comme un homme fou, acheva-t-elle. Il n'arrête pas de marcher de long en large en répétant : « C'est pas de ma faute, c'est pas de ma faute. » Je peux pas le faire asseoir pour manger ni se coucher pour se reposer.

Achille sentit que quelque chose se brisait en lui. Cette fois, la coupe débordait. D'abord, on tuait ses deux aînés pour rien. Maintenant, on rejetait son dernier fils comme une vieille chaussure qu'on met au rebut. C'en était trop.

— Imelda, tu vas rester ici avec les petits, dit-il d'une voix qui s'éraillait. Je vais aller y voir, moi.

Il était tard dans la soirée lorsque Donat s'endormit enfin. En arrivant à la maison, Achille ne l'avait trouvé nulle part. Il l'avait cherché dehors, autour des dépendances, puis soudain il l'avait aperçu qui tournait en rond dans un champ. Il était parvenu à le ramener à la maison, mais il n'avait pas réussi à le faire manger ni à tirer de lui d'autres paroles que celles qu'il répétait sans cesse lorsqu'il sortait de son mutisme : « Y disent que c'est de ma faute. C'est pas de ma faute. Les rails étaient corrects quand j'sus passé. »

Maintenant, Achille regardait dormir cet homme robuste qui était son fils, abandonné sur l'oreiller comme un enfant, ses grosses mains calleuses ouvertes en geste de supplication. Tout à coup, il sentit l'énorme lassitude qui pesait sur lui. Il alla chercher des couvertures et s'allongea sur le plancher près du lit tout en réfléchissant à ce nouveau malheur qui s'abattait sur la famille. Insensiblement, la fatigue aidant, il glissa dans le sommeil.

C'est alors que lui vint la vision qui devait changer sa vie.

Il se vit jeune à nouveau. Il avait trente-cinq ans et il était revenu au Québec pour y chercher sa famille, maintenant qu'il avait pu se bâtir une maison à Latchford afin de l'y recevoir. En passant à Montréal, il avait saisi l'occasion de rendre visite à son oncle, qui était aussi son parrain, curé à Lachine. C'était durant le grand Congrès eucharistique de 1910 et il avait accompagné son oncle à l'église Notre-Dame pour la grande cérémonie du soir.

L'église était remplie de prêtres et de religieux et cet auditoire sombre, vêtu de noir, parsemé de quelques soutanes pâles de dominicains, faisait contraste avec le faste du chœur où se trouvait l'archevêque de Westminster et une demi-douzaine d'autres évêques en ornements épiscopaux brillants d'or et d'argent, assistés de diacres, de sous-diacres et d'enfants de chœur en soutanes rouges. Les fidèles étaient massés sur la place en face de la cathédrale, mais son oncle était parvenu à le faire entrer avec lui. Mille cierges brûlaient, éclairant de leurs feux l'ostensoir d'or posé sur le maître-autel comme un soleil, entouré de candélabres de vermeil et de fleurs multicolores.

L'archevêque de Westminster s'était levé et avait pris la parole. Son sermon, commencé banalement, avait pris soudain une tournure incroyable. Ponctuant ses paroles d'une main où brillait l'améthyste épiscopale, il avait prononcé ces mots qui avaient laissé ses auditeurs sidérés : «La langue anglaise doit être le véhicule de la foi… Il faut allier, à l'avenir, la religion catholique et la langue anglaise.»

Puis, un remous s'était produit dans la foule. Un laïque vêtu d'une simple redingote noire s'était avancé dans le chœur comme un modeste oiseau des champs parmi toute cette splendeur ecclésiastique : Henri Bourassa. Sa voix chaude et vibrante s'était élevée sous les voûtes de la cathédrale et un grand silence s'était fait. Quand il avait été sur le point de prononcer la phrase qui resterait à jamais célèbre, ô miracle, ce n'était plus Henri Bourassa mais Achille Nantel qui s'était retrouvé debout devant le maître-autel ; c'était lui qui s'était tourné vers monseigneur Bourne, archevêque de Westminster, et qui avait dit : «L'Église catholique n'est et ne sera jamais l'Église d'une époque, d'un pays, d'une nation… Elle ne peut asservir une race à l'autre… Nous ne sommes qu'une poignée en Amérique du Nord, Votre Grandeur, mais nous comptons pour ce que nous sommes et nous avons le droit de vivre.»

Malgré que ce fût un lieu saint, un tonnerre d'applaudissements avait salué ces paroles et soudain Achille avait reconnu la grosse voix de son oncle qui avait crié à l'archevêque : «Attrape, mon maudit!»

Puis, les murs de l'église s'étaient dissous et reformés comme des nuages sculptés par le vent. Achille se trouvait maintenant à l'Assemblée législative de l'Ontario. Il reconnaissait les pupitres alignés à droite et à gauche, le gouvernement et l'opposition, avec au milieu le trône où siégeait l'orateur, tel que l'avait décrit plusieurs fois le docteur Miron, dont le jeune frère, étudiant en droit, était *special sessional messenger* et avait été présent au débat historique qui avait amené le rappel du *Règlement XVII*.

Achille rêva qu'il était Aurélien Bélanger, debout à son pupitre, entouré de livres et de documents si nombreux qu'ils débordaient sur le pupitre de son collègue et voisin, le maire Fisher d'Ottawa. Il achevait un discours où pendant près de cinq heures il avait tenu la Chambre sous le charme de son éloquence hypnotique. Chiffres et citations à l'appui, avec une logique implacable, il avait démoli les supposés fondements constitutionnels du *Règlement XVII*. Évoquant la situation dans d'autres pays, tels la Suisse et la Belgique, où cohabitaient des peuples de langues différentes, il avait prouvé l'injustice d'un règlement qui avait soudainement privé un peuple du droit acquis et inaliénable de transmettre sa langue et sa culture à ses enfants.

Les applaudissements avaient déferlé des deux côtés de la Chambre et le député McCausland, quittant les rangs du gouvernement, avait traversé l'enceinte pour venir lui offrir un œillet rouge, qu'il avait glissé à sa boutonnière avant de lui serrer la main.

Puis, le premier ministre Howard Ferguson s'était levé. Dans le silence impressionnant qui était tombé sur l'Assemblée, il avait prononcé ces mots historiques : « *The Government is not wedded to* Regulation XVII[2]. »

Lorsque Achille s'éveilla, contrairement à la plupart des rêves qui semblent au réveil s'échapper comme une eau qui fuit, chaque détail de cette vision subsistait si nettement qu'il fut étonné de ne pas voir l'œillet rouge au

---

[2] « Le gouvernement n'est pas lié au *Règlement XVII*. »

revers du caleçon-combinaison dans lequel il avait dormi. Il se sentait calme et fort. Le jour pointait à l'horizon. Il sortit sur le perron et se mit à réfléchir. Cette vision lui avait certainement été donnée dans un but bien précis. On lui avait indiqué très clairement qu'il devait marcher sur les traces de ces deux grands patriotes, Henri Bourassa et Aurélien Bélanger. C'était une mission, une consécration. Comme Moïse parmi les Hébreux, il était appelé à conduire son peuple hors des ténèbres, à la Terre promise.

Face au soleil levant, il étendit les bras. Il n'avait pas eu le privilège de voir et d'entendre Aurélien Bélanger, mais il avait vu et entendu Henri Bourassa. Imitant ses gestes et son style, il commença :

Mes chers compatriotes, mes très chers amis,
Pendant trop longtemps nous avons souffert l'injustice sans rien dire. L'heure est venue de nous tenir deboutte, tous ensemble, pour exiger ce qui nous revient. Nos ennemis trembleront, mes très chers amis, si tous ensemble, bien résolus, nous nous avançons comme un seul homme et, les regardant dans les yeux, nous leur disons : C'est assez!

Les deux vaches de Donat, qui s'étaient approchées de l'étable, sentant venir l'heure de la traite, lui répondirent par un long beuglement mélancolique.

Donat, réveillé par le bruit et semblant plus calme que le jour précédent, parut sur le seuil.

— À qui parliez-vous donc, papa?

Achille se retourna et mit la main sur l'épaule de son fils. « Tu peux arrêter de t'en faire, mon garçon. Ta job, tu vas la ravoir. »

Dès le lendemain, vêtu de son complet des dimanches en serge bleu marine, son chapeau de feutre noir solidement enfoncé sur son crâne dégarni, Achille Nantel prenait le train pour North Bay, où se trouvaient les bureaux de la Temiskaming and Northern Ontario Railway. Le train arrivait tard dans l'après-midi ; aussi trouva-t-il les bureaux fermés quand enfin, ayant demandé aux passants, il arriva devant le solide édifice de pierre grise sis au 195 de la rue Regina. Il marcha donc au hasard jusqu'à ce qu'il vît une affiche : *Rooms for rent*. Alors il entra et pour un dollar il eut droit à une toute petite chambre peinte en vert délavé avec un lit étroit aux draps grisâtres. Il mangea les deux sandwichs au lard que Laura lui avait donnés et se coucha tôt.

Le lendemain, il attendit sous la pluie battante l'ouverture des bureaux. Quand il pénétra dans l'édifice, un jeune homme mince avec des manchettes de lustrine et une visière verte sur le front lui demanda ce qu'il voulait.

— Je veux parler à celui qui est en charge de l'entretien du chemin de fer.

Le freluquet le toisa avec insolence.

— Si c'est pour du travail, on n'embauche pas en ce moment.

— C'est pas pour du travail.

— Alors, c'est pourquoi ? Vous ne pouvez pas être reçu par monsieur Banning à moins que je puisse lui dire de quoi vous voulez lui parler.

— Dites-lui que je sais des choses importantes à propos du déraillement de Val-d'Argent.

— Vous en avez été témoin ?

— Je suis le témoin de la justice et de la vérité.

Le jeune homme hésita un moment, puis il disparut derrière une porte. Quand il revint, il lui indiqua des chaises rangées le long du mur.

— Asseyez-vous là. Monsieur Banning vous recevra dès qu'il sera libre.

Achille s'assit posément et attendit sans impatience. Au bout d'une bonne heure, le freluquet revint.

— Si vous voulez me suivre, monsieur Banning vous recevra maintenant.

Monsieur Banning était un homme à cheveux gris, obèse, l'air bourru.

— Lorne me dit que vous avez été témoin du déraillement de Val-d'Argent? demanda-t-il sans préambule.

— Je vous apporte la vérité, monsieur, dit Achille, au garde-à-vous, fixant son interlocuteur de ses yeux étincelants.

D'avoir à lever les yeux pour parler à cet homme étrange ennuya monsieur Banning.

— Asseyez-vous et dites-moi le plus rapidement possible ce que vous avez vu.

— C'est deboutte, monsieur, que je donnerai mon témoignage, répliqua Achille. On a dit que mon garçon, qui a onze ans de service, qui est un vétéran, frère de deux soldats tués inutilement en Europe la veille de l'Armistice, avait négligé son devoir et que c'est pour ça que le train a déraillé. On a menti. Et sur ces faux témoignages, on l'a renvoyé.

— Quelle preuve avez-vous que ces témoignages sont faux?

— C'est écrit dans l'Évangile : «On jugera l'arbre à ses fruits.» Mon garçon a toujours bien fait son travail et il a toujours dit la vérité.

— En somme, vous n'avez rien vu, vous n'avez aucun fait nouveau à apporter et vous osez venir me déranger pour rien. Vous voudriez que je renverse la décision des autorités locales parce que, selon vous, votre fils est un bon garçon.

— Je demande une enquête spéciale. La lumière se fera, j'en suis sûr.

Le visage de Banning s'empourprait.

— Je n'appellerai pas d'enquête spéciale quand il n'y a aucun fait nouveau qui la justifie. Je suis un homme occupé. Je vous dis au revoir, monsieur.

Il fit sonner un timbre sur son bureau. La porte s'ouvrit aussitôt.

— Reconduisez-moi ce monsieur à la porte, Lorne.

Achille pointa un doigt accusateur vers le gros homme.

— J'irai plus haut. Que vous le vouliez ou non, un jour la lumière éclatera et la justice triomphera.

— Vous pouvez aller au premier ministre en personne si vous voulez, dit Banning sèchement. Rien ne me fera changer d'avis.

Le freluquet le tira par le bras et referma la porte du bureau. En deux temps, Achille se retrouva dehors sous la pluie froide, qui tombait depuis le matin. Puisqu'il lui fallait se rendre jusqu'au premier ministre, eh bien, il irait. D'un pas résolu, il se dirigea vers la gare.

❖

En arrivant à Toronto, Achille s'enquit auprès des passants où se trouvait le parlement. On le dirigea vers Queen's Park. Il faisait chaud dans la capitale et Achille suait à grosses gouttes avec son complet de serge et son chapeau de feutre noir.

Il aperçut enfin le grand édifice de pierre d'un brun rosé au bout de la grande allée à l'entrée de laquelle se tenait la statue de Sir John A. Macdonald, qui, lui, avait enlevé son paletot à col de fourrure. Il remontait l'allée vers la grande porte lorsqu'il aperçut un homme assis sur un banc qui écrivait dans un calepin. Achille souleva son chapeau poliment.

— Pardon, monsieur, dit-il en anglais, pourriez-vous me dire où se trouve le bureau du premier ministre?

L'homme le dévisagea un moment, puis il sourit.

— Est-ce que le premier ministre vous attend?

— Non. Y sait pas que je suis venu. Mais quand y saura que je viens lui dire la vraie vérité sur le déraillement de Val-d'Argent, y va être ben content de me voir.

— Où est-ce, Val-d'Argent?

— C'est sur la ligne du T. & N.O., avant d'arriver à Cochrane.

— Ah bon, sur le chemin de fer provincial. Mais dites-moi, monsieur…

— Nantel, Achille Nantel.

— Dites-moi, monsieur Nantel, ne feriez-vous pas mieux de vous adresser aux autorités du chemin de fer?

— J'ai essayé, mais y ont pas voulu m'écouter. Ils m'ont dit de m'adresser au premier ministre. Je pense qu'y sont tous de complot dans cette affaire. Y veulent pas que rien se sache pour pas déranger leurs petites combines.

L'homme sourit de nouveau. Il lui indiqua une place sur le banc près de lui.

— Asseyez-vous, monsieur Nantel, et racontez-moi votre histoire. C'est votre bonne étoile qui a voulu que vous vous adressiez à moi. Il se peut fort bien que je sois en mesure de vous aider.

Il y avait un bon quart d'heure qu'Achille parlait avec le monsieur si gentil et qui s'intéressait si fort à son histoire lorsque la porte centrale de l'édifice du Parlement s'ouvrit, laissant passage à trois hommes qui descendirent les marches tout en conversant. Le compagnon d'Achille se leva et se dirigea vers eux, lui faisant signe de le suivre.

— Bonjour, monsieur le premier ministre, dit-il. Je vous attendais pour vous poser quelques questions si vous voulez bien. Des rumeurs circulent à votre sujet, une nomination qui serait imminente.

Un homme à moustache noire et à lunettes cerclées d'or se retourna.

— Tiens, bonjour Jeff. Qu'est-ce que le *Globe* a encore envie d'inventer à mon sujet?

— Monsieur Ferguson, voulez-vous nier ou confirmer?

— Je ne peux évidemment pas dire quoi que ce soit, puisque je ne sais pas encore de quoi il s'agit.

— J'ai appris de bonne source que vous allez incessamment être nommé haut-commissaire à la cour de St. James. Est-ce vrai?

L'honorable Howard Ferguson sourit.

— Il faudra attendre que tes sources sûres m'en informent, puisque je n'ai reçu aucune communication à ce sujet.

Intérieurement, il jubilait. La semaine précédente, R.B. Bennett l'avait assuré que l'affaire était dans le sac.

Haut-commissaire à Londres, ce serait l'apothéose qui couronnerait sa carrière. Pas mal, n'est-ce pas, pour un petit avocaillon de Kemptville? Un honneur bien mérité après tout ce qu'il avait fait pour le faire élire, celui-là. Il était temps que le très honorable R.B. Bennett, premier ministre du Canada, s'acquitte de ses dettes. Le journaliste continua.

— Monsieur le premier ministre, il y a autre chose dont je voudrais vous entretenir. Permettez-moi de vous présenter mon ami, monsieur Achille Nantel. Il est venu de tout là-bas dans le Nord de l'Ontario pour protester contre une injustice notoire, une histoire de déraillement sur les lignes du chemin de fer provincial où un ancien combattant, dont les deux frères sont morts en héros au champ de bataille en 1918, servirait de bouc émissaire et aurait été injustement privé de son emploi malgré ses années de service. Je suis sûr que le gouvernement voudra faire toute la lumière dans cette affaire.

— Mon gouvernement n'a absolument rien à cacher, Jeff. Tu le sais bien.

— Tout ce que mon ami demande, c'est qu'une enquête spéciale soit instituée pour rétablir les faits véritables. Puis-je écrire dans mon article que le gouvernement est prêt à tirer cette affaire au clair en instituant une telle enquête?

L'honorable Howard Ferguson se sentait plein de mansuétude aujourd'hui. Il regarda l'homme mal vêtu, au regard de visionnaire sous un chapeau verdi, qui écoutait avidement les propos de Jeff Thayer, journaliste au *Toronto Globe*.

— Soyez sans crainte, monsieur, ce sera fait.

Puis, se tournant vers l'un de ses compagnons :

— Bill, tu aviseras George Lee que je veux une enquête immédiate sur cette affaire. Au fait, dit-il en se tournant vers Achille, de quel déraillement s'agit-il ?

— Du déraillement de Val-d'Argent, Votre Honneur.

— Bon, tu prends ça en note, Bill ? Dis à George Lee que je veux une enquête immédiate sur cette affaire et que j'en veux connaître les résultats avant dix jours.

Saluant courtoisement les deux hommes, il s'éloigna avec ses deux compagnons. Lorsqu'ils furent hors de portée de voix, son chef de cabinet lui demanda si vraiment il voulait que le président-directeur général du T. & N.O. soit avisé d'instituer une enquête spéciale.

L'honorable Howard Ferguson s'arrêta net.

— Assurément, mon cher Bill. Je te l'ai déjà dit, le public n'a pas d'intelligence. Personne n'a jamais gagné une élection au moyen d'arguments logiques parce que les gens intelligents et instruits sont une minorité infinitésimale. Avec notre système démocratique utopique, c'est la racaille qui règne. Pour obtenir son vote, il faut captiver son imagination et cette histoire de bouc émissaire dans un déraillement est exactement le genre d'anecdote propre à le faire.

Les jours qui suivirent le retour d'Achille à Val-d'Argent le virent très occupé à exercer son élocution devant le petit miroir pendu au-dessus de l'évier de la cuisine. Il jugea vite ce miroir trop petit et se rendit au magasin général pour en acheter un plus grand qu'il installa, avec l'autre, dans un coin de la chambre à coucher, de sorte qu'ils lui renvoyaient son image des deux côtés.

— Mes chers compatriotes, mes très chers amis, dit-il en élevant les bras.

Non. Ce n'était pas tout à fait ce geste-là qu'avait eu Henri Bourassa. Il avait plutôt ouvert les bras, comme le père à l'enfant prodigue. Il recommença :

— Mes chers compatriotes...

Le visage inquiet de Laura apparut dans le miroir.

— Mais, qu'est-ce que t'es après faire ?

— Je pratique mon discours.

— Un discours ? répéta-t-elle, étonnée. Quand est-ce que tu fais des discours ? As-tu envie de te présenter comme député ?

— Ça se pourrait, ma femme. En attendant, je t'ai dit que le premier ministre va redonner sa job à Donat. C'est le premier signe qui m'est donné.

— Quel signe ?

— Le signe de la mission qui m'a été donnée de conduire mon peuple à la Terre promise.

— Mon doux Jésus, soupira Laura en retournant dans sa cuisine.

Le dimanche suivant, aussitôt la grand-messe finie, Achille s'avança au centre du perron de l'église. Il ouvrit les bras comme le père accueillant l'enfant prodigue et cria d'une voix forte :

— Mes chers compatriotes, mes très chers amis...

La foule qui s'écoulait lentement s'arrêta, surprise. On était habitués à avoir, de temps à autre, des criées à la porte de l'église pour solliciter des dons destinés aux gens qui avaient « passé au feu » ou pour vendre quelque chose, alors on ne s'étonna pas trop.

Achille continuait, ponctuant son discours de gestes démesurés :

— Pendant longtemps nous avons subi l'injustice sans rien dire. L'heure est venue de nous tenir deboutte, tous ensemble, d'avancer comme un seul homme, de les regarder dans les yeux et de leur dire : « C'est assez ! »

Les gens se regardaient, se demandant ce que pouvait annoncer ce préambule.

— Vous savez tous que Donat a perdu sa job. Eh ben, pas plus tard que cette semaine, je suis allé à Toronto voir le premier ministre et, deboutte, je l'ai regardé dans les yeux...

Des ricanements se firent entendre dans la foule.

— ... et je lui ai dit que c'était une injustice, qu'y fallait qu'y sache la vérité...

— Y t'a-tu nommé ministre, au moins, Achille ? cria une voix gouailleuse.

— Alors, y m'a dit qu'il appelait une enquête spéciale et que Donat pourrait ravoir sa job...

— Es-tu sûr que c'est à Toronto que t'es allé ? cria quelqu'un. Tu serais pas plutôt allé au p'tit lac à Boudreau goûter au sirop pour le rhume de René Paquette ?

Un vaste éclat de rire salua cette saillie. Achille continuait à parler et à gesticuler, mais on ne l'entendait plus guère avec les conversations qui reprenaient, les gens qui s'en allaient, les enfants qui piaillaient. Bientôt, il demeura seul sur le perron de l'église, tandis que Laura l'attendait dans le dernier banc de la nef, de grosses larmes coulant sur ses joues ridées.

Les moqueurs se regardèrent avec étonnement lorsqu'ils virent descendre du train trois messieurs importants qui constituaient la Commission d'enquête spéciale sur le déraillement. Deux jours plus tard, leur travail était terminé et, avant la fin de la semaine, le résultat en était connu.

L'un des wagons du convoi qui avait déraillé avait une roue défectueuse que les préposés à l'entretien des wagons n'avaient pas repérée lors de leur inspection. Lorsque le convoi s'était engagé dans la courbe, la roue de ce wagon, à demi sortie de son axe, avait sectionné la tête des boulons qui maintenaient les rails. Les wagons suivants, exerçant une force centrifuge, avaient peu à peu écarté les rails de sorte que les quatre derniers wagons avaient déraillé.

Le *Toronto Globe,* dans un article qui annonçait la nomination de l'honorable Howard Ferguson comme haut-commissaire à Londres, reprenait également ses paroles concernant l'enquête spéciale qui avait été instituée pour faire la lumière sur les causes véritables du déraillement de Val-d'Argent : « Dans un vaste complexe comme l'administration d'un chemin de fer provincial, avait-il dit, il peut parfois se glisser des erreurs. Mais le gouvernement veille, prêt à les corriger. Le gouvernement conservateur n'a jamais eu peur de la vérité et je sais que mon successeur, George S. Henry, saura continuer la tradition qui a mérité la confiance des électeurs avertis de l'Ontario depuis 1923. »

Un télégramme du siège de la compagnie enjoignit Hugh Anderson de réembaucher Donat Nantel, ajoutant qu'un chèque de remboursement pour le salaire perdu suivrait immédiatement.

Le lendemain matin, la tête haute, Donat se présenta au travail. Hugh Anderson lui serra la main avec effusion.

— Je te l'avais bien dit, Donat, que t'étais rien que

suspendu. J'ai répondu au bureau-chef que c'était pas possible, qu'il devait y avoir une autre explication. Tu peux pas savoir comme je suis content que tout ait tourné bien.

Donat ne répondit rien. Il attendait les ordres pour la journée.

— Bon, dit alors Hugh embarrassé, tu prendras Jos et Viateur et tu feras la section nord…

Achille, le père de Donat, poursuivait ses exercices dans l'angle de la chambre à coucher malgré les protestations de Laura.

— Pourquoi tu fais ça, mon vieux? Tu fais rien que faire rire de toi. Ils t'écoutent pas.

— Y faut que je fasse mon devoir, répondait Achille, buté. À saint Jean-Baptiste aussi, on y avait dit de plus parler, mais il a continué jusqu'au bout, même si on lui a coupé la tête.

CHAPITRE VIII

L e cœur de Rose Stewart se serrait lorsqu'elle faisait le compte de ses économies. Comme la somme s'accroissait lentement! Il n'y en aurait jamais assez pour permettre à Donald de vivre à Toronto pendant trois ou quatre ans. Avec cette crise économique dont on parlait dans les journaux, les revenus baissaient. L'usine de l'Abitibi Pulp and Paper fonctionnait au ralenti. L'argent se faisait de plus en plus rare. Souvent, durant l'été dernier, Doug était revenu avec une partie de sa charge non vendue. L'année 1931 ne s'annonçait guère plus prospère. Enfin, il fallait espérer que l'idée d'élever des dindons serait une bonne affaire. On était déjà en mars, il faudrait les commander bientôt.

S'approchant de la fenêtre, elle regarda le paysage, où le grand vent de mars soulevait une fine poudrerie, couronnant chacune des vagues de neige d'un jet de brume blanche, transformant le champ en mer glaciale immobile.

Puis, elle aperçut quelqu'un qui s'avançait en raquettes à travers champs. C'était Rose-Delima. En entrant, la jeune fille lui tendit une grande enveloppe.

— Papa est allé au village et il y avait une lettre pour vous. Alors, je suis venue vous la porter tout de suite parce que ç'a l'air de venir de loin.

Rose lut la curiosité dans son regard. Elle se mit à examiner cette lettre, chargée de timbres africains, qui avait été adressée à monsieur et madame Douglas Stewart, Sesekun, Ontario, Canada. Elle avait été envoyée aux Lettres mortes avant d'être correctement réadressée à Val-d'Argent. Puis, Rose lut l'adresse de l'expéditeur à l'endos et sentit tout son sang se retirer de sa poitrine.

— Êtes-vous malade, tante Rose? Vous voilà toute pâle.

Rose secoua la tête et ferma les yeux. L'éloigner. Éloigner cette enfant curieuse et rester seule pour lire cette lettre qui portait la mention: père Alexandre Sellier, Abidjan…

À tout hasard, elle prit sur le clou près de la porte un épais foulard tricoté à la main et le tendit à Rose-Delima:

— Tiens, va donc porter cela à ton oncle Doug en t'en retournant. J'ai peur qu'il prenne froid en revenant de l'étable.

L'étonnement se peignit sur les traits de Rose-Delima. D'ordinaire, tante Rose était plus accueillante, mais déjà elle avait ouvert la porte et il fallut s'exécuter. D'un pas lent, elle se dirigea vers l'étable.

Restée seule, Rose alla s'asseoir sur le bord de son lit. Ses mains tremblantes serraient sur son cœur cette lettre écrite de sa main à lui. Elle ferma les yeux pour évoquer son image, telle qu'elle l'avait vue la dernière fois. Le haut front entouré de pansements. Les grandes mains qui se crispaient sur le pied du lit d'hôpital. Le regard chargé de détresse qui fuyait le sien. La voix basse et rauque qui disait : « Pardonne-moi tout le mal que je t'ai fait. Sache que, tant que je vivrai, chaque jour, tu seras présente dans mon cœur et dans mes prières. »

Elle l'avait laissé partir sans lui dire qu'un enfant naîtrait de leur amour, de cet amour impossible, irréalisable, où tout les séparait — tout, sauf ces liens du cœur qui s'établissent entre deux êtres et dont elle ressentait encore les tiraillements après tant d'années.

Elle décacheta l'enveloppe et en sortit un feuillet mince couvert d'une haute écriture régulière et une autre feuille, plus épaisse, qui semblait être un genre de certificat. À travers les larmes qui s'obstinaient à lui brouiller la vue, elle lut :

Mes très chers amis,

Après la mort de maman qui est survenue au terme d'une longue et douloureuse maladie, ma belle-sœur a retrouvé dans ses affaires une lettre qui m'avait été adressée longtemps auparavant. Sans doute ma pauvre maman espérait-elle pouvoir me la remettre de main à main, ou peut-être l'a-t-elle tout simplement oubliée. Je n'ai jamais revu ma mère : c'est là un sacrifice que nous avons dû faire tous les deux.

Mon frère m'a envoyé cette lettre ici à ma mission dans la brousse. J'ai constaté qu'elle venait de Tom Clegson, un Américain avec qui j'ai prospecté à mon arrivée dans le Nouvel-Ontario. Il m'envoyait un certificat de mille actions dans la Colorado Gold Mines, que nous avions, disait-il, découverte ensemble.

Je vous en fais don. Tout ce que je souhaite, c'est que la vente de ces actions vous rapporte suffisamment pour permettre à Doug de réaliser son rêve d'aller s'établir en

Californie. Pas un jour ne se passe sans que je prie Dieu
de faire pleuvoir sur vous ses bénédictions.
   Fraternellement vôtre dans le Christ,
   Alexandre Sellier,
      prêtre des missions d'Afrique

Longtemps Rose pleura, serrant sur ses lèvres ce feuillet
écrit de la main d'Alexandre. Lorsqu'elle entendit Doug
qui entrait, elle s'essuya les yeux et alla à sa rencontre.
   — Qu'est-ce que t'as? T'as les yeux rouges.
Elle lui tendit la lettre.
   — Tiens, lis.
À mesure que ses yeux parcouraient la page, le visage
de Doug s'éclairait.
   — Tu parles d'une chance! s'exclama-t-il. Se
pourrait-il, mon Dieu, que nous finissions par aboutir
en Californie? Tu peux pas t'imaginer comme c'est beau
là-bas, avec le soleil si chaud et les fruits, les fleurs, les
oiseaux qui chantent…
   Déjà il était repris par le rêve de toute sa vie.
   — Il faut d'abord aller voir ce que ça rapportera, dit
Rose, pratique. Ensuite, une chose qu'Alex ne sait pas,
c'est que nous avons un fils à élever maintenant.
   Le lendemain matin, Doug et Rose prirent le train
pour se rendre à Iroquois Falls, à la banque, s'enquérir
auprès du directeur des activités de la Colorado Gold
Mines. Celui-ci dut téléphoner pour obtenir des renseignements. Les nouvelles ne furent pas bonnes. Entrée en
activité en 1915, cette mine avait cessé d'être exploitée
en 1925.
   — Vous savez, leur dit le directeur, on en voit beaucoup de ces mines qu'on exploite pendant un certain

temps puis qui s'éteignent, parfois faute de minerai lorsque la veine s'épuise, parfois faute de capital. C'est vraiment dommage. Il y a sept ou huit ans, ce certificat aurait pu valoir une bonne somme.

Ils revinrent à Val-d'Argent en silence, chacun absorbé dans ses pensées. Rose, malgré son désappointement, se disait: «Il pense à moi. Après tant d'années, il a voulu m'aider.» Elle se sentit forte de nouveau, prête à affronter toutes les éventualités.

Lorsque la voiture s'arrêta devant la porte, elle regarda le pommier qui commençait à émerger de la neige fondante. Après le sinistre de 1916, ils avaient reçu de diverses sources charitables des quantités de dons tels que vêtements, meubles, instruments de jardinage, semences, boutures et plants. Parmi ces derniers, se trouvait un petit pommier MacIntosh.

— Les gens n'ont vraiment aucune idée du climat de cette région, avait dit Doug.

Rose avait planté et arrosé l'arbre, et il avait pris racine dans ce sol hostile. Quand était arrivé l'hiver, la tête avait gelé, mais au printemps le tronc avait émis de nouvelles branches. En fait, chaque hiver, la tête de l'arbre gelait, de sorte qu'on pouvait juger de l'épaisseur de la couche de neige qui était tombée durant l'hiver à la hauteur des rameaux du pommier. Et chaque printemps, obstinément, il déroulait ses feuilles tendres dans l'air tiède de juin. Maintenant, l'arbre avait quatorze ans, l'âge de Donald. Il mesurait trente et un pouces de hauteur et il était garni de bourgeons qui éclateraient avec le retour de l'été. Même quand l'espoir paraît absurde, semblait-il dire, on ne peut cesser de lutter.

Doug, lui, revenait au logis comme le bagnard évadé

ramené de force au cachot. Son rêve était dissipé cette fois. Il avait compris qu'il mourrait sur ce rude coin de terre sans jamais avoir revu la Californie.

Chapitre IX

Eugène Marchessault n'en crut pas ses oreilles lorsque Germain lui parla d'acheter la machine à arroser les choux.

— Mais voyons, avec quel argent veux-tu qu'on l'achète? Tu sais ben qu'on a pus d'argent de côté. Avec ce qu'on gagne, c'est tout juste pour manger et rencontrer les paiements de la terre à Brisson.

— Avec l'argent de la banque, papa. Les banques, c'est fait pour ça.

Eugène haussa les épaules.

— Voyons, Germain, y voudront jamais nous prêter avec les temps durs comme y sont.

— Faut essayer, papa, et si la banque le demande, faut être prêts à mettre notre ferme en garantie, parce que je veux acheter non seulement la machine mais aussi le petit camion de monsieur Schraffner pour pouvoir charrier les choux au marché de Timmins.

— Un camion! Tu veux acheter un camion? Tu sais ben que c'est pas pour des colons pauvres comme nous autres, ces choses-là.

Germain se sentit agacé par l'attitude de son père.

Comme s'il y avait des choses auxquelles il était défendu d'aspirer! Lui, il avait résolu que rien ne l'arrêterait dans la vie. Patiemment, il lui expliqua, comme il l'avait fait à Rose-Delima, qu'il connaissait bien la culture du chou, qu'il pourrait conserver les débouchés de monsieur Schraffner pour vendre la récolte et que celui-ci était même prêt à rencontrer le gérant de banque pour témoigner en sa faveur.

Eugène regarda son fils comme s'il le voyait pour la première fois.

— Je ne sais vraiment pas où tu vas chercher tout ça.

— On a même un morceau de terre qui serait extra pour la culture du chou, continua Germain.

— Ah oui, dit Eugène, et où ça?

Déjà l'agriculteur en lui s'intéressait.

— Le champ d'en haut, près de la rivière. C'est de la bonne terre noire avec juste assez de sable et de glaise pour que ça s'égoutte bien et que ça gèle pas trop facilement. Et ça nous fera pas loin à aller chercher l'eau pour arroser. Qu'est-ce que vous en dites, papa?

Eugène regardait autour de lui. Ces champs, il les avait arrosés de sa sueur depuis vingt ans. Cette maison, cette grange, il les avait bâties de ses mains après le feu. Tout ça, c'était «clair» à lui depuis sept ans. Hypothéquer tout son bien pour se lancer dans une aventure dont le résultat dépendrait de la température?

— Alors, papa? pressa Germain.

Eugène hocha la tête.

— Laisse-moi y penser, mon garçon. C'est pas une décision facile à prendre.

⁜

85

Germain finit par avoir gain de cause.

Grâce à la recommandation de monsieur Schraffner, à l'aide accordée par le gouvernement aux termes du Crédit agricole et à la garantie prise sur la ferme, il obtint un prêt de la banque. À l'automne, il laboura le terrain près de la rivière qu'il réservait à la nouvelle culture et fabriqua des couches chaudes qui s'abritèrent le long de la paroi sud de la grange. Remplies de fumier et d'humus, recouvertes d'une vitre, elles attendaient la semence qu'on pourrait y déposer dès avril quand le soleil redeviendrait ardent.

Durant l'hiver, il réussit à se trouver du travail dans les chantiers de l'Abitibi Paper. Il s'y rendit, laissant son père qui prenait de l'âge s'occuper du bétail. Il exécrait les chantiers, la promiscuité, les lits où l'on devait se faire une paillasse avec des branches d'épinette et qui grouillaient de poux malgré tout le soin qu'on pouvait prendre avec les moyens rudimentaires disponibles pour se tenir propre. Cela permettait cependant de toucher un peu d'argent au printemps. Un bûcheron qui abattait des arbres toute la journée au *bucksaw* (scie manœuvrée par un homme) recevait en moyenne trente-cinq dollars par mois. Ceci voulait dire qu'après quatre mois de travail ardu, on pouvait s'attendre à retourner chez soi avec une somme d'environ cent quarante dollars. «Ça paiera toujours ben mes semences, mon engrais chimique et mon insecticide, se disait Germain. Et un jour…»

En revenant des chantiers, il commença à préparer ses couches chaudes. Il acheta des poudres mystérieuses, qui lui servirent à préparer des philtres, et bientôt les petites plantes vertes se mirent à lever que c'en était une joie à voir.

Rose-Delima, qui se sentait personnellement intéressée, secondait Germain de son mieux. Durant l'hiver, elle avait revu ses livres de classe et dévoré ceux qu'Albert avait rapportés comme prix de fin d'année, depuis les *Successeurs de Molière*, des pièces où les jardiniers s'appelaient tous Lucas, étaient auvergnats et parlaient à la première personne du pluriel, jusqu'au *Paradise Lost* de Milton.

Lorsqu'elle était allée à Iroquois Falls pour passer ses examens d'entrée, elle y avait vu pour la première fois une bibliothèque publique et, apprenant que c'était un endroit où l'on pouvait emprunter des livres sans qu'il en coûte rien, elle avait pensé que les gens qui jouissaient d'un tel privilège devaient être les plus heureux du monde.

Il y avait aussi les livres que Jean-Pierre empruntait pour elle à la bibliothèque de l'école du village. Fournie par le ministère de l'Éducation à Toronto, cette bibliothèque renfermait surtout des livres anglais qui parlaient beaucoup de fées, de fleurs, de chiens et de chevaux. Le goût de la lecture et leur amitié commune pour Donald étaient les deux seuls points qui la rapprochaient de son cousin Jean-Pierre. Quand l'école recevait de nouvelles caisses de livres, il ne manquait pas de l'en avertir. Passant ainsi de l'histoire d'un chiot qui était né infirme et laid dans une portée de superbes chiens de race, volume provenant de la collection de l'école du village, au *Paradise Lost* apporté par Albert, le long hiver s'était enfin achevé. Germain était revenu et on avait commencé le travail qui rapporterait assez d'argent pour payer sa pension à l'Académie Sainte-Marie d'Haileybury.

Maintenant que la neige était disparue, on pouvait se servir de la camionnette que Germain avait achetée de son ancien patron et c'était merveille de voir qu'on pouvait se rendre au village en dix minutes au lieu d'y mettre plus d'une demi-heure au pas lent du cheval. Germain avait même commencé à lui enseigner comment la conduire. Eugène regardait ses enfants monter à bord de ce véhicule et il secouait la tête.

Comme le repas du midi s'achevait ce jour-là, Alma demanda à Germain s'il allait au village.

— Oui, maman.

— Bon, alors tu m'apporteras de la farine et de la levure. Je n'ai plus de quoi cuire le pain.

— Entendu, maman. Tu viens, Lima? Je te laisse conduire jusqu'au village. Vous savez, maman, elle commence à être un vrai bon chauffeur maintenant.

Ils partirent tous deux dans les chemins boueux remplis d'ornières. En arrivant au village, elle se dirigeait vers le magasin général Debrettigny lorsque Germain lui dit :

— Tourne ici. J'ai affaire chez Lamontagne.

Rose-Delima éclata de rire.

— Je pense que je sais de quelle affaire il s'agit. Ça serait pas parce que la belle Georgette sert au comptoir ces semaines-ci?

Elle freina devant le magasin et tourna la clé du moteur.

— Bon, je te laisse faire tes emplettes avec la belle Georgette… Hé, ça rime! Pendant ce temps, je vais au bureau de poste.

Germain entra au magasin et s'assura que la blonde demoiselle était bien à son poste. Comme elle était en train de servir une cliente, il s'approcha d'un groupe d'hommes assis sur des chaises et sur des barils, au milieu desquels Fecteau, le beurrier, exposait sa théorie sur la formation des gisements aurifères.

— C'est facile à comprendre, disait-il. L'or, ça vient du centre de la Terre. Tout le monde sait que le centre de la Terre, c'est une boule de feu.

— Comment ça se fait que le dessus soit si froid, alors? demanda l'un de ses interlocuteurs.

Fecteau ne se laissa pas distraire par cette interruption.

— C'te boule de feu-là, c'est comme un gros chaudron qui bouille. L'or fond là-dedans et est tout raffiné. Ça bouille à gros bouillons dans le chaudron et des fois ça renverse, un peu comme quand on fait des confitures. C'est ça qui explique qu'on trouve de l'or tout autour. Si vous tracez une ligne de Porcupine en passant par Matheson, Kirkland Lake, Rouyn, Timmins, qu'osque vous avez là c'est rien qu'un peu d'or qu'a renversé du chaudron. Et qu'est-ce que vous avez au milieu? Val-d'Argent. Le chaudron y est drette icitte, sous vos pieds.

— C'est pour ça que t'as acheté la terre à Daigneault même si c'est rien que d'la roche pis du muskeg?

Fecteau se redressa avec dignité.

— Quand je serai dans l'or jusqu'aux oreilles, à même le chaudron, tu trouveras ça moins drôle, Osias.

Voyant que Georgette était libre, Germain s'approcha. Elle lui sourit et il songea qu'elle était jolie, la plus jeune des filles de Wilfrid Lamontagne, avec ses yeux bleus et ses cheveux d'un châtain clair, et les fossettes qui se creusaient dans ses joues roses quand elle souriait, comme maintenant.

En mai, le moment vint où il fallut transplanter les choux dans les couches froides pour aguerrir les petites plantes avant de les mettre en pleine terre. Germain était nerveux, mais trop fier pour le laisser paraître. Ce qui semblait si facile lorsqu'il travaillait pour monsieur Schraffner devenait beaucoup plus difficile dès que la pleine responsabilité lui en incombait. Il aurait souhaité pouvoir profiter de la longue expérience de son ancien patron, mais celui-ci était déjà retourné dans sa Hollande natale.

Chez les Stewart, la même activité fébrile régnait en vue de conserver vivants les dindonneaux, qui avaient la malheureuse habitude de piétiner leurs frères et sœurs et de se livrer au cannibalisme. De tels espoirs reposaient, chez les uns comme chez les autres, sur le succès de ces nouvelles entreprises.

Déjà, au début de juin, Germain avait préparé le terrain et tiré les rangs à distance exacte pour que puisse circuler l'arroseuse. Puis, vint le jour où il avertit sa famille que le moment était arrivé. Demain, on mettrait les plants en terre.

Tôt le matin, la ligne d'assemblage se forma. D'abord venait Germain, comme le grand prêtre oignant le sol d'une décoction mystérieuse à l'endroit où croîtrait le chou. Eugène suivait, armé d'un bâton pour faire le trou dans lequel Rose-Delima déposait le plant. Paul fermait la marche, raffermissant le sol autour de la petite plante. Jour après jour, on trima du matin jusqu'au soir, l'échine endolorie, jusqu'à ce que quelque huit mille plants fussent alignés dans le champ près de la rivière. Germain interrogeait le ciel avec inquiétude. La nature, pour une fois, se montra clémente et les choux s'épanouirent au soleil, qui luisait pendant plus de vingt heures quotidiennement.

Vint le moment des arrosages. Germain versait ses poudres magiques dans le réservoir rempli d'eau de cette machine qui ressemblait à une énorme pieuvre avec son corps dodu et ses nombreux bras gicleurs qui enveloppaient le chou d'une rosée bienfaisante.

— Mes choux sont aussi beaux que ceux de monsieur Schraffner, disait Germain à son père. On va réussir, papa, je le sens.

CHAPITRE X

À la fin de juillet, tout Val-d'Argent se prépara au grand déménagement. Le temps des foins était passé, celui des récoltes de grain et de pommes de terre pas encore arrivé. C'était la saison des bleuets.

Comme les riches quittaient leur demeure pour se rendre à leur chalet au bord des lacs, une grande partie de la population de Val-d'Argent fermait maison et, avec femmes et enfants et un matériel de camping rudimentaire, déménageait dans les grands champs de bleuets de Nellie Lake, de Blueberry Lake et des environs. Dans les éclaircies hérissées de souches laissées par les opérations forestières, dans les brûlés, sur les rives des lacs, surgissaient des bidonvilles temporaires, un assemblage hétéroclite de tentes et d'abris de fortune.

Aux premières lueurs de l'aurore, des centaines de feux de camp s'allumaient, pendant que se répandait l'odeur des poêlées d'oreilles de christ (minces tranches de lard salé), qu'on mangeait avec du pain de ménage, des confitures et du thé pour le petit-déjeuner. Puis, par groupes familiaux, on se mettait à la cueillette des bleuets que les camions viendraient chercher à la fin de l'après-midi. Les adultes, surtout les hommes, se servaient de «peignes», espèces de petites pelles à bords relevés auxquelles on avait soudé des fils de fer rigides comme des aiguilles à tricoter. Avec cet instrument, on ratissait les buissons et emplissait les paniers comme par magie. L'ennui, c'est qu'en même temps on ramassait également beaucoup de feuilles et de brindilles, mais on pouvait toujours les enlever en versant lentement les bleuets devant un soufflet de forge actionné par une main vigoureuse; ainsi, tout ce qui était léger s'envolait et seules tombaient les bonnes baies sucrées et mûres à point.

À la fin de l'après-midi les camions arrivaient au camp et les acheteurs payaient rubis sur l'ongle les paniers de bleuets, de sorte qu'on recevait chaque jour des billets de banque, denrée très rare dans ces années de crise économique. Exceptionnellement, c'était là un domaine où les familles nombreuses n'étaient pas désavantagées. Au contraire, même les tout petits enfants pouvaient aider à la cueillette.

À la soirée, les hommes s'assemblaient en bons voisins autour d'un feu tandis que les mamans s'efforçaient d'endormir les plus jeunes, roulés dans des couvertures. Garçons et filles gravitaient naturellement les uns vers les autres et on entendait des rires étouffés et des bruits de baisers dans l'obscurité jusqu'à ce que les pères de famille inquiets s'occupent de faire rentrer les filles nubiles au logis.

Maintenant qu'il était propriétaire d'une camionnette, Germain avait obtenu un contrat de Wilfrid Lamontagne pour l'achat des bleuets et leur transport au chemin de fer, d'où ils seraient expédiés aux marchés des villes environnantes et jusqu'à Toronto. Ce diable de

Wilfrid se trouvait toujours des débouchés et constituait une sorte de providence pour les moins fortunés, car il pratiquait le troc sur une haute échelle. Un colon n'avait pas d'argent pour payer la farine, le thé, les vêtements? Qu'à cela ne tienne. Le marchand prenait en échange un veau du printemps, du bois, un porc, du foin ou des pommes de terre, et même des fraises, des framboises et des bleuets, qu'il revendait par la suite.

Son établissement s'était agrandi, son commerce se ramifiait, mais il n'avait toujours pas de fils — ni de gendre — à associer à ses activités maintenant qu'il prenait de l'âge. Amanda, sa première femme, qui était morte asphyxiée dans le feu de 1916, ne lui avait donné que des filles. Bibiane, la seconde, n'avait jamais eu d'enfant.

Le souvenir de Thérèse, son aînée, celle qui lui ressemblait le plus, revenait parfois l'obséder, mais il chassait cette pensée. Après tout, il avait agi pour le mieux dans cette affaire. Il lui avait fallu parer au plus pressé, n'est-ce pas, après ce qui s'était passé avec ce damné Anglais de Harvey McChesney la nuit où la mère de Thérèse avait perdu la vie. Pourquoi se sentirait-il coupable? Avec effort, il quittait cette pensée.

Mina, la deuxième, avait épousé un pauvre hère qui se croyait chanceux d'avoir un emploi permanent comme bedeau, concierge à l'école et à l'église, et fossoyeur. Son seul talent à celui-là, c'était de faire des enfants avec une régularité déconcertante. Marie-Luce, la troisième, était entrée chez les sœurs.

Il ne lui restait plus que Georgette, qui, même si elle était blonde comme sa défunte mère, lui rappelait Thérèse par certains côtés. Et maintenant, le jeune Marchessault semblait s'intéresser à elle. C'était un déluré, celui-là. Il n'y avait qu'à voir son idée de cultiver les choux comme le vieux Schraffner. Wilfrid soupirait et se disait que peut-être, comme le vieillard Siméon, il lui serait donné de voir un gendre digne de lui avant de mourir.

Tandis qu'Eugène s'occupait de la ferme et des choux, Germain allait conduire le reste de la famille à la cueillette des bleuets et les ramenait le soir en allant acheter la récolte pour le compte de Wilfrid. Avec son beau sourire, Georgette lui avait demandé s'il ne l'amènerait pas aussi. Chaque matin il la prenait au passage, ayant soin de la faire monter au milieu de la banquette car il aimait sentir la rondeur de sa hanche tout contre lui.

Une fois le temps des bleuets fini, la cueillette des choux commença. Eugène et ses deux fils les entassaient dans une charrette qu'ils venaient déverser près de la maison, où Alma et Rose-Delima les débarrassaient de leurs grandes feuilles et remplissaient les poches des beaux cœurs fermes et succulents, que Germain vendait ensuite au marché de Timmins. Il y apportait également la crème, car il avait trouvé moyen de la vendre dans cette ville plus cher qu'il n'en obtenait de la beurrerie de Fecteau.

Déjà, dans la deuxième semaine d'activité, il avait pu dire à Rose-Delima : « Écris au couvent d'Haileybury pour y retenir ta place, Lima. Ma petite sœur sera pensionnaire, comme la fille du docteur Miron d'Ansonville. »

Jean-Pierre Debrettigny fut presque aussi heureux qu'elle de la voir se préparer à partir pour Haileybury. Enfin, elle ne serait plus de tiers entre Donald et lui.

À partir de maintenant, ils se retrouveraient entre garçons puisque, une fois passés les examens d'entrée l'an prochain, ils fréquenteraient tous deux le *high school* de Bowman.

Le destin capricieux en avait néanmoins décidé autrement.

C'était un samedi de fin d'août. Donald accompagnait son père dans sa tournée régulière à Iroquois Falls. Maintenant qu'il vieillissait, Doug éprouvait de plus en plus de difficulté à descendre de voiture et à y remonter. Aussi était-il heureux de laisser Donald aller sonner aux portes des clients.

Lorsqu'ils arrivèrent devant l'impressionnante maison du directeur général de l'Abitibi Pulp and Paper, il dit à son fils:

— Les Sweetnam sont partis. Le nouveau directeur doit maintenant être en place. Va sonner à la porte arrière et sois bien poli. Il ne faudrait pas manquer de les avoir comme clients.

Donald alla sonner à la porte de service. Personne ne répondit. Il sonna de nouveau puis, voyant qu'on ne répondait pas, il allait repartir lorsque la porte s'ouvrit et une dame blonde, très élégante, parut sur le seuil.

— Bonjour, madame, dit-il avec son plus beau sourire. Nous avons toujours fourni les Sweetnam de légumes et de volailles et je voudrais savoir si nous pouvons continuer à vous servir.

La dame regardait fixement le mince adolescent debout sur les marches, ses cheveux blonds illuminés par le soleil du matin, son sourire découvrant des dents saines et bien rangées.

— Madame? répéta-t-il, incertain.

— Comment t'appelles-tu ?

— Donald Brent Stewart, madame.

— Quel âge as-tu ?

— Bientôt quinze ans, madame.

— Où habites-tu ?

— À Val-d'Argent, madame.

La dame continua à l'interroger de curieuse façon et l'invita même à entrer boire un verre de lait avec des biscuits. Donald se défila en disant que son père l'attendait dans la voiture et lui offrit de nouveau des légumes, qu'elle accepta d'emblée.

— La cuisinière est absente. Apporte-moi ce que tu avais l'habitude de vendre à Mrs. Sweetnam et je le prends.

Donald retourna à la voiture chercher les denrées en question et mit son père au courant de l'intérêt extraordinaire que lui portait l'épouse du nouveau directeur général.

Doug en fut fort heureux.

— C'est très bien, Donald, ça ne peut pas être mieux. On est sûrs de les avoir comme clients. Si elle t'offre de nouveau un verre de lait, accepte. J'attendrai.

Donald se laissa entraîner dans la cuisine par Mrs. Gray, qui voulut tout savoir sur ses parents, sur sa vie. Lorsqu'elle comprit qu'il fréquentait l'école séparée française du village, elle parut horrifiée.

— Il n'y a donc pas d'école publique convenable où tu puisses aller ?

— Elles sont trop loin, madame. L'école du village est la seule où je puisse me rendre en marchant.

Elle le laissa enfin partir, tout en lui faisant promettre de revenir à la prochaine tournée de son père. Lorsque son mari revint du bureau ce soir-là, Mrs. Gray lui raconta la visite du jeune colporteur.

— Quand j'ai ouvert la porte et que je l'ai vu sur les marches, j'ai cru voir Michael, lui dit-elle, les larmes aux yeux. Tu te souviens, John, comme il me regardait en souriant lorsqu'il voulait obtenir une faveur ou qu'il avait une fredaine à se faire pardonner ?

Elle sortit un mouchoir de dentelle et se tamponna les yeux.

— Si tu savais comme cet enfant m'y fait penser ! Tu devrais le voir…

John Gray regarda sa femme avec commisération. Elizabeth ne s'était jamais remise de la perte de leur fils unique, décédé de la poliomyélite il y avait maintenant un peu plus d'un an. Dieu seul savait à quel point Michael lui manquait à lui aussi.

— Elizabeth, dit-il doucement, tu te fais du mal inutilement. Il faut cesser de le chercher partout et accepter que nous ne le reverrons plus.

— Sais-tu ce qu'il m'a dit, cet enfant ? Même si ses parents viennent d'Angleterre et sont anglicans, il est obligé de fréquenter une école séparée française, faute de mieux. On ne peut pas laisser faire ça, John.

— Mais enfin, Beth, je ne vois pas ce qu'on pourrait y faire…

Elizabeth se leva et se dirigea vers la cheminée où, dans un cadre d'argent, un adolescent blond souriait.

— J'avais pensé qu'on pourrait le prendre ici afin qu'il puisse fréquenter l'école publique. Comme le nôtre aurait fait… ajouta-t-elle très bas.

— La douleur t'égare, Beth. Cet enfant a des parents. Nous ne pouvons pas le leur enlever arbitrairement.

— Il pourrait retourner chez lui les fins de semaine. Val-d'Argent, ce n'est pas si loin, dit-elle comme quelqu'un qui a longuement mûri un plan.

— Ne soyons pas trop précipités, Elizabeth. Si les parents refusent, ou si l'enfant lui-même est malheureux de quitter sa famille et ses amis…

— Je sais qu'il s'adapterait vite ici.

John s'approcha et, serrant les épaules de sa femme, posa sa joue sur la tête blonde.

— Beth, tu sais bien que je ne veux que ton bonheur. Nous en reparlerons. En attendant, voici Jeanne qui vient annoncer le dîner.

Deux semaines plus tard, les Marchessault furent étonnés de voir une énorme Packard noire s'avancer sur la route en soulevant un nuage de poussière, descendre la pente de la rivière et s'arrêter devant la maison des Stewart.

Lorsqu'elle entendit frapper, Rose, qui était occupée à cuisiner, se hâta d'essuyer ses mains enfarinées avant d'aller ouvrir la porte. Sur le seuil, se tenait une dame vêtue d'un tailleur élégant, accompagnée d'un monsieur à l'air distingué, le chapeau à la main. Lady Annabella en personne apparaissant soudain dans sa maisonnette de bois au fond de la brousse nord-ontarienne n'aurait pu la surprendre davantage. Elle demeura debout, muette d'étonnement.

— Mrs. Stewart? demanda la dame avec un sourire. Nous permettez-vous d'entrer?

Rose retrouva ses esprits.

— Mais oui, je vous en prie, venez vous asseoir. J'étais en train de faire des brioches. Puis-je vous offrir le thé?

— Merci, ce serait bien bon de votre part. Nous en prendrons un peu, n'est-ce pas, John?

— Oui, certainement, dit-il. Mais auparavant je crois qu'il y aurait lieu de nous présenter. Je m'appelle John Gray et je suis le remplaçant de Hugh Sweetnam, directeur général de l'usine de l'Abitibi Pulp and Paper à Iroquois Falls.

Rose lui serra la main tout en se morigénant intérieurement. Pour un peu, elle lui aurait fait la révérence. Elle n'était plus domestique à Londres, après tout, et ces gens étaient dans sa maison.

— Voici ma femme, Elizabeth.

La dame inclina la tête et lui serra la main.

Pendant qu'elle préparait le thé, Rose était très consciente qu'Elizabeth Gray examinait l'intérieur de la maison, les murs noircis vierges de peinture, les meubles disparates, dons d'âmes charitables. Donald lui avait raconté la gentillesse extrême de Mrs. Gray. Elle sentit que le but de leur visite se rapportait à son fils et, instinctivement, son cœur se serra.

Elle mit la bouilloire sur le feu et sortit de l'armoire des tasses de faïence grossières et des cuillères d'étain qu'elle regarda comme si elle les voyait pour la première fois. Cette dame devait être habituée à l'argenterie et à la fine porcelaine.

— Je crois, Elizabeth, que nous devrions expliquer à Mrs. Stewart le but de notre visite, commença John Gray. Nous avons fait la connaissance de votre fils Donald. En passant, permettez-moi de vous en faire des compliments, Mrs. Stewart. Vous avez là un enfant poli et très bien élevé.

La gorge serrée, Rose inclina la tête.

— En parlant avec lui, nous avons découvert qu'il fréquentait une école de village française et catholique.

— Il n'y en a pas d'autre à distance praticable, coupa Rose un peu sèchement. Il réussit très bien à l'école et, lorsqu'il aura passé ses examens d'entrée, il pourra aller au *high school* de Bowman.

— Si je ne me trompe pas, il y a bien dix milles d'ici à Bowman, fit remarquer John Gray.

— Il pourra voyager par le train soir et matin.

— Comprenez-moi bien, Mrs. Stewart, fit John Gray, conciliant. Nous ne sommes pas venus ici pour vous blâmer, au contraire. Nous voulons vous aider, si possible.

À ce moment, la porte s'ouvrit et Doug entra. Après les présentations d'usage, John Gray se tourna vers Doug.

— Nous étions en train d'expliquer à votre femme que nous avons été enchantés de faire votre connaissance ainsi que celle de votre fils. Donald est un garçon attachant et intelligent. Nous avions pensé... euh... nous aimerions vous aider à assurer son éducation.

Doug parut confus.

— Mais... de quelle façon? Je ne vois pas...

— Voici ce que nous sommes venus vous proposer. Donald pourrait prendre le train le dimanche soir pour Iroquois Falls. J'irais le chercher à la gare. Durant les jours scolaires, il pourrait habiter chez nous, n'est-ce pas, Elizabeth?

— Oui, certainement, dit celle-ci.

— Le vendredi soir, il reviendrait à Val-d'Argent, bien entendu. Je suis prêt à l'inscrire à l'école publique d'Iroquois Falls, qui est excellente, laissez-moi vous le dire.

— Le directeur est un ami à nous, se hâta d'ajouter Elizabeth. C'est un homme extrêmement compétent et son école est l'une des mieux équipées de la province.

Doug hocha la tête et regarda Rose. John Gray comprit que c'était la mère qu'il fallait gagner à son idée et se tourna vers Rose.

— Mrs. Stewart, il y a un an et demi, nous avons perdu notre seul fils, qui avait à peu près l'âge du vôtre. La maison est bien grande depuis ce jour. Si vous nous laissiez Donald les jours où il doit fréquenter l'école, vous pouvez être sûre qu'il serait traité comme l'enfant de la maison.

«Ainsi, c'est ça qu'elle veut, songea Rose amèrement. Ce qu'elle cherche, c'est un fils, et elle veut me prendre le mien.» Telle une amante inquiète, elle avait tout de suite décelé dans cette femme richement vêtue une rivale pour l'affection de Donald. Quand Alex était parti, elle s'était accrochée à l'enfant, se disant qu'au moins elle aurait quelqu'un de bien à elle et que personne ne pourrait jamais le lui enlever. Lui faudrait-il donc renoncer à son unique bien?

Voyant qu'elle se taisait, John Gray reprit, d'une voix qu'il voulait rassurante:

— Nous ne vous demandons pas une réponse immédiate. Songez-y, parlez-en avec Donald. L'année scolaire ne fait que commencer, après tout. Vous me rendrez réponse quand vous viendrez à Iroquois Falls pour vos tournées régulières, Mr. Stewart, car nous comptons bien que, quelle que soit votre décision, vous demeurerez notre fournisseur comme vous étiez celui des Sweetnam.

Comme il se levait pour prendre congé, il ajouta:

— Il va sans dire que non seulement il ne vous en coûtera rien mais que j'assumerai toutes les dépenses de Donald, y compris les vêtements, les livres, les voyages et toutes autres dépenses.

Cette nuit-là, les yeux grands ouverts dans l'obscurité, Rose repassait dans sa tête la scène de l'après-midi. Le pire, c'est qu'elle avait su dès le début qu'elle ne pourrait refuser. Elle avait tant voulu que Donald devienne quelqu'un, elle avait économisé, mais elle devait s'avouer vaincue.

Jamais elle ne pourrait amasser assez d'argent. Et puis, il ne fallait pas se le cacher. Son frère Ron, qui avait été blessé à la guerre et qui était maintenant remarié et père de deux fillettes, était un ouvrier qui vivait pauvrement d'une petite pension de guerre et d'un travail dans une confiserie de Toronto. Ce n'était pas là que Donald trouverait appui au cours de ses études universitaires ou se ferait des relations utiles pour l'avenir.

« Elle a tellement à lui offrir, songea-t-elle en pensant à Elizabeth Gray tandis que les larmes mouillaient son oreiller, et moi, j'ai si peu. »

Chapitre XI

Maintenant que Germain Marchessault était devenu homme d'affaires, il allait régulièrement à Iroquois Falls pour déposer ses revenus à la banque et y effectuer ses paiements. Quand il s'y rendait le vendredi, il ramenait le jeune Donald Stewart, qui, malgré la chance inouïe qu'il avait eue d'être presque adopté par le directeur général de l'usine de l'Abitibi Pulp and Paper et de vivre dans sa demeure cossue, était toujours heureux de retrouver son foyer, sa rivière, ses bois et son chien.

En s'approchant du guichet de la caissière ce jour-là, Germain s'aperçut que Miss Fortley, d'âge respectable et qui se colorait les cheveux de sorte qu'on ne savait jamais, d'une semaine à l'autre, quelle teinte elle arborerait, avait été remplacée par une jeune femme au teint olive, aux yeux noirs et aux sourcils délicats. Ses cheveux d'un noir brillant étaient relevés en chignon et cela créait le plus heureux effet. Il crut voir Dolorès del Rio en personne, ayant, la semaine précédente, invité Georgette à l'accompagner au cinéma pour voir un film dans lequel cette actrice tenait la vedette.

— Miss Fortley n'est plus là? demanda-t-il.

— Non. Sa mère est gravement malade et elle est partie pour North Bay. Je la remplace.

— Je ne me souviens pas de vous avoir vue autour d'ici. Êtes-vous de la région?

— J'habitais Kapuskasing auparavant. Je suis venue ici retrouver mon frère, qui travaille au moulin.

— Qu'est-ce que c'est votre nom?

L'admiration évidente qui se lisait dans les yeux de ce jeune client fit baisser ceux de la nouvelle caissière. Elle fit mine de ne pas avoir entendu et se contenta de dire:

— En quoi puis-je vous être utile, monsieur?

— Marchessault, Germain Marchessault. Et vous, qu'est-ce que c'est votre nom?

— Madame Maurice Dauvers, dit-elle brièvement. Alors, c'est pour un dépôt?

— Maurice Dauvers, mais je le connais! J'étais au chantier avec lui l'an dernier près de Barber's Bay...

Il s'arrêta net. «Ce n'est pas possible, se dit-il. Une femme comme celle-là mariée à cette espèce de brute, à cet ivrogne vantard!» Il se le rappelait trop bien, ainsi que les propos qu'il avait tenus un certain soir au camp: «J'sus marié à une femme à moitié sauvagesse. Maudit qu'est bonne dans la couchette. Un corps taillé au couteau...»

Même si les bûcherons n'étaient pas des délicats, Dauvers avait quand même dépassé la mesure. Il n'était pas de mise de parler ainsi de sa femme légitime.

Cette fois, la pitié remplaça l'admiration dans les yeux du jeune homme. La caissière ne fut pas sans s'en apercevoir.

— Je vous en prie, dit-elle très bas, le gérant n'aime pas qu'on jase inutilement avec les clients. Vous ne voudriez pas me faire perdre mon emploi, n'est-ce pas?

Comme dans un rêve, Germain compléta ses affaires. Tandis qu'elle vérifiait le bordereau, il contemplait le jeune visage penché sur le papier et les sourcils noirs comme des ailes de velours sur l'ivoire du front.

Songeur, il sortit et se rendit chez les Gray chercher Donald Stewart, tout en supputant mentalement quand il lui serait nécessaire de retourner à la banque.

Lorsque Donald arriva à la maison, Rose remarqua immédiatement les nouveaux vêtements qu'il arborait.

— C'est Mrs. Gray qui t'a acheté ça?

— Oui. Elle m'a amené au magasin. Mon linge est dans mon sac.

« Évidemment, songea Rose, ce chandail de cachemire et ce pantalon de flanelle anglaise valent mieux que ce que je lui avais taillé dans les vieux vêtements qu'un client de Doug lui avait donnés. » Elle en ressentit un petit pincement au cœur. Il était dur de voir une autre femme gâter son fils.

Donald sortit de sa chambre vêtu à nouveau de ses vieux habits.

— Quand Jean-Pierre arrivera, tu lui diras que je serai à l'anse près du ruisseau, maman.

Il chipa une poignée de brioches au carvi dans l'assiette et, voyant que sa mère le regardait, il se tourna vers elle avec un sourire câlin:

— C'est quand même toi qui fais les meilleurs gâteaux, maman. Tu sais, là-bas, c'est Jeanne Rivard, qui était à l'école avec moi quand j'étais en troisième année, qui nous sert à table. Quand elle me parle, elle m'appelle «Master Donald».

Il pouffa de rire et, s'enfonçant une brioche dans la

bouche, il sortit. Rose le regarda descendre vers la rivière et sa démarche lui rappela celle d'un jeune homme qui, il y avait maintenant quinze ans de cela, retournait vers son canot, qu'il manœuvrait de ses grandes mains expertes.

Secouant la tête, elle se mit à la préparation du repas.

Lorsque Wilfrid Lamontagne mentionna à Germain qu'il avait une charge de bois à faire livrer à Iroquois Falls, celui-ci offrit de s'y rendre immédiatement. Il fit exprès pour passer devant la banque, puis se rappela que c'était aujourd'hui samedi et que la banque était fermée. Il tourna dans une rue latérale et alla déposer sa charge à l'adresse donnée. Une pluie froide mêlée de neige tombait, poussée par le vent aigre d'octobre. Comme il se préparait à reprendre le chemin du retour, il aperçut soudain la caissière sur le trottoir, penchée pour faire face à la rafale, portant un jeune enfant dans ses bras. Il freina brusquement et sauta par terre.

— Donnez-moi le petit et montez, dit-il en ouvrant la portière. Ce n'est pas un temps pour être dehors.

La jeune femme hésita un moment, puis elle monta s'asseoir sur la banquette. Il lui tendit l'enfant et monta à son tour.

Une fois au volant, avant de démarrer, il se tourna vers elle. Silencieuse, elle tenait sur ses genoux un garçonnet qui le dévisageait avec la gravité des tout jeunes enfants.

— C'est à vous?

— Oui.

— Où puis-je vous conduire par un temps pareil?

Elle lui donna une adresse. Il siffla entre ses dents.

— C'est au fond d'Ansonville. Vous alliez marcher tout ça?

— Il le faut bien. Les loyers sont moins chers là-bas.

Chemin faisant, il apprit qu'elle s'appelait Élise et qu'elle avait grandi dans la réserve de Kittachewan, où son père était chef.

— Je travaillais dans une banque avant de me marier. C'est ce qui m'a donné la chance de trouver du travail ici quand je suis venue habiter avec mon frère.

— Et votre mari dans tout ça?

Élise baissa les yeux.

— Nous ne vivons plus ensemble, dit-elle brièvement.

Germain se sentit soulagé. L'idée des grosses pattes de Maurice Dauvers pétrissant le corps de cette mince jeune femme qui ressemblait à Dolorès del Rio lui était insupportable.

Le trajet lui parut court jusqu'à la maisonnette où Élise habitait. Il lui avait parlé de ses entreprises et l'avait même fait rire, elle qui paraissait toujours si grave.

Dorénavant, il prit l'habitude, quand il devait se rendre à Iroquois Falls, d'attendre la fermeture de la banque et de surgir sur son chemin en disant: «Je peux vous ramener chez vous? C'est sur ma route.»

CHAPITRE XII

E n 1932, la crise économique ne faisait qu'empirer et tous les paliers de gouvernement étaient aux abois. Dans la seule province d'Ontario, plus d'un quart de million de personnes subsistaient grâce aux allocations de secours direct, une famille disposant en moyenne de quatre dollars et vingt-deux sous par semaine pour la nourriture. Les usines fonctionnaient au ralenti ou s'immobilisaient. Les processions d'hommes cherchant désespérément un emploi introuvable s'allongeaient quotidiennement dans les villes effrayées. C'est alors qu'on relança l'idée du retour à la terre comme remède à la misère.

Les trains du Temiskaming and Northern Ontario Railway se mirent à véhiculer, en provenance des villes industrielles du Sud, des gens qu'on allait établir sur des lots à l'intérieur des terres, loin du chemin de fer et souvent sans route d'accès.

Val-d'Argent en reçut sa quote-part. On les voyait descendre du train, hâves et mal vêtus, pour être aussitôt dirigés vers les terres qu'on leur destinait. N'ayant aucune notion d'agriculture, ils y survivaient misérablement grâce au secours direct dispensé par le gouvernement provincial, mal logés, mal chauffés et mal nourris, terrifiés par le silence et la solitude de la forêt. L'unique privilège dont ils jouissaient était celui des soins médicaux gratuits. Aussi passaient-ils le plus clair de leur temps à visiter tous les médecins de la région pour quémander pilules, cachets, sirops pour le rhume et toniques à base d'alcool, tout ce qui, pris en quantité suffisante, faisait oublier pour un moment que la vie était sans espoir.

Cette invasion de protestants anglophones n'était pas sans inquiéter le curé Bouffard. Depuis que sa paroisse comptait ses cent cinquante familles, il avait espacé ses tournées de recrutement. Il semblait cependant que l'heure était venue de chercher de nouveau, pour remplir les régions périphériques, de bons colons québécois qui répondraient aux critères établis par les missionnaires colonisateurs : catholiques, français, de bonnes mœurs, n'ayant aucune tendance vers le communisme ou autres fausses doctrines en « isme » qui s'étaient répandues dans le pays après la guerre de 1914 comme une traînée de neige sale.

La Voix Nationale, journal hebdomadaire des missionnaires colonisateurs dont le curé était lecteur assidu, claironnait le mot d'ordre : « *Sur des terres sans hommes, établissons des hommes sans terres.* »

Le curé Bouffard décida donc que son devoir exigeait qu'il aille faire une autre tournée de propagande au Québec, et ce, même s'il commençait à prendre de l'âge. N'étant pas homme à reculer devant son devoir, il demanda au vicaire d'une paroisse voisine de le remplacer pour une semaine ou deux et il prit le train à destination de Montréal.

＋

Germain Marchessault, pour sa part, fort de son succès de l'année précédente, décida de tenter le grand coup. Ce serait vingt mille choux qu'on planterait, autant que monsieur Schraffner dans ses meilleures années. Rose-Delima était pensionnaire à Haileybury, privant ainsi la famille d'une paire de mains habiles, mais les plus jeunes grandissaient. Paul pouvait maintenant remplacer Rose-Delima et la petite Bernadette, qui avait presque dix ans, ferait le travail qu'il accomplissait auparavant.

Dès son retour des chantiers, Germain était retourné à la banque. Élise y travaillait toujours et il avait été heureux de la revoir. Ses affaires terminées, il avait attendu pour la ramener chez elle. Elle avait hésité, puis était montée dans la camionnette. Devant sa demeure, ils avaient passé un bon moment à jaser avant qu'elle descende, si bien que, lorsqu'il s'était présenté chez les Gray pour chercher Donald, celui-ci avait grogné :

— T'es donc bien tard à soir. Jean-Pierre devait venir me rencontrer. Il doit se demander ce que je fais.

Germain, absorbé dans ses pensées, n'avait rien répondu.

— Quand est-ce que Lima revient? demanda Donald.

Germain sursauta.

— Pas avant la mi-juin, dit-il.

— Elle finit donc l'école avant moi, grommela le garçon.

＋

111

Depuis qu'Eugène avait raconté à Alma ce qui s'était passé au magasin Debrettigny, celle-ci ne cessait de s'inquiéter.

La veille, pendant qu'Eugène faisait ses emplettes, Osias Legendre était entré et s'était approché d'un groupe d'hommes qui regardaient l'inévitable partie de dames presque toujours en cours. La conversation avait porté sur la nouvelle maison que construisait l'un d'eux pour son fils qui allait bientôt se marier.

— En tout cas, moi, déclara Osias avec la truculence de l'ivrogne, quand je me bâtirai, je me bâtirai pas dehors. Y fait trop frette par icitte.

Un éclat de rire général salua ces paroles, provoqué non seulement par ce qu'il avait dit mais aussi par l'idée même qu'Osias fût jamais en état de se bâtir une maison neuve. Champion buveur de la paroisse, père de quinze enfants, sa famille ne réussissait à manger et à se vêtir que grâce à l'épouse, une maîtresse femme, grande, robuste et active, et aux fils aînés, qui la secondaient.

— Alors, comme ça, mon Osias, quand tu bâtiras ton château, tu bâtiras pas dehors. Alors, ça sera où? Dans l'église?

— T'as pas besoin de rire, Arthur, répondit Osias. J'ai tout mon plan en tête. D'abord, on bâtit une grande maison tout en vitre comme une serre chaude, qui prend toute la cour. Ensuite, on bâtit la maison dedans, ben au chaud.

— C'est peut-être pas mauvais, ton idée, dit Eugène en riant. Quand est-ce que tu commences la construction?

Osias se retourna pour faire face à ce nouvel adversaire.

— Ben vite, ben vite, dit-il. Pis toi, quand est-ce que ton gars va marier la belle Georgette à Wilfrid?

Eugène se contenta de sourire. Osias, les yeux pétillants de malice, continua:

— Comme de raison, s'il fallait que Georgette apprenne que Germain sort avec une femme mariée, à moitié sauvagesse et séparée de son mari par-dessus le marché, je pense pas qu'a serait contente.

Le visage d'Eugène s'empourpra.

— Fais attention à tes paroles, Osias. Je te laisserai pas insulter Germain et inventer des saletés à son sujet.

— Moi, inventer? riposta Osias, ouvrant tout grand des yeux pleins de fausse innocence. Mais mon garçon les a vus, à Ansonville, dans sa camionnette avec la femme qui travaille à la banque. Y étaient arrêtés devant la maison et y parlaient comme deux amoureux.

— C'est ben ce que je pensais, dit Eugène avec colère. Parce que tu vois une femme dans une automobile, t'es prêt à inventer tout un roman. Je te conseille de te la fermer, ivrogne!

Le silence était tombé dans le magasin tandis qu'Eugène, furieux, était sorti sans plus songer à ses emplettes. De retour à la maison, à Alma qui s'étonnait qu'il eût oublié les choses qu'elle lui avait demandées, il avait tout raconté. Elle avait été atterrée.

Dès la fin du souper, Alma avait profité d'un moment où Eugène était seul dans la cuisine pour lui dire:

— Faut que tu parles à Germain, pis tout de suite. Y prendra ça mieux si ça vient de toi.

Eugène hocha la tête. Il se demandait comment il aborderait le sujet. Son fils l'intimidait un peu maintenant. Enfin, puisque c'était son devoir de père, il fallait y aller.

Il alla retrouver Germain, qui, avec Paul, s'affairait près de sa camionnette, et lui dit:

— Viens donc dans le hangar. J'ai de quoi à te montrer.

Une fois dans le hangar, Eugène tira sa pipe et se mit à la bourrer en silence.

— Alors, papa, qu'est-ce que vous aviez à me montrer ?

Eugène tira une bouffée méditative.

— C'était une excuse pour pouvoir te parler sans que les jeunes entendent. Je sais pas si tu sais, mais Osias Legendre a raconté au magasin de Denis que tu sortais avec une métisse, une femme mariée.

Germain éclata.

— De quoi y se mêle, cet espèce de va-nu-pieds, cet ivrogne bon tout juste à boire les quelques cents que ses garçons gagnent ?

— C'est pas d'Osias qu'on parle, dit Eugène calmement, mais de toi. Es-tu, oui ou non, sorti avec la jeune femme qui travaille à la banque ?

— Mais non, papa. Je l'ai seulement ramenée chez elle quelques fois. Ça lui fait loin à marcher parce qu'elle reste avec son frère dans le fin fond d'Ansonville. Y a pas de mal à ça.

Eugène soupira.

— Ben sûr qu'y a pas de mal à ça. Le mal, c'est les mauvaises langues qui jasent, et comme c'est une femme séparée par-dessus le marché…

— Y ont rien qu'à se mêler de leurs affaires, jeta Germain d'un ton brutal.

— C'est pas aussi simple que ça, mon garçon. Si ça venait aux oreilles de Georgette, ça te ferait pas de bien de ce côté-là. Et puis, y a la jeune femme elle-même. Y as-tu pensé ?

— Élise ?

Comme le nom lui venait facilement aux lèvres, songea Eugène.

— Oui. Ça peut pas lui faire de bien, ces cancans-là. Tu devrais penser un peu à elle. Tu devrais t'arranger pour que les gens ne parlent plus.

«Y penser, je ne fais que ça», se disait Germain.

Il assura son père qu'il ferait attention.

Cependant, l'idée de ne plus revoir Élise, excepté à la banque, lui était par trop insupportable. À la première occasion, il alla de nouveau l'attendre à la porte de la banque.

Élise secoua la tête et dit fermement:

— Non, merci, je préfère marcher.

Et elle s'éloigna d'un pas régulier.

Il la suivit avec la camionnette et freina de nouveau devant elle.

— Élise, je t'en prie, monte. J'ai à te parler.

— Non.

— Ce sera la dernière fois, insista-t-il. J'ai des choses à te dire.

La jeune femme hésita.

— D'accord, mais pas ce soir. Tu sais où le ruisseau coule dans la rivière un peu plus loin que chez moi?

Il fit signe que oui.

— Je t'y attendrai samedi à trois heures. J'y vais souvent avec le petit.

Le samedi suivant fut l'un de ces radieux jours d'été, d'une douceur telle que l'étranger de passage ne pourrait se douter que le climat puisse être autre que paradisiaque. Germain fut le premier au rendez-vous, guettant le sentier jusqu'à ce qu'il la vît venir, tenant l'enfant par la main. Il courut à sa rencontre.

— Élise, j'avais hâte de te voir.

Elle était grave, comme au premier jour.

— Je ne peux pas rester. Je veux seulement te dire qu'on ne peut plus se voir, Germain. Il faut pas que tu viennes m'attendre à la banque et il faudra plus que tu me parles quand je suis à mon travail. Tu comprends?

— Pourquoi?

— Parce que les gens parlent et que, si ça continue, je perdrai mon emploi. Je m'en vais. C'est dangereux même d'être venue ici. Ne cherche plus à me revoir.

Prenant le petit par la main, elle s'éloigna, remontant le sentier.

— Élise, attends, cria-t-il.

Il la rejoignit en courant et la saisit aux épaules pour la forcer à se retourner.

— On peut pas se quitter comme ça, Élise. T'es trop belle, je t'aime trop.

Il l'attira vers lui et maladroitement il chercha à l'embrasser.

Elle détourna la tête et le repoussa avec une violence inattendue.

— Lâche-moi, homme blanc, siffla-t-elle entre ses dents. Vous êtes tous pareils. Veux-tu, toi aussi, pouvoir te vanter que t'as couché avec une sauvagesse?

Germain, atterré, balbutia:

— Voyons, Élise, tu me connais. Tu sais que je ne te veux pas de mal. Je t'aime, moi.

Mais elle, déchaînée, continuait:

— C'est ça que Maurice Dauvers disait. Il m'aimait tellement qu'il n'a pas pu s'en empêcher. Alors, j'étais enceinte, il fallait bien que je le marie, non?

— Mais moi, c'est pas pareil, Élise. Je suis pas un Maurice Dauvers, moi.

— Ah non? dit-elle d'un ton d'amère ironie. Qu'est-ce que t'as de différent, homme blanc? Es-tu prêt à me défendre, à vivre avec moi, à élever le petit comme le tien, à la face de toute la ville? Non, n'est-ce pas? Alors, retourne chez toi, homme blanc, et laisse-moi me débrouiller avec mes misères. Tout ce que tu peux faire, c'est de les rempirer.

Elle prit le petit dans ses bras et s'enfuit, butant sur les aspérités du sentier.

Germain, les bras ballants, la regardait s'éloigner. Le cœur lui faisait si mal qu'il appuya le front un long moment sur le tronc rude d'un tremble. Puis, d'un pas lent, il retourna à sa camionnette.

CHAPITRE XIII

C e fut à la suite de la tournée au Québec du curé Bouffard que les Marchessault virent arriver le cousin Étienne Gilbert, sa femme Lucille et son fils Francis, âgé de trois mois.

Ils avaient quitté Saint-Zéphirin-de-Beauce deux jours auparavant avec, pour toute fortune, un coffre de bois contenant quelques vêtements de rechange et des couvertures. En descendant du train, ils s'étaient enquis auprès du chef de gare où ils trouveraient les Marchessault. Celui-ci, qui avait plus tôt aperçu la camionnette de Germain au magasin Lamontagne, les y avait dirigés.

Eugène et Alma les avaient accueillis à bras ouverts. Ce n'était pas souvent qu'on avait de la visite de «par en bas», comme on disait. Après les embrassades d'usage, pendant qu'Étienne jasait avec les hommes, Alma avait fait passer Lucille dans la chambre à coucher afin qu'elle puisse allaiter son bébé et le mettre à dormir entre deux oreillers au milieu du grand lit. Alma avait reçu un choc lorsqu'elle avait aperçu la jeune femme, qui n'avait guère plus de vingt ans mais qui en paraissait le double, son joli visage fermé comme un casse-noisettes car elle venait de se faire extraire toutes les dents.

— J'sus pas sûre que t'as ben fait, Lucille, dit Alma. Si vous vous en allez sur une terre éloignée, ça va te faire loin pour aller te faire faire un dentier.

— Je pensais pas me les faire toutes ôter, commença Lucille. Il y a deux semaines, comme on se préparait à partir, y m'a pris un gros mal de dent. Alors le dentiste qui m'a arraché la dent m'a dit comme ça: «Où vous allez, il n'y a pas de dentistes. Qu'est-ce que vous allez faire quand vous aurez mal aux dents?» Quand j'ai répondu que je savais pas, y m'a dit: «Madame Gilbert, je pense qu'y vaudrait mieux toutes vous les enlever. Comme ça vous serez tranquille.»

— Mais, y t'a pas fait de dentiers?

Lucille secoua la tête.

— C'est de ma faute, je suppose. Il m'avait dit que ça coûterait trente-cinq dollars. Moi, je pensais que c'était pour tout. Mais après, y m'a dit non, que c'était rien que pour les arracher. Pour le dentier, ça serait un autre trente-cinq dollars. On n'avait plus d'argent.

Durant le souper, Étienne parla avec enthousiasme du lot où ils iraient s'établir.

— Où est-ce que ça se trouve, au juste? demanda Eugène.

— On m'a dit près du lac Wasaga.

Eugène parut surpris.

— C'est loin, ça, Étienne, le lac Wasaga. Y a pas de chemin pour se rendre là.

— C'est ce qu'on m'a dit, que le chemin arrête à dix milles de là. Mais y paraît que le gouvernement va faire une route et que ça va nous donner de l'ouvrage.

Germain regarda son cousin avec commisération.

— Tu sais, Étienne, je veux pas te décourager, mais les promesses des gouvernements, faut pas trop s'y fier. Des fois, ça prend du temps.

— Tu montes pas là tout seul, quand même? insista Eugène.

— Non, y en a déjà trois de rendus, deux garçons et un homme marié avec sa femme et ses deux enfants. Ils ont déjà construit des abris. Vous savez, on sera pas si mal que ça. Le gouvernement a payé nos billets pour monter et va nous donner dix dollars par semaine pour commencer. Je vais aussi recevoir cent cinquante dollars pour me bâtir et meubler la maison, et un autre cent cinquante dollars quand je serai prêt à m'acheter des animaux.

— Ça peut te paraître ben de l'argent, Étienne, dit Eugène, mais quand on commence à zéro, qu'y faut défricher une terre neuve, avant qu'à soye en état de rapporter...

Il hocha la tête. Étienne se tourna vers lui.

— Voulez-vous que je vous dise, mon oncle? Ça fait deux ans que j'sus marié et ça fait deux ans que je reste chez mon père. J'ai jamais pu me trouver d'ouvrage. Là au moins, on va être chez nous, dans notre maison, et je pourrai faire vivre ma famille au lieu de vivre par charité.

Le lendemain, Eugène et Alma les virent partir, le cœur serré.

— Au moins, nous autres, on avait une ferme en partie défrichée, dit Alma, une maison, des routes, du monde autour, un peu d'argent. Mais eux autres, en plein bois, sans rien...

— Qu'est-ce que tu veux, ma femme, y en a beaucoup qui sont dans la misère de ce temps-ci.

Alma secoua la tête.

— Moi, je te dis que la misère quand on est tout seul dans le bois, au froid, loin de tout, c'est encore pire.

Les vingt mille choux que Germain avaient plantés grossissaient à vue d'œil. Bientôt, la récolte emploierait toute la maisonnée, en plus de Donald, qui venait rendre aux Marchessault l'aide que ses parents en recevaient. À l'automne, Eugène était allé labourer le jardin et les champs pour les pommes de terre, l'avoine et la luzerne nécessaire à l'élevage des dindonneaux. En retour, Donald venait aider à faire les foins, à sarcler les choux et à les préparer pour le marché.

Chaque matin, Rose-Delima allait avec Rose cueillir les pissenlits pour ajouter à la pâtée des dindonneaux en attendant qu'ils soient assez gros pour trouver eux-mêmes leur pâture dans le champ de luzerne.

Rose songeait que, lorsque l'homme avait domestiqué le dindon, il l'avait du même coup privé de l'instinct qui lui avait permis de survivre à l'état sauvage. À force de soins, elle était parvenue à les réchapper presque tous. Elle avait lu attentivement la brochure du ministère de l'Agriculture et avait mis en pratique ses conseils. Il fallait éclairer la mangeoire car, à moitié aveugles, ils seraient morts de faim sans la trouver. Impossible, en outre, de les loger dans un abri rectangulaire car ils avaient la malencontreuse habitude de s'entasser dans les coins et d'y mourir, suffoqués, sans pouvoir en trouver l'issue. Lorsqu'il pleuvait, il fallait courir les ramener à l'abri car ils étaient constamment menacés d'une fatale pneumonie.

«Quand même, se disait Rose, se redressant péniblement après la cueillette quotidienne de pissenlits, si j'en ai cinquante à vendre à Noël et que j'en tire trois dollars chacun, cela fera plus de cent cinquante dollars à ajouter à la réserve.» Alors, quand Donald partirait pour l'Université de Toronto (elle ne songeait jamais à cette absence sans un serrement de cœur), elle pourrait au moins prendre le train de temps à autre pour aller visiter son frère et voir son fils par la même occasion. Déjà elle l'avait si peu, seulement les fins de semaine et les vacances.

À l'automne, la nature pour une fois se montra généreuse envers tous ces nouveaux colons affamés qu'on avait transportés, de bon ou de mauvais gré, dans les régions sauvages du Nord de l'Ontario. La population en général en bénéficia également, car chacun ressentait les effets de la crise économique.

Une véritable pluie de gélinottes, qu'on appelait communément «poules des prairies», s'abattit sur le pays. Elles venaient par nuées, se perchant dans les arbres en si grand nombre qu'elles en rompaient les branches et causaient parfois la mort de l'arbre. Cherchant désespérément leur pâture, elles ne s'enfuyaient qu'à faible distance devant le piéton, de sorte qu'on pouvait les abattre avec un simple bâton et que même les plus mauvais chasseurs étaient assurés de revenir avec une gibecière pleine.

Le curé Bouffard ne manqua pas d'en faire le sujet de son sermon dominical, sollicitant des prières publiques pour remercier le Seigneur, qui leur envoyait la manne comme aux Hébreux dans le désert.

Germain Marchessault était fier de sa réussite. Sa récolte de choux avait été entièrement vendue et son père était fort impressionné par l'importance du revenu qui s'ajoutait à l'avoir familial.

Rose-Delima avait repris le chemin du pensionnat et Donald celui de la résidence des Gray afin qu'il puisse fréquenter le *high school* d'Iroquois Falls.

Jean-Pierre Debrettigny avait pris seul le train pour Bowman.

La titulaire de la neuvième année du *high school* était Miss Catherine Fleming. Elle enseignait l'anglais, l'histoire, le français, la calligraphie et le dessin, alors que le directeur enseignait les mathématiques et les sciences.

Fille unique d'un professeur de Divinity de l'Université de Toronto qui avait été chapelain des troupes durant la guerre de 1914, Catherine avait grandi en écoutant les récits des exploits de son père en France et en avait conçu un attachement passionné pour ce pays. Son plus cher désir était de le visiter un jour et elle comptait le faire une fois obtenu son diplôme de spécialiste en français et en histoire.

Malheureusement, son père était décédé subitement, la laissant seul soutien d'une mère presque invalide. Dans une période où beaucoup d'enseignants perdaient leur emploi, elle avait eu la chance, grâce à la recommandation d'un inspecteur d'école ami de son père, de dénicher un poste à Bowman, où elle essayait d'inculquer un peu de culture aux fils et aux filles mal dégrossis des fermiers des environs.

Elle avait sursauté lorsqu'elle avait lu dans le registre des étudiants le nom Jean-Pierre Debrettigny. Durant les vacances d'été, elle avait déchiffré — assez péniblement d'ailleurs — un beau roman d'amour en français dont le héros se nommait Pierre de Brettigny. Aussi examina-t-elle attentivement l'élève qui occupait le second pupitre de la rangée de droite. Il n'était guère différent des autres avec ses cheveux bruns et sa lèvre supérieure ombragée d'une moustache en puissance mais, pour elle, il avait un cachet particulier : ses ancêtres venaient de ce beau pays qu'était la douce France.

À la première leçon de français, elle ne manqua pas de l'interroger :

— *Jean-Pierre, please translate the first sentence of Exercise 2 on page 12*[3].

Jean-Pierre se leva et lut :

— *The leaves are green.* Les feuilles sont vertes.

Une légère grimace crispa le long visage osseux de la demoiselle.

— *Please go to the blackboard and write out the translation, Jean-Pierre*[4].

Celui-ci se dirigea vers le tableau et écrivit : « Les feuilles sont vertes. »

— *Ah, just as I thought. Your spelling is quite accurate, but you'll have to work on your accent. Repeat after me :* « *Lés fouilles sonte veurtes*[5]. »

Jean-Pierre la regarda, étonné.

— Les feuilles sont vertes, dit-il.

Miss Fleming soupira.

---

[3] Jean-Pierre, veuillez traduire la première phrase de l'exercice 2 à la page 12.

[4] Allez au tableau noir et écrivez la traduction, Jean-Pierre.

[5] C'est bien ce que je pensais. Votre orthographe est bonne, mais vous allez devoir travailler votre accent. Répétez après moi : « Lés fouilles sonte veurtes. »

— *Well, that will have to do for now. But I would like to speak to you after school*[6].

Jean-Pierre se rassit, se demandant ce que Miss Fleming lui voulait. De toute façon, le train qui le ramenait chez lui chaque soir ne passerait pas avant cinq heures et demie. Il avait le temps.

Dès que les élèves eurent quitté la classe au son du timbre de quatre heures, Miss Fleming lui fit signe d'approcher. Parlant en anglais, elle s'enquit d'où il venait, voulut tout savoir sur sa famille, ses goûts et ses projets d'avenir.

— Je suppose que vous parlez canadien-français à la maison ?

— Ma mère ne parle que le français, répondit Jean-Pierre.

— Tu veux dire qu'elle parle le patois canadien-français. Dans les *high schools* de l'Ontario, nous enseignons le *Parisian French*, qui est très différent. Mais il ne faut surtout pas te décourager, ajouta-t-elle en le couvant d'un regard rempli de bonté. Je t'aiderai. Comme tu me sembles être un garçon très intelligent, tu y parviendras, tu verras. Tu m'as dit que tu aimes la lecture ?

— Oh oui, Miss Fleming.

— Tu peux lire des livres en français, m'as-tu dit ?

— Oui, Miss Fleming.

— Bon. Comme tu m'as dit que le train ne passe pas avant cinq heures et demie, si tu veux m'accompagner chez moi, je te présenterai à maman et je te prêterai le premier volume de la série des classiques que j'ai dans ma bibliothèque.

---

[6] Bon, disons que cela suffira pour le moment. Mais j'aimerais vous parler après la classe.

Pendant qu'ils marchaient dans la rue, Miss Fleming lui expliqua que cette collection de littérature française qu'elle possédait avait été, à l'origine, un don de son père. Il avait pris l'habitude de lui en offrir un volume à son anniversaire, à Noël, lorsqu'elle réussissait particulièrement bien en classe. «Puisque tu veux te spécialiser en français, tu en auras une bonne collection que tu pourras lire plus tard», avait-il dit. Le cher homme en était au début du dix-neuvième siècle lorsque Dieu l'avait brusquement rappelé à lui.

Lorsqu'ils parvinrent au deux-pièces qu'elle occupait avec sa mère, elle présenta son élève à une dame obèse, assise dans un fauteuil de peluche verte garni de voilettes crochetées à la main. Elle était entièrement vêtue de noir et sa figure exsangue paraissait blafarde sous le voile de dentelle noire posé sur ses cheveux blancs, à la façon de la reine Victoria.

Les yeux noirs de Mrs. Fleming dévisagèrent Jean-Pierre froidement.

— *I've asked Jean-Pierre to tea, Mother. He reads French quite well, and I thought I would lend him some of my books to help him with the language*[7].

— *I hope he's a careful boy*, se contenta de dire Mrs. Fleming[8].

Lorsque, après avoir pris le thé versé cérémonieusement dans des tasses de fine porcelaine par Miss Fleming, Jean-Pierre reprit le chemin de la gare, il serrait sous son bras un livre de la littérature du Moyen Âge. Dès qu'il

---

[7] J'ai invité Jean-Pierre à prendre le thé, mère. Comme il lit le français assez bien, j'ai pensé lui prêter quelques-uns de mes livres afin de l'aider à maîtriser la langue.

[8] J'espère que c'est un garçon soigneux.

terminait un volume, Miss Fleming l'invitait à prendre le thé et il l'échangeait contre un autre.

C'est ainsi que, durant l'hiver de 1933, il traversa le quatorzième et le quinzième siècles; en 1934, le seizième et le dix-septième. Durant ce qui devait être le terrible hiver de 1935, il put finir ce que feu le professeur Fleming avait eu le temps d'offrir à sa fille unique avant de partir pour un monde meilleur.

Durant toutes ces années, Miss Fleming s'efforça vaillamment, mais sans succès, de corriger l'accent de Jean-Pierre afin qu'il puisse s'exprimer convenablement en *Parisian French*. Ce fut là une des déceptions de sa vie. Mais comme les devoirs écrits de ce jeune Canadien français étaient excellents et qu'au fond elle l'aimait comme un fils, elle ne lui en garda pas rancune.

Une attention aussi bienveillante de la part de leur professeure de français ne fut pas sans attirer la hargne des condisciples de Jean-Pierre. Les épithètes de « *Froggie* » et de « *Teacher's Pet* » fusèrent. Cependant, comme il était costaud, qu'il avait le poing percutant et direct, qu'il se montra excellent joueur de hockey et, qu'après tout, comme on disait, « *he can speak white like the rest of us* », on le laissa bientôt tranquille, sauf pour le sobriquet de « *Froggie* », qui devait le suivre durant tout son séjour au Bowman High School.

Chapitre XIV

Un soir d'avril 1934, comme Eugène Marchessault venait d'éteindre la lampe pour se coucher, on frappa à la porte. Surpris, il tendit l'oreille. Distinctement, les coups se firent entendre de nouveau.

— Y a quelqu'un à la porte, dit Alma. Je me demande ben qui ça peut être à c'te heure-citte.

— Faut aller voir, dit Eugène, rallumant la lampe.

La lampe à la main, il se rendit à la porte et l'ouvrit. Sur le seuil, se tenait un homme émacié, la barbe longue, mal vêtu pour le temps encore froid, tenant dans ses bras une petite caisse de bois. Soudain, Eugène le reconnut.

— Étienne? C'est ben Étienne? Entre donc, viens te chauffer. D'où est-ce que tu viens comme ça?

— Du lac Wasaga.

— Comment t'es venu?

— À pied. Je marche depuis quatre heures à matin. J'en ai fait un bout dans une sleigh parce que quelqu'un m'a fait embarquer. Le reste, je l'ai marché.

— Assois-toi, voyons. Et Lucille, et le petit?

— Y sont à la maison.

Soudain, Étienne se mit à pleurer, doucement, sans

bruit. De grosses larmes coulaient sur ses joues hâves comme un vase trop plein qui renverse.

Eugène le prit par le bras.

— Viens t'asseoir près du poêle, Étienne. Pose ton paquet par terre et viens te chauffer. Tu dois être fatigué.

Alma apparut dans l'embrasure de la porte de la chambre. Eugène alla à sa rencontre et lui dit à voix basse:

— C'est Étienne. Y a pas l'air ben pantoute. Je pense qu'y se passe des choses graves. Fais donc chauffer l'eau pour le thé et donne-lui quec' chose à manger. Y m'a l'air rendu au bout de son fuseau, le pauvre garçon.

Lorsqu'il fut restauré, Étienne leur raconta l'histoire de ses deux années au lac Wasaga. Le premier automne s'était vécu dans l'euphorie. Tous ensemble, ils s'étaient construit des camps et, avec l'argent avancé par le gouvernement, avaient acheté quelques meubles, un poêle et des ustensiles de cuisine. On s'était nourri de poules des prairies tandis que les hommes, à tour de rôle, marchaient les vingt milles aller et retour pour atteindre le premier magasin à l'extrémité de la ligne secondaire de chemin de fer qui servait à transporter le bois de pulpe. Sur leur dos, ils rapportaient la farine pour faire le pain et quelques autres nécessités de l'existence. Pendant ce temps, ils coupaient du bois de pulpe qu'ils revendaient par l'entremise de l'agent du gouvernement.

Puis l'hiver était venu. Malgré le bois qu'ils entassaient dans le petit poêle, un froid mortel s'était installé à demeure dans le camp hâtivement bâti de bois vert, non séché. Le petit Francis toussait, maigrissait et ne faisait aucun effort pour se traîner. Ils avaient rarement du lait et des œufs à lui donner, seulement les jours où on allait aux provisions.

Avec le retour du printemps, ils s'étaient repris à espérer. Il y avait des fraises, des framboises et des bleuets dans les bois, du poisson dans le lac. Ils avaient calfeutré les fentes de leur camp avec de la mousse mêlée de glaise et s'étaient dit que, lorsqu'ils seraient payés pour leur bois de pulpe, ils s'achèteraient une petite fournaise avant l'hiver suivant.

Lucille était enceinte lorsque la catastrophe finale s'était produite. L'agent du gouvernement leur avait donné un peu d'argent et leur avait annoncé que dorénavant il n'achèterait plus le bois.

— De quoi allons-nous vivre, alors? avait demandé Étienne.

— Il y aura des travaux sur les chemins cet hiver. Vous pourrez travailler là.

Tout l'hiver, Étienne avait marché six milles soir et matin pour se rendre à l'endroit où les travaux de voirie étaient en cours. À la journée longue, au pic et à la pelle, il avait chargé de gravier les traîneaux tirés par des chevaux, gravier qui était ensuite déchargé sur la neige, à l'endroit où passerait la nouvelle route. Pour ce travail, on l'avait payé quatre-vingt-cinq cents par jour.

Hier, Lucille avait ressenti les premières douleurs, avant qu'il parte pour le travail heureusement. L'accouchement avait été long et pénible. La femme de son voisin était venue l'aider et, un peu avant minuit, l'enfant était né, une petite fille qui avait poussé des cris perçants. Étienne avait enveloppé le bébé dans une couverture et l'avait placé dans le petit berceau qu'il avait fabriqué de ses mains. Puis, il s'était aperçu que l'enfant respirait mal et que ses petites mains refroidissaient. Alors, il l'avait prise dans ses bras, l'avait mise sur sa peau en dedans de sa chemise pour la réchauffer. Mais la vie s'était peu à peu retirée du petit corps. Elle était morte au bout d'une demi-heure.

— Mon doux Jésus, avait murmuré Alma. Et Lucille, comment est-elle?

— Elle se remet. La voisine est avec elle.

— Et la petite?

Étienne indiqua la petite caisse qu'il avait posée près de sa chaise.

— Elle est là-dedans.

— Veux-tu me dire que t'as marché toute la journée avec la tombe du bébé dans tes bras? s'étonna Eugène.

— Je voulais qu'elle soit enterrée dans un cimetière catholique. Je l'ai ondoyée avant qu'elle meure. Je l'ai appelée Marie-Reine, comme ma mère.

— Seigneur Jésus, gémit Alma. C'est-y possible des choses pareilles!

Elle recouvrit la machine à coudre d'un drap blanc et y fit déposer le petit cercueil, sur lequel elle posa un rameau bénit. Puis, se ravisant, elle alla chercher un géranium rose qui s'épanouissait sur le rebord de la fenêtre et le posa sur le catafalque improvisé.

Eugène mit sa main sur l'épaule d'Étienne.

— Viens te reposer. Demain matin, nous irons voir le curé Bouffard pour le service.

De bon matin, Eugène attela le cheval au traîneau car les chemins n'étaient pas encore praticables avec la camionnette de Germain et ils se rendirent au presbytère. Une fois les explications données, le curé fronça les sourcils.

— D'abord, on va la mettre au charnier. Puis, il faudra que je téléphone au coroner car je ne puis faire l'inhumation sans certificat de décès.

— Combien de temps que ça peut prendre? demanda Étienne. Il faut que je retourne au plus vite. Lucille est toute seule avec la voisine.

— Je vais téléphoner au docteur Reynolds. Nous verrons quand il pourra venir.

Lorsque le curé revint, il rassura Étienne.

— Le docteur vient justement de ce côté-ci demain. Il arrivera vers dix heures. Soyez ici pour répondre à ses questions.

Le lendemain, après avoir examiné le petit cadavre, le docteur Reynolds, à qui le curé servait d'interprète, se fit expliquer comment la naissance s'était passée et comment le bébé avait réagi.

— Tout cela n'est pas clair, dit-il d'un ton soupçonneux. Voilà une enfant qui m'a l'air d'être parfaitement constituée, qui respire bien et qui meurt une demi-heure plus tard. Je crois que je devrais demander une enquête et faire venir la voisine comme témoin.

— Je ne crois pas que ce soit nécessaire, Malcolm, dit le curé. Il n'y a absolument rien de louche là-dedans.

— Peut-être, riposta le docteur, mais ce ne serait pas la première fois qu'un colon, se voyant pris avec une autre bouche à nourrir, se rende coupable d'un acte de négligence dont l'issue devienne fatale pour l'enfant.

Étienne, inquiet, se demandait de quoi on discutait. Eugène, qui comprenait l'anglais et qui avait écouté ce dialogue avec une indignation croissante, se tourna vers son cousin.

— Le docteur se demande si tu l'as laissée mourir par exprès.

— Quoi? bégaya Étienne, effaré.

132

Le curé se tourna vers lui.

— Calme-toi, Étienne. Le docteur veut simplement découvrir de quoi elle est morte.

Les larmes jaillirent des yeux d'Étienne.

— Je vais vous le dire, moi, de quoi elle est morte, dit-il d'une voix brisée. Elle est morte parce que sa mère se mourait d'ennuyance là-bas au fond des bois. On nous avait amenés là avec des belles promesses en nous disant qu'on pourrait gagner notre vie. C'était pas vrai. Elle est morte parce que sa mère n'a jamais mangé à sa faim tout le temps qu'elle l'a portée. Elle voulait en laisser assez pour moi et pour le petit. Elle est morte parce que ça fait six mois que sa mère a froid. Quand elle est venue au monde, elle a pleuré, mais tout de suite le froid l'a saisie. Je l'ai enveloppée d'une couverture de laine et je l'ai tenue collée sur mon corps, mais petit à petit, elle a arrêté de souffler. Après ça, vous me demandez pourquoi elle est morte, pourquoi elle n'a pas voulu vivre?

Son visage se crispa. Comme un aveugle, il se dirigea vers la porte et sortit, ne pensant même pas à mettre son chapeau.

— Malcolm, dit le curé, tu peux signer le certificat de décès en toute conscience. C'est possible de mourir de misère, ajouta-t-il après lui avoir répété les explications d'Étienne.

Le médecin haussa les épaules.

— Si vous êtes sûr, pasteur. Vous connaissez vos ouailles mieux que moi.

Une fois le docteur Reynolds parti, le curé dit à Eugène:

— Tu peux dire à ton cousin que je ferai la cérémonie des anges pour la petite à deux heures cet après-midi.

— Merci, monsieur le curé, y va être content. Quand on pense qu'il a marché à partir de Wasaga jusqu'ici avec la petite tombe dans ses bras.

Le curé parut agacé.

— Ça sait pas s'organiser, non plus, ces colons-là. Ce qu'il nous faudrait ici dans le Nord, ce seraient des défricheurs qui ont la vocation, qui n'abandonnent pas à la première difficulté, qui font ce que nos pères faisaient. Eux, ils savaient se tailler une place en pleine forêt, comme t'as fait, Eugène.

— Mais moi, monsieur le curé, j'avais pu gagner assez d'argent pour m'acheter une terre déjà en culture, avec du bétail, une bonne maison et une grange, proche du chemin de fer, avec des routes. Ensuite, l'avoine et le foin se vendaient ben avant la Crise.

— Mettons que pour toi c'était différent. Mais il y en a quand même eu des colons qui se taillaient une terre en pleine forêt, qui étaient heureux de vivre du travail ennoblissant de la terre. On dirait que ça se trouve plus, des colons comme ça.

Étienne voulut repartir aussitôt la cérémonie terminée, mais on le retint. Il avait d'ailleurs un problème dont il désirait s'entretenir avec Eugène.

— Je me rends compte, dit-il, que si j'sus pas capable de ramener Lucille et le p'tit à Saint-Zéphirin, je vais les perdre tous les deux. Lucille, a passe son temps à me dire que jamais elle restera là.

— Ça n'a pas de bon sens, non plus, de vivre comme ça, dit Alma.

— Seulement, j'ai pas d'argent pour payer le passage pour retourner. On a de l'aide rien que pour monter, dit-il amèrement. Après, on est pris comme des rats dans un

134

piège. Si vous connaissez où je pourrais travailler, juste assez pour gagner de quoi m'en retourner. Peut-être ben pour vous autres ?

— Fais-toi-z-en pas, Étienne. On est pas riches, mais on peut pas laisser mourir le monde de même. On te le prêtera, l'argent que t'as besoin. Tu le remettras quand t'auras la chance.

De nouveau, les larmes montèrent aux yeux d'Étienne. Il voulut les remercier, mais sa voix s'étrangla dans sa gorge. Émus, Alma et Eugène regardaient ce jeune homme, affalé sur une chaise, qui pleurait de joie.

Germain avait décidé que, ce printemps-là, on tenterait le grand coup. Ce serait vingt-cinq mille choux qu'on planterait. Il s'était déjà assuré d'un contrat avec un grossiste de Timmins qui, lui, vendait au gouvernement pour nourrir les chômeurs qui se trouvaient dans les camps de travail.

Rose-Delima revint du pensionnat à temps pour aider à la plantation, Donald et Jean-Pierre leur prêtèrent main-forte. Même le climat se mit de la partie. Il n'y eut pas de gelées tardives, et juste assez de pluie pour bien faire démarrer la croissance.

Germain avait pris l'habitude d'accompagner Georgette Lamontagne au cinéma ainsi qu'aux soirées auxquelles tous les jeunes de la paroisse étaient conviés sans autre invitation. Aux yeux de Val-d'Argent, ils formaient un couple.

Le jeune Marchessault était un pragmatique. Il avait refoulé ses sentiments pour Élise, n'étant pas homme à entretenir des chagrins éternels pour des causes sans espoir.

Un soir où ils étaient en route pour le cinéma, sa

vieille camionnette tomba en panne. Quand il parvint à la faire démarrer, l'heure du cinéma était déjà passée.

— Bon, je pense qu'on a manqué le film pour à soir, soupira-t-il.

— Ça fait rien, dit Georgette. J'aimerais autant qu'on parle ce soir. Tu sais, papa m'a demandé si je pensais que t'étais sérieux et si on finirait par se marier.

— Qu'est-ce que t'as répondu?

— Que tant qu'à moi, t'étais le mien. Toi, Germain, qu'est-ce que t'en penses?

Il la regarda comme s'il la voyait pour la première fois. Elle avait des cheveux châtain clair, des yeux noisette rieurs, un corps généreux, un peu dodu. Elle avait bon caractère. Elle était gaie, elle l'aimait. Que pouvait-il demander de plus?

— Je pense que toi aussi t'es la mienne, Georgette, et tu sais, j'en suis ben content.

— Oh, Germain, c'est-y vrai?

Spontanément, elle passa ses bras frais autour du cou du jeune homme. Il l'enlaça et sentit avec plaisir que le corps de la jeune fille s'abandonnait contre le sien.

— Dis-moi que tu m'aimes, Germain, murmura-t-elle à son oreille.

— Tu le sais bien que je t'aime, dit-il en enfouissant son visage dans le creux chaud du cou de Georgette.

La pensée que ce corps qu'il serrait dans ses bras pourrait bientôt lui appartenir le remua. Il lui ferma la bouche de ses lèvres et la renversa sur la banquette tandis que ses mains caressaient les seins fermes, suivaient la courbe des hanches vers les cuisses rondes.

Georgette le repoussa et se rassit.

— Non, Germain, y faut pas. C'est pas parce que ça

me tente pas, tu sais. Quand est-ce qu'on se marie?

Il l'attira de nouveau vers lui et elle appuya la tête sur son épaule.

— C'est pas l'envie qui me manque à moi non plus, Georgette. Mais quand je me marierai, je serai capable de loger et de faire vivre ma femme comme il faut. Tu comprends?

Elle lui prit la main et posa sa joue dans la paume rude.

— Si on se mariait, on pourrait vivre dans la petite maison près de la beurrerie. Tu sais que ça appartient à mon père. Tu pourrais travailler pour lui.

— Non, Georgette. J'sus pas un homme à dépendre de mon beau-père. Je veux faire ma vie librement. La récolte s'annonce belle. Cet hiver, je vais gagner un peu. Au printemps prochain, soit que je me bâtisse une maison sur notre ferme ou qu'on se loue quelque chose au village. Je verrai. Au mois de juin, on se mariera.

Georgette ne répondit pas en paroles, mais elle prenait soin, tout en s'abandonnant aux caresses de son fiancé, que ne se produise pas l'irréparable. Son père l'avait mise en garde bien souvent avec des mots très clairs que les papas de ses amies n'employaient pas avec leurs filles et il lui avait fait promettre qu'elle ne suivrait pas l'exemple de sa sœur Thérèse.

Les choux croissaient si bien sous le chaud soleil de juillet que Germain ne se lassait pas de les admirer. Les belles feuilles vertes, couvant amoureusement un cœur sphérique qui grossissait à vue d'œil, s'alignaient dans le champ le long de la rivière, en rangs symétriques espacés juste assez pour permettre le passage de l'arroseuse, seule capable de tenir les prédateurs en échec. Germain éprouvait un juste sentiment de fierté. Il réussissait aussi bien que monsieur Schraffner. Ce n'était pas si difficile, après tout. Mais il ne se leurrait pas. S'il fallait qu'une gelée blanche se produise au début d'août comme il arrivait parfois, la récolte serait sérieusement endommagée. Mais la chance lui avait souri jusqu'ici et son instinct lui disait qu'elle continuerait à lui sourire. La première chose à faire, se dit-il, consistait à changer pour un véhicule neuf la vieille camionnette qui était toujours en panne. Le jour où il commencerait à livrer la marchandise aux grossistes, il faudrait que les choses marchent rondement.

Eugène hocha la tête lorsqu'il vit arriver une camionnette International neuve rouge flamme à laquelle Germain avait fait ajouter un klaxon qui jouait trois notes, mais il ne dit rien pour ne pas gâcher la joie de son fils. La famille ne se lassait pas d'admirer le flamboyant véhicule. Avec sa longue expérience du pays, Eugène ne put s'empêcher de scruter le ciel pour voir si, dans l'azur éclatant de ce jour d'été, quelque nuage noir porteur de grêle dévastatrice ne pointait pas à l'horizon. Rien n'en altérait la splendeur, mais le vieux fermier se sentait quand même inquiet. Il avait appris à se méfier lorsque tout semblait aller trop bien.

Une semaine plus tard, lorsque Germain, comme d'habitude, sortit de la maison vers cinq heures du matin, il s'étonna de ne pas voir Bijou, le fidèle chien de ferme, bondir à son approche, prêt à aller chercher les vaches pour la traite du matin. Il le siffla une fois, deux fois, mais en vain. Fronçant les sourcils, il se dirigea vers la grange, où le chien avait l'habitude de gîter. Avant même d'y arriver, il aperçut des traces de sang dans l'herbe fraîche, puis, près de la porte, Bijou, la gorge tranchée, gisant dans une mare de sang.

Stupéfié par la vue de cette pauvre bête martyrisée, il s'arrêta un long moment, se demandant qui avait pu faire une chose pareille et dans quel but. Le cœur serré, il contourna la grange, regardant si on avait volé quelque chose. Puis ses yeux se portèrent vers le champ de choux. Même de loin, il était facile de voir l'étendue du désastre.

Les malfaiteurs s'étaient d'abord acharnés sur l'arroseuse, la machine magique, arrachant, tordant, coupant, perforant, de façon à la rendre parfaitement inutilisable. Puis, ils s'étaient promenés dans le champ avec une bêche et, pendant des heures probablement, ils avaient frappé et piétiné pour endommager le plus de plantes possible.

Il voyait là le résultat d'une nuit de haine.

Comme un automate, il se promenait dans le champ, redressant ici une plante écrasée, regardant ce qui pouvait encore être sauvé de la récolte prometteuse. Plus de la moitié avait été endommagée, et pour le reste, ce qui demeurait intact, il n'avait plus maintenant la machine pour les arroser et empêcher les insectes de les abîmer. Une colère folle grondait en lui. Il aurait voulu saisir les coupables, les frapper, leur trancher la gorge comme ils l'avaient fait à Bijou, le gardien fidèle qui avait voulu les empêcher de faire leur sale besogne.

Eugène et Paul vinrent le rejoindre, muets d'horreur.

— Il n'y a que les Rabot pour faire une chose pareille, dit Germain, les dents serrées. Je vais prendre la carabine et aller leur dire deux mots à ces bandits-là.

— Non, dit Eugène. D'abord, tu ne les as pas vus, tu n'as pas de preuve que c'est eux autres. Et quand même ça serait, qu'est-ce que tu y gagnerais?

— Y s'en sauveront pas. C'est des chiens enragés, faut s'en défaire.

— Quand tu seras accusé de meurtre, tu seras pas plus avancé. Tu sais ben que la vengeance donne rien. T'as toute la vie pour te reprendre. Faut aller de l'avant, pas la gaspiller à retourner en arrière, à essayer de faire payer les autres pour leurs péchés.

Il posa sa main sur l'épaule de son fils.

— Viens déjeuner. Après, tu penseras mieux.

— Non, il faut quand même traire les vaches. Je vais aller les chercher. J'ai besoin de marcher.

Eugène et Paul, silencieux, le regardèrent s'éloigner.

CHAPITRE XV

L es temps étaient durs, comme on disait au début de l'année 1935.

Cependant, lorsque Mitchell Hepburn avait défait les conservateurs et pris le pouvoir à l'élection du mois de juin précédent, il avait promptement annulé les octrois des limites de bois[9] qui étaient restées inexploitées et donné accès à la coupe de bois sur les terres de la Couronne à tous ceux qui étaient prêts à commencer les opérations. La loi qui exigeait que le bois brut fût usiné au Canada avant d'être exporté aux États-Unis avait été révoquée. La demande de bois pour alimenter les usines américaines grandissait et il y eut un effort concerté pour y répondre.

Alors que les usines de papier de la province fonctionnaient au ralenti, les camps de bûcherons repreraient vie, allégeant d'autant le fardeau écrasant du chômage pour ce groupe de travailleurs. Le bois coupé allait aux États-Unis alimenter les rivaux des manufacturiers canadiens. On était revenu au dix-neuvième siècle: encore une fois, les Canadiens coupaient le bois, les Américains fabriquaient le papier. Il y eut cependant une retombée

---

[9] Étendues de forêt contenant du bois de valeur commerciale.

141

bienfaisante immédiate, puisque de nouveau on embauchait des ouvriers de la forêt.

Après le désastre de la récolte aux trois quarts perdue, Germain avait été heureux d'obtenir un contrat pour couper du bois de pulpe le long de la rivière Kilburn, à une quinzaine de milles de Val-d'Argent. Le territoire concédé n'était pas grand. Il suffisait de trois hommes et d'un cheval pour abattre les arbres, les couper en longueurs de quatre pieds et les charroyer sur la glace de la rivière, dont les eaux se chargeraient au printemps de transporter le bois à destination.

Une fois par semaine, Eugène faisait le voyage jusqu'au camp de Germain pour apporter les provisions nécessaires afin que ni Germain ni ses deux employés ne perdent de temps à se ravitailler. Dès décembre, un froid inusité s'était abattu sur la région et semblait devoir persister jusqu'au printemps. Même à midi, par un beau soleil, le thermomètre ne grimpait pas plus haut que dix degrés sous zéro Fahrenheit. La nuit, on n'enregistrait pas moins de quarante sous zéro et, à plusieurs reprises, on était allé sous les cinquante degrés.

Au début de janvier, Eugène avait contracté un mauvais rhume dont il ne réussissait pas à se débarrasser malgré les mouches de moutarde et les tisanes d'Alma. Ceci ne l'empêchait pas de continuer ses voyages hebdomadaires pour ravitailler le camp de Germain.

En ce mercredi du 23 janvier, pendant qu'il petit-déjeunait, Alma lui fit remarquer que, malgré les doubles fenêtres, les vitres étaient couvertes d'une épaisse couche de frimas, chose que l'on voyait assez rarement. Paul, revenant de l'étable, où il était allé nourrir les bêtes, referma la porte précipitamment.

— J'ai rarement vu le temps aussi sec qu'à matin, déclara-t-il. Je serais curieux de savoir quelle température il fait. J'ai regardé sur le thermomètre, mais il ne marque pas. Y doit être brisé ou gelé, conclut-il en riant.

— J'ai vu tout de suite que c'était pire que d'habitude, dit Alma, tout en servant les rôties et le gruau chauds. Tu penses pas, Eugène, que tu devrais attendre à demain pour aller à Kilburn?

— Tu sais ben qu'ils comptent sur moi. Si je travaille pas, le moins que je peux faire c'est de voir à ce qu'ils manquent de rien.

— Avec ton rhume, j'aime pas à te voir sortir par un froid pareil, insista Alma, soucieuse.

— Laissez-moi aller à votre place, papa, suggéra Paul. J'aimerais ça voir le camp.

— Non, non, dit Eugène. Tu peux pas manquer l'école, toi qui prépares tes entrées cette année.

Malgré les supplications d'Alma, rien ne put convaincre Eugène de renoncer à ce voyage. Tout au plus permit-il à Paul de l'aider à charger le traîneau avant de partir pour l'école.

Assis immobile sur la charge, bercé par le pas lent des chevaux, Eugène se disait que vraiment il faisait un froid extraordinaire ce matin-là. Le soleil à l'horizon, par un phénomène de réverbération de la lumière, se multipliait en trois frères jumeaux. L'air brumeux pétillait de cristaux de glace comme un bon champagne de bulles. La fumée s'échappant des cheminées montait verticalement dans l'air gris. En forêt, on entendait des crépitations alors que les arbres éclataient littéralement de froid. Les patins du traîneau poussaient une longue plainte et l'haleine des chevaux, se condensant sur leur pelage, transformait lentement les bêtes en sculptures de frimas blanches.

D'abord, Eugène avait senti le froid brutal le pénétrer jusqu'aux os. Alma lui avait enveloppé la tête et le visage d'une longue écharpe de laine posée par-dessus sa tuque mais, même filtré par le lainage, l'air qu'il respirait lui causait une sensation de brûlure dans les poumons. Petit à petit, un engourdissement l'envahit, rendant plus supportable cet interminable voyage. L'espèce d'anesthésie montant à son cerveau suscita l'inquiétude chez lui. Il connaissait assez le pays pour savoir que lorsque le froid engourdissait, c'était mauvais signe. Laissant la bride attachée à l'avant du traîneau, il se força à se lever périodiquement, ouvrant les bras et les refermant en se battant les flancs afin d'activer la circulation du sang. Après vingt-cinq ans d'expérience, il n'allait tout de même pas se laisser bêtement geler à mort.

Un peu avant midi, il arriva enfin au camp près de la rivière transformée en ruban de neige serpentant parmi les épinettes noires et les arbustes dégarnis. Au loin, il entendait le crissement des dents de *bucksaw* qui mordaient dans les arbres gelés. Germain avait dû le guetter, car Eugène le vit venir dans le sentier battu qui reliait le camp au chantier.

Il descendait pesamment de la charge lorsque son fils le rejoignit.

— Je me demandais si vous viendriez ce matin. C'est pas un froid ordinaire, dit Germain.

Puis, voyant que son père s'apprêtait à décharger les caisses, il ajouta :

— Laissez-moi faire. Allez dans le camp vous réchauffer et vous faire du thé chaud.

Ses membres étaient si douloureux qu'Eugène ne se fit pas trop prier. Bientôt, les deux autres bûcherons arrivèrent et tous se mirent à table pour dîner.

— Savez-vous, monsieur Marchessault, que Germain a pas voulu qu'on sorte le cheval pour *skidder*[10] aujourd'hui? dit l'un d'eux. Y dit qu'y fait trop frette.

— Nous autres, ça va, s'esclaffa l'autre. On perd un homme, ça se remplace. On perd un cheval, ça coûte de l'argent.

— Eh, c'est comme ça, les gars, dit Germain en riant. Seulement, je vous ferai remarquer qu'il fait aussi froid pour moi que pour vous autres.

Tout en mangeant, il observait son père à la dérobée. Jamais il ne lui avait vu l'air si fatigué. Pour la première fois, il se rendit compte que bientôt son père serait un vieillard.

— Vous allez être mieux de rester avec nous autres aujourd'hui, papa, et vous reposer. Attendez à demain pour retourner. Deux voyages dans c'te frette-là, ç'a pas de bon sens.

Eugène refusa.

— Si je retourne pas à soir, ta mère va s'inquiéter. Maintenant que j'ai un bon repas chaud dans le corps, j'sus prêt à partir.

Alma avait emmitouflé Bernadette, qui avait treize ans, et l'avait vue partir avec Paul pour l'école du village. Ce matin, ils n'avaient pas à chausser leurs raquettes car le

---

[10] Traîner les troncs d'arbres pour les mettre en pile.

raccourci qui traversait les fermes était gelé aussi dur qu'un trottoir de ville.

Lorsqu'elle les vit revenir une heure plus tard en disant que l'école était fermée à cause du froid, l'inquiétude s'empara d'elle de nouveau. Il n'aurait pas fallu qu'Eugène sorte aujourd'hui, se répétait-elle, mais Seigneur, qu'est-ce qu'on pouvait faire avec un homme aussi têtu que lui?

Tout l'après-midi, elle guetta la route. Enfin, vers quatre heures, alors que s'épaississait le crépuscule, elle aperçut l'attelage qui s'avançait lentement sur la route blanche.

— Paul, dit-elle, habille-toi et va dételer les chevaux pour ton père. Y va être gelé.

Paul mit son manteau et sortit. Alma frotta un coin de vitre pour faire fondre le givre et vit les chevaux s'arrêter devant la porte, les naseaux fumants. Chose étrange, Eugène ne descendait pas de la voiture. Elle vit Paul qui tentait de l'aider et Eugène tombant lourdement dans les bras de son fils. Alors, elle ouvrit la porte et courut dans la neige, ne sentant pas le froid brutal qui la saisissait. Eugène voulut parler, mais n'y réussit pas. Les dents lui claquaient et des frissons parcouraient son corps. Ensemble, ils parvinrent à l'étendre sur son lit, à lui retirer ses vêtements, à l'envelopper de couvertures de laine par-dessus lesquelles Alma posa la douillette de plumes qu'elle tenait de sa grand-mère. Bernadette avait fait chauffer l'eau pour la tisane au gingembre et la mouche de moutarde. Petit à petit, les frissons cessèrent. Puis, la fièvre monta. Angoissés, ils entouraient le lit où gisait le père, immobile, les yeux clos, la respiration sifflante. Alma posa sa main sur le front de son mari. Il était brûlant. Ce n'était pas là une grippe ordinaire. Elle se tourna vers Paul.

— Il va falloir que tu descendes au village demander au chef de gare d'appeler le docteur. J'ai peur que ton père soit bien malade.

— J'y vais tout de suite, maman.

— Vas-tu atteler un cheval?

— Non, je peux arriver plus vite par le sentier.

— Ah, et rends-toi chez monsieur le curé pour l'avertir.

Tôt le lendemain matin, ils virent arriver le docteur Reynolds, conduit par le bedeau. Eugène était conscient, mais très faible. Il parlait avec difficulté. Le docteur l'ausculta, puis fronça les sourcils.

— Il va falloir le transporter à l'hôpital, dit-il en anglais. Il fait une pneumonie.

Lorsque Paul traduisit pour sa mère, Alma se mit à pleurer.

— Mon doux Seigneur, est-ce qu'il faut vraiment qu'il aille à l'hôpital?

— C'est la seule chance qu'il a de s'en tirer, dit le docteur Reynolds.

— Mon Dieu, mon Dieu, gémissait Alma. Je lui avais dit aussi de ne pas sortir hier.

— En effet, dit le docteur Reynolds. Nous avons eu un froid record hier. J'ai entendu à la radio qu'il a fait soixante-treize degrés Fahrenheit sous zéro. Mais nous n'avons pas de temps à perdre. Il faut préparer le traîneau pour l'amener à la gare. Il y a un fret qui passe à onze heures. Je vais le faire arrêter et nous embarquerons notre malade à bord.

Alors commencèrent les préparatifs pour transformer

le traîneau en ambulance. On enleva le siège, on remplit la boîte de foin, on fit chauffer des briques dans le fourneau avant de les disposer autour du malade. Paul attela le cheval et, lorsque tout fut prêt, les trois hommes transportèrent Eugène au traîneau et le convoi se mit en marche. À travers les larmes qui lui brouillaient les yeux, Alma les regarda s'éloigner. Il lui semblait voir défiler un convoi funèbre.

Le lendemain, elle prit le train pour Bowman, où se trouvait l'hôpital. Avec Jean-Pierre pour lui servir de guide et d'interprète, elle parvint jusqu'à la salle où gisait Eugène, plus blanc que ses draps. Il lui sourit faiblement lorsqu'il la vit arriver.

— Y fallait pas te déranger, ma femme. Mais j'sus content de te voir.

— Est-ce qu'ils prennent ben soin de toi, au moins ?

— Ah, oui, murmura-t-il.

Puis il referma les yeux comme si l'effort d'avoir prononcé ces mots l'avait épuisé.

Elle vit ses lèvres remuer et se pencha tout près.

— Qu'est-ce que tu dis ?

— ... seulement, ici, même les cloches sonnent en anglais, acheva-t-il faiblement.

Une fois revenue à la maison, elle demanda à Paul d'aller chercher Germain. Lui, il saurait quoi faire.

✢

Lorsque Germain pénétra dans la salle d'hôpital et qu'il aperçut le visage blanc de son père, il fut frappé du changement qui s'était produit en si peu de temps. Il prit dans sa main robuste la main débile du malade et s'assit près du lit. Eugène ouvrit les yeux et le reconnut.

Germain se mit à lui donner des nouvelles de la maison et du chantier pour meubler le silence et cacher son émotion.

Son père fit un effort pour parler.

— J'ai peur que tu sois obligé de faire vivre ta mère et la famille tout seul à partir de maintenant, articula-t-il péniblement.

— Mais non, vous allez guérir. Prenez le temps qu'il faudra pour vous remettre. Vous savez, ça ne me fait pas peur. J'ai des plans pour le printemps.

— Tu vas planter des choux?

— Non, je vais me lancer dans quelque chose de plus sûr que ça. J'ai réfléchi et je pense que je vais partir un commerce de viande.

Avec l'enthousiasme de la jeunesse, il exposait à son père ses projets d'avenir, qu'Eugène écoutait en silence.

— Qu'est-ce que vous pensez de ça, papa?

— Je pense que ma génération, elle est finie, articula-t-il péniblement. C'est vous autres qui allez prendre charge maintenant. Je sais que tu vas avoir soin de ta mère.

Il referma les yeux, épuisé.

Cinq jours plus tard, Eugène décédait. Le rude pays où, jeune homme, il était venu planter ses racines, cet adversaire qu'il avait combattu pendant un quart de siècle, avait remporté la victoire finale.

Albert était venu du scolasticat d'Ottawa; Rose-Delima du pensionnat d'Haileybury. Lorsqu'ils arrivèrent tous deux à la maison, le catafalque avait déjà été dressé dans la chambre des parents, d'où on avait enlevé les meubles. Rose Stewart était venue aussitôt et, communiquant par signes avec Alma, s'affairait à préparer la nourriture. Donald et

Jean-Pierre s'occupaient des volailles et des bêtes afin de libérer de cette corvée Germain et Paul, chargés de recevoir les gens qui venaient continuellement rendre hommage au défunt, l'un des pionniers de la paroisse.

Comme dans un mauvais rêve, Alma recevait les condoléances de tous ces gens et, les choses suivant leur cours, elle se retrouva dans l'église endeuillée, assise près du cercueil de cet homme qu'elle avait épousé à quinze ans et qui maintenant la quittait.

De retour à la maison, elle laissa Rose lui servir un repas, tandis que Jean-Pierre et Donald achevaient de défaire le catafalque et de disposer les meubles comme ils étaient auparavant. Il semblait à Alma que déjà on effaçait la trace d'Eugène dans cette maison qu'il avait construite de ses mains. Sa gorge se serra et elle déposa sa fourchette dans son assiette.

Germain s'en aperçut.

— Il faut manger, maman, dit-il doucement. Il faut que vous conserviez vos forces. Je vais avoir besoin de vous à partir de maintenant.

Elle regarda son fils, si semblable à Eugène avec ses cheveux roux bouclés et pourtant si différent. Tour à tour, ses yeux se posèrent sur ses enfants assis autour de la table. Albert serait bientôt prêtre; Rose-Delima, institutrice. Quant aux deux plus jeunes, il lui faudrait les élever seule. Avec un soupir, elle se remit à manger.

Pour inaugurer son nouveau commerce, Germain n'avait rien laissé au hasard.

Avant la fin de l'hiver, il avait scié et enfoui sous du

bran de scie dans le hangar assez de glace pour tout l'été. À l'arrière de sa camionnette, il avait construit une glacière amovible à double paroi dans laquelle il transporterait sa marchandise. Il avait même embauché le père du bedeau, qui avait déjà travaillé dans une boucherie de Montréal, pour que celui-ci lui enseigne à découper la viande.

Wilfrid Lamontagne lui avait demandé de prendre en charge les animaux que les colons lui donnaient pour payer les dettes contractées à son magasin général. Le mariage avec sa fille Georgette avait été fixé au début de juillet, alors qu'Albert aurait été ordonné prêtre, et Wilfrid considérait déjà Germain Marchessault comme son gendre.

Depuis les premières lueurs de l'aurore jusque tard dans la soirée, Germain était occupé à préparer la viande, à livrer les marchandises pour respecter les contrats obtenus, à faire du porte-à-porte de Iroquois Falls à Timmins, en passant par les concessions et les villages des alentours. Déjà l'entreprise montrait de modestes profits. Sur Paul, qui n'avait que quinze ans, retombait la responsabilité des travaux de la ferme, des semences et des moissons. Il n'était pas retourné à l'école après la mort du père, assumant dorénavant des responsabilités d'adulte.

Lorsque Rose-Delima, de retour du pensionnat où elle avait brillamment réussi sa treizième année, lui en fit reproche, Paul lui dit : « T'en fais pas, Lima. Germain et moi on fera notre vie à travailler ensemble. Pas besoin d'études pour ça. »

CHAPITRE XVI

Par la fenêtre du train, une femme encore jeune regardait défiler le paysage qu'elle n'avait pas revu depuis près de vingt ans. Lorsqu'elle avait reçu la lettre de sa sœur Georgette lui annonçant son mariage à Germain Marchessault pour le mercredi 10 juillet, elle avait tout à coup éprouvé un grand désir de revoir le pays de son adolescence, celui où elle avait connu son premier, son seul amour.

Il est vrai que, pour la première fois, elle était libre. Son geôlier était lui-même devenu prisonnier d'une paralysie qui le maintenait, immobile et muet, dans son fauteuil d'infirme. Toute la vie de cet homme s'était réfugiée dans ses yeux, comme une bête méchante qu'on enferme dans une double cage et dont on voit luire les prunelles de braise dans un coin sombre.

La tête appuyée contre la vitre, Thérèse Lamontagne-Demars se remémorait les événements qui avaient imprimé un brusque virage à sa vie : le terrible feu de forêt qui avait balayé la région en 1916 ; l'horreur de découvrir le cadavre de sa mère, morte asphyxiée en même temps que le curé d'Argent et huit autres paroissiens ; la colère de son père, qui lui avait sans peine fait avouer sa faute lorsqu'il s'était aperçu que le jeune Harvey McChesney, qu'il lui avait interdit de revoir, était demeuré avec elle à Val-d'Argent après le départ de sa famille. Torturée par cette certitude qu'elle avait d'être responsable de la mort de sa mère, elle avait attisé la fureur de son père, espérant confusément qu'il la frapperait.

Wilfrid avait, de fait, levé la main, mais il s'était ressaisi au dernier moment et s'était contenté de dire : « Ma fille, puisque tu m'as désobéi et fait un gâchis de ta vie, maintenant, c'est moi qui mène. Tu vas faire exactement ce que je te dirai de faire. »

Aussitôt après l'inhumation des victimes, ils avaient pris le train pour descendre au Québec, ne s'arrêtant qu'à Earlton pour y chercher ses trois jeunes sœurs, hébergées temporairement par des familles charitables. Ils avaient ensuite continué leur route vers Saint-Joachim-de-Compton, où habitait la tante Marie, la sœur de leur mère. Thérèse et ses trois sœurs devaient y rester jusqu'à ce que leur père puisse rebâtir la maison et le magasin.

Tante Marie et oncle Eusèbe, qui n'avaient jamais eu d'enfants, étaient propriétaires du magasin général de Saint-Joachim. En plus, tante Marie tenait le bureau de poste, c'est-à-dire qu'elle était maîtresse des postes aussi longtemps que les libéraux conserveraient le pouvoir. Quand, par malheur, les conservateurs gagnaient les élections, il lui fallait céder le bureau de poste à Philias Boudreau, qui, avec ses onze enfants, vivait pauvrement du revenu d'un restaurant avec table de billard et d'un petit magasin dont il n'avait jamais fait un succès.

En cette année 1916, Laurier étant au pouvoir, le bureau de poste se trouvait chez l'oncle Eusèbe et le contrat de transport du courrier était entre les mains du forgeron, cependant que son voisin, Philémon Paquette, attendait le retour au pouvoir des conservateurs afin de le reprendre.

À l'autre bout du village, se dressait la résidence relativement cossue de Norbert Demars. Celui-ci, âgé de quarante-neuf ans, était devenu veuf quatre mois auparavant. Sa fortune ne dépendait pas des vicissitudes de la politique, mais de l'exploitation forestière. Il avait commencé assez jeune comme jobbeur et s'était peu à peu ménagé les bonnes grâces de grandes sociétés comme Plywood Veneer, fabricants de contre-plaqués, et Primm Brothers, commerçants de bois, qui appréciaient le fait qu'il livrait toujours ce qu'il promettait et que personne ne pouvait gérer un chantier plus économiquement que lui. Qu'il y parvînt en rognant sur le maigre salaire des ouvriers n'était pas leur affaire, pourvu que l'entreprise montrât des profits intéressants.

Norbert avait aussi sa façon de déposer de gros billets aux quêtes de Noël, de Pâques, des fêtes, où la quête était réservée au curé, ce qui inclinait ce dernier à la miséricorde quand les paroissiens venaient se plaindre de la rapacité de leur patron. La charité, après tout, couvre la multitude des péchés.

Thérèse, plus tard, devait être témoin d'une scène entre un colon du sixième rang et Norbert Demars devenu son mari. L'homme était venu percevoir son salaire.

— Bon, Dollard, on va voir ça, avait dit Norbert. T'as travaillé onze semaines à cinq piastres par semaine, ce qui ferait cinquante-cinq piastres. C'est bien ça?

— Oui, monsieur Demars.

— Seulement, l'automne passé, quand ta femme a été

154

malade, je t'ai avancé vingt piastres. Tu t'en souviens, Dollard?

— Oui, monsieur Demars.

— Bon, vingt piastres avec l'intérêt de six mois, ça fait vingt-cinq piastres. Y reste donc trente piastres. Maintenant, y a une charge de quatre piastres pour le Grand Rouge.

— Mais, je fume pas, monsieur Demars, vous le savez ben. Je peux pas avoir acheté de tabac...

— C'est écrit là. Tout le monde fume de temps en temps. Bon, y te reste vingt-six piastres, moins la charge pour t'être servi de la meule...

— Quelle meule? bégaya Dollard.

— La meule pour affiler ta hache, comme de raison.

— Mais, j'sus charretier, moi, j'ai pas de hache.

— La meule était là, c'était à toi de t'en servir. Bon, ça fait qu'y te reste vingt-quatre piastres. Les voici.

— Pourquoi que vous me chargez des affaires que j'ai pas pris? osa dire Dollard.

Norbert l'avait regardé de ses yeux froids de prédateur.

— Dollard, j'ai été bon pour toi quand t'étais mal pris. Tu veux avoir de l'ouvrage l'hiver prochain?

— ... Oui, monsieur Demars.

— Alors, voilà ton argent, Dollard. Prends-le et va-t'en tandis que j'sus encore de bonne humeur.

La sueur perlait au front de Dollard. Il hésita puis, serrant les dents, il ramassa l'argent et sortit lentement.

Lorsqu'un colon demandait un lot du gouvernement pour la culture, il était du devoir de Norbert Demars d'aller l'inspecter pour voir s'il y poussait du bois de valeur. Si oui, il fallait d'abord que le bois soit coupé, par Norbert si le lot était éloigné des limites accordées aux Primm Brothers, ou par cette compagnie s'il en était voisin. L'entrepreneur versait alors au gouvernement provincial un montant minime pour chaque corde et vendait le bois à son profit. Lorsque le lot avait été complètement dégarni de ce qui pouvait avoir une valeur économique immédiate, on l'accordait au colon, garantissant ainsi qu'il vivrait dans la misère. Norbert agissait aussi comme agent de Plywood Veneer et des Primm Brothers, prélevant cinq dollars sur chaque corde des cultivateurs qui avaient un peu de bois à vendre et qui devaient passer par ses bons offices pour pouvoir écouler leur marchandise.

Tout cela, Thérèse l'avait appris plus tard. En arrivant à Saint-Joachim, elle était comme une épave, se laissant vivre et se contentant de prendre soin de ses petites sœurs pour soulager la tante Marie, occupée au magasin et au bureau de poste.

Wilfrid Lamontagne, lui, n'avait poursuivi qu'un but: trouver aussi rapidement que possible un mari pour Thérèse avant que son état devint apparent. Une remarque de son beau-frère lui mit la puce à l'oreille. Celui-ci, voyant passer Norbert Demars en bel équipage, avait dit à Wilfrid: «Tiens, en voilà un qui restera pas longtemps veuf.»

Wilfrid passa par le curé, qu'il savait proche ami de Norbert et souvent convié à se joindre au petit groupe sélect qui se réunissait le soir devant la cheminée des Demars, la seule qui existât à Saint-Joachim. Il l'entretint de Thérèse, qui avait perdu sa mère et son fiancé (avait-il dit) dans des circonstances tragiques et à qui il désirait trouver un mari à Saint-Joachim, car il était préférable qu'elle ne retourne pas vivre dans les lieux témoins de si mauvais souvenirs. Il alla même jusqu'à mentionner monsieur Demars, ajoutant qu'un homme plus âgé serait probablement plus compatissant pour une jeune fille si profondément blessée par la vie. Lorsque le curé fit remarquer qu'elle était peut-être, à dix-sept ans, un peu jeune pour prendre charge d'une maisonnée et de deux fillettes, l'une de treize ans et l'autre de onze, Wilfrid vanta la maturité de Thérèse, ses qualités de parfaite ménagère, son amour des enfants, et laissa entendre qu'il était lui-même prêt à faire un don substantiel aux œuvres de la paroisse si ce mariage s'accomplissait.

C'est ainsi que Norbert était venu, peu de temps après, rendre visite à l'oncle Eusèbe. On avait présenté Thérèse à un homme chauve, presque obèse, dont les petits yeux porcins semblaient l'évaluer comme si elle avait été une pouliche à la foire.

Norbert aimait les toutes jeunes filles. Il avait embauché, à diverses reprises, de très jeunes bonnes qu'il avait proprement mises à la porte après les avoir engrossées.

Cela aussi, elle l'apprendrait beaucoup plus tard. À Norbert, elle fit l'effet d'un bouton de rose à peine entrouvert avec son visage poupin, ses yeux noirs bien fendus, sa poitrine haute et menue, son corps mince.

Lorsque, deux semaines plus tard, son père était venu lui annoncer qu'elle épouserait Norbert Demars, elle n'avait rien dit et avait laissé tante Marie, tout émue, lui préparer un trousseau. Vu le deuil récent, le mariage fut célébré dans la plus stricte intimité et Thérèse s'en fut vivre non loin de l'église dans la grande maison où deux fillettes souffreteuses et timides attendaient de connaître leur nouvelle maman.

Indifférente à tout sauf à sa soif d'expiation, elle était tout à fait docile et laissait les gros doigts boudinés de

Norbert se délecter de son corps. Ce n'était pas un senti-
mental. Il voulait sa maisonnée soumise et avait la main
leste. Ainsi, un soir où sa grossesse débutante lui avait
donné des hauts-le-cœur et où sa combativité native avait
momentanément refait surface, elle avait voulu le repous-
ser, mais une formidable gifle l'avait recouchée sur le lit.

— T'apprendras, ma petite, qu'une femme c'est fait
pour servir.

Depuis qu'elle était sa femme, elle s'expliquait l'air
terrorisé des deux fillettes.

Puis, Raymond, son aîné, était venu au monde et
il avait les beaux yeux bleus de Harvey McChesney.
Norbert n'avait rien dit de ce que l'enfant fût né sept
mois et demi après le mariage, mais Thérèse avait su dès
lors que le petit serait le gage de sa soumission.

Tout de suite après la naissance, Norbert avait voulu
reprendre les relations conjugales. La vue de beaux seins
jeunets qui se remplissaient de lait le stimulait. Thérèse
avait refusé.

— Frappe-moi si tu veux, avait-elle dit, mais tu feras
comme les autres maris. Tu attendras quelques jours, un
temps décent.

Il l'avait regardée avec ses yeux d'oiseau de proie.

— Tu crois ça, toi? Si ma femme veut pas être déran-
gée, y en a d'autres qui seront obligées de m'accommoder.

Il s'était dirigé vers la chambre des fillettes. Elle avait
entendu des petites voix effrayées qui pleurnichaient:
«Papa, non…» Alors elle s'était levée de son lit…

Les larmes brouillèrent le paysage du Nord qui défilait
devant ses yeux. Thérèse cherha un mouchoir dans son
sac et s'obligea à fixer la forêt sombre et l'éclair éblouissant des lacs qui fuyaient. «À quoi bon évoquer tout ça»,

se dit-elle. Mais le film continuait à se dérouler. Elle était allée voir le curé et lui avait raconté l'incident.

— Mais voyons, madame Demars, je crois que c'est là le produit de votre imagination. Votre mari est un homme honnête, qui fait beaucoup de bien dans la paroisse en secourant les pauvres gens et en leur procurant du travail. Cependant, je n'ai pas à vous rappeler qu'une épouse chrétienne ne doit pas refuser les devoirs conjugaux à son mari sous peine de se rendre coupable des péchés que celui-ci pourrait commettre.

Quatre autres enfants avaient suivi, qu'elle avait élevés avec amour mais aussi avec cette douleur des mères qui reconnaissent dans les petits qu'elles aiment certains traits d'un mari qu'elles haïssent.

Pour Raymond, cela avait été pire. Tout bambin, il avait eu un désir exagéré de plaire à Norbert. Témoin impuissant, Thérèse avait assisté à la guérilla psychologique qui se livrait, où Norbert s'amusait comme le chat avec la souris à laisser espérer le petit pour ensuite le démolir d'une remarque méchante ou d'une gifle si l'enfant, par trop d'empressement, commettait quelque maladresse. À seize ans, il lui avait été signifié de quitter la maison. À Thérèse qui le suppliait, Norbert avait dit simplement :

— Tu l'as trop gâté. Qu'il fasse comme moi. Quand je suis sorti de l'orphelinat à seize ans, j'ai été obligé de me débrouiller tout seul. C'est la seule façon de faire un homme.

Elle avait donné à Raymond un peu d'argent qu'elle avait réussi à cacher et lui avait fait promettre d'écrire. Trois mois plus tard, elle avait reçu un petit mot lui disant : « Chère maman, je travaille. Je vais bien. Ne t'inquiète pas de moi, même si tu ne reçois pas de nouvelles ...» Il n'y avait pas d'adresse de retour.

Et puis, durant l'hiver qui venait de s'écouler, la paralysie avait soudain frappé Norbert. Au réveil ce matin-là, elle s'était d'abord étonnée de voir que Norbert dormait toujours. Puis, elle s'était aperçue qu'il avait les yeux ouverts, mais qu'il était incapable de remuer ou de parler. Seuls des sons inintelligibles sortaient de sa bouche.

Depuis ce temps, elle avait pris les affaires en main. D'abord, comme un animal trop longtemps captif qui voit tout à coup s'ouvrir la porte de sa cage, elle n'osait s'avancer, continuant comme si Norbert était toujours là. Lorsqu'elle avait reçu la lettre de Georgette, le goût lui était soudain venu de faire à rebours le chemin qui l'avait conduite au malheur. Elle avait embauché les Villeneuve, un couple d'un certain âge dont les enfants étaient tous partis, pour s'occuper de la maison, des enfants et de Norbert. Et elle était partie comme l'oiseau s'enfuyant de sa cage.

«Val-d'Argent, *next station. This way out.*»

Dans un grand bruit de ferraille, le train s'arrêta. Thérèse prit sa mallette et suivit le conducteur vers la sortie. Quand elle mit le pied sur le quai de la gare, elle vit son père qui l'attendait.

Alors qu'ils marchaient en direction du magasin, rebâti au même endroit, ses yeux faisaient un tour d'horizon. La rivière roulait ses eaux tranquilles, mais il n'y avait plus de scierie sur ses bords. Les arbres étaient de nouveau grands, mais pas assez pour cacher l'énorme pierre, déposée là par les glaciers dans les temps immémoriaux, à l'abri de laquelle elle allait autrefois rencontrer le beau Harvey McChesney.

— Tu ne peux pas savoir comme je suis content que tu sois venue, répétait Wilfrid.

Thérèse aspira une grande bouffée de l'air pur et sec des pays du Nord. Elle se sentait légère comme lorsqu'elle était adolescente.

— Moi aussi, papa, je suis contente, dit-elle.

Puis, soudain, une constatation la transperça comme un glaive. Pour elle, c'était la délivrance. Pour Raymond, il était trop tard.

Wilfrid Lamontagne était si heureux d'avoir enfin un gendre selon son cœur et sa fille aînée de nouveau sous son toit qu'il voulut marquer les noces d'une fête grandiose. Il savait, pour l'avoir visitée quelques fois, que Thérèse avait été malheureuse. Non pas qu'elle lui eût fait des confidences — elle était trop fière pour cela — mais lui qui la connaissait bien avait facilement deviné.

Il n'y aurait pas de danse car le curé Bouffard, comme plusieurs autres curés du diocèse, l'avait interdite, jugeant que ces réjouissances étaient source de désordre et ces attouchements entre filles et garçons sources de péchés graves de la chair. Ayant vidé l'arrière-magasin qui servait d'entrepôt, Wilfrid y avait fait dresser des tables pour un grand banquet que sa femme, Bibiane, blonde placide à la taille un peu forte, s'occupait d'organiser avec l'aide enthousiaste de Thérèse. Au printemps, il s'était acheté une Chrysler bleu horizon qui ferait un bel effet dans le cortège de noce.

De son côté, Jean-Pierre Debrettigny avait également convaincu son père, l'été précédent, de se procurer une automobile, faisant valoir que c'était indispensable pour visiter les grossistes et aussi pour se rendre à l'hôpital si son père subissait une rechute. Denis avait cédé, espérant ainsi intéresser son fils au magasin et le décider à faire sa vie dans le Nord comme ses cousins Marchessault. L'an prochain serait sa dernière année au *high school* de Bowman. Il lui faudrait alors songer à son avenir.

En attendant, c'est lui qui aurait l'honneur de conduire le marié.

Lorsqu'il s'était agi de fixer les détails de la cérémonie, Alma avait déclaré :

— Tu vas demander à ton oncle Achille de te servir de père, je suppose. C'est le plus âgé et le plus proche parent que nous ayons ici.

Elle soupira et ajouta :

— Que c'est donc dommage que ton père ne soit pas ici pour voir ça !

— J'aimerais mieux mon oncle Denis, dit Germain. L'oncle Achille va vouloir nous faire un de ses discours, je suppose.

— Mais, voyons, dit Alma d'un ton de reproche, il faut quand même l'inviter et tu sais bien qu'il ne manquera pas l'occasion de faire un discours, qu'il te serve de père ou non.

— Pourquoi est-ce qu'il fait toujours des discours comme ça ? demanda Bernadette. Quand il en a fait un au pique-nique de la ferme expérimentale, tout le monde riait. C'est gênant.

— Ils ne devraient pas rire, répondit sa mère. C'est un homme qui a eu trop de malheurs dans sa vie. Ça lui a dérangé le cerveau, le pauvre homme. Mais c'est pas une raison pour lui faire de la peine.

Rose-Delima serait fille d'honneur, accompagnée d'un cousin de Georgette qui habitait Timmins. Paul conduirait ses deux sœurs dans la camionnette. Cela finirait par faire un cortège imposant. Albert, qui venait d'être ordonné prêtre chez les oblats au début de juin, viendrait bénir le mariage.

Alma et Germain avaient fait le voyage jusqu'à Ottawa pour assister à la cérémonie de l'ordination. Éblouie par le faste et la solennité des rites dans la grande cathédrale à la voûte bleue étoilée d'or, Alma avait versé des larmes d'émotion et de regret «qu'Eugène ne soit pas là pour voir ça». Elle ne tarissait pas d'éloges sur la beauté d'Ottawa, où, malgré que ce fût une grande ville, il y avait «de l'eau, des arbres et des fleurs partout».

La veille des noces, Alma alla accrocher son chapelet à l'extérieur de la fenêtre afin d'assurer le beau temps pour le lendemain. Elle s'arrêta un moment à regarder le firmament étoilé et songea qu'Eugène devait maintenant jouir d'un bonheur sans mélange au ciel. Elle eut de la difficulté à se le représenter assis sur un siège doré, chantant les louanges de Dieu, lui qui était si actif et que les longues dévotions rendaient nerveux. Enfin, le bon Dieu, qui connaissait tout, devait avoir prévu ça. «Il faut quand même que tu t'occupes un peu de nous, le gronda-t-elle. Tu vois, Albert est parti, Germain part demain, Rose-Delima s'en va à Ottawa en septembre. Je vais rester seule ici avec Paul et Bernadette. Si tu m'avais écoutée aussi, l'hiver dernier, quand je te disais qu'il faisait trop froid, tu serais encore ici. Mais fallait toujours que tu fasses à ta tête. »

Grâce, sans doute, aux protections célestes dont disposait Alma, le soleil qu'on ne voyait plus depuis plusieurs jours se leva radieux. À neuf heures, on vit arriver l'oncle Achille et la tante Laura en buggy. À neuf heures et demie, Jean-Pierre apparut sur la route, soulevant une longue traînée de poussière, et, dans un virage impeccable, vint ranger la Buick blanche devant la porte d'entrée. Alma avait voulu mettre un chapeau de veuve à longue pleureuse, mais Rose-Delima l'avait empêchée. «Si papa était ici, il serait de mon avis, maman», avait-elle dit d'un ton sans réplique. Alma avait cédé. «Ces jeunes, pensa-t-elle, ils sont tellement sûrs d'eux, ce sont eux qui commandent maintenant.»

Dans sa toilette longue de fille d'honneur, en chiffon turquoise, Rose-Delima avait l'air d'une de ces actrices de cinéma dont on voyait les photos dans le journal.

— Allons-y, dit Jean-Pierre, faut pas arriver en retard.

Il fit monter Alma, l'oncle et la tante à l'arrière, tandis qu'il prenait place en avant avec Germain. Un grand papillon aux ailes de velours noir vint se poser sur la blancheur éblouissante du capot de la voiture. Germain, qui le regardait, vit soudain le visage d'Élise, l'angle gracieux des joues aux pommettes saillantes, le grand front ivoire sous les cheveux brillants, les sourcils délicats comme des ailes déployées. Avec un vrombissement, le moteur démarra. Le papillon ouvrit toutes grandes ses ailes et voleta dans l'azur éclatant du ciel de juillet. Germain le suivit des yeux jusqu'à ce qu'un virage de la voiture le lui fît perdre de vue.

Étant donné qu'il y avait un prêtre dans la famille et que la noce se ferait sans danse, le curé Bouffard avait accepté l'invitation de Wilfrid Lamontagne d'assister au repas après la cérémonie. On avait rarement vu un tel banquet. Les tables, décorées de bouquets de fleurs des champs, étaient chargées de poulets farcis, de ragoûts de boulettes, de rôtis de porc frais bien rissolés, de jambons fumés, de cornichons et de ketchups maison préparés par Bibiane, qui avait elle-même fait le gâteau de noces. Énorme avec ses cinq étages, le gâteau trônait au centre de la table d'honneur. Les cruches de vin s'alignaient pour rassurer tout le monde et prouver que, contrairement aux noces de Cana, on n'en manquerait pas.

Au dessert, Wilfrid invita le jeune père Albert Marchessault à prendre la parole. Albert se contenta de souhaiter du bonheur aux nouveaux époux et d'invoquer les bénédictions du ciel sur leurs têtes et sur leurs descendants, puis il se rassit. Ce ne serait jamais un curé aux longs sermons. Pas jasant il était, pas jasant il resterait.

Wilfrid se levait de nouveau pour prier monsieur le curé d'être le second orateur lorsque Achille jaillit de son siège et, ouvrant tout grands les bras comme Henri Bourassa, commença :

— Mes chers compatriotes, mes très chers amis, nous voici réunis aujourd'hui pour célébrer avec les anges le mariage de deux enfants de la paroisse. C'est des jeunes comme eux autres qui sont l'avenir de la race. En 1916, dans la bouette et la cendre jusqu'à moitié jambes, on aurait ben cru que tout était perdu. Mais on s'est recraché dans les mains et on a recommencé à zéro. Aujourd'hui, on a une belle paroisse, l'une des plus belles paroisses canadiennes-françaises du Nord. Mais l'autre jour, quand je marchais sur la track pour venir au village, j'ai vu le long des rails reluisantes, de l'autre côté du croche, des petites choses qui pourraient mettre l'avenir de notre peuple en danger.

Achille s'arrêta pour boire un grand verre d'eau. Pour une fois, l'assistance le fixait avec curiosité.

Levant verticalement les deux bras, il continua :

— Oui, mes amis, mes très chers amis, c'est notre race tout entière qui est en péril. Comme Noé sur son arche, nous sommes entourés de dangers de toutes parts et, si nous obéissons pas aux commandements de Dieu, nous allons nous noyer.

Depuis un moment, le curé Bouffard fronçait les sourcils. Il trouvait que le discours d'Achille prenait une drôle de direction.

Achille reprit son souffle et continua :

— Ces petites choses que j'ai vues le long de la track vont nous faire noyer, mes chers compatriotes. Ce sont ces petites balounes de caoutchouc qu'on a inventées pour empêcher la famille...

Du coup, le curé Bouffard se dressa. Un empiétement aussi flagrant sur son territoire ne pouvait être toléré. Il saisit Achille par le bras :

— Assis-toi, dit-il d'un ton de commandement.

— Mais j'ai pas fini, monsieur le curé.

— T'as fini, Achille. Je suis ton curé. J'ai reçu un sacrement de plus que toi, le sacrement de l'ordre, et tu me dois obéissance. C'est à moi que le Christ a dit : «Ce que vous lierez sur la Terre sera lié dans le ciel.»

— Ben, moi aussi, monsieur le curé, j'ai reçu un sacrement de plus que vous, le sacrement de mariage, et c'est à moi que le Christ a dit : «Croissez et multipliez-vous.» C'est nous autres qui fabriquons les enfants que vous rentrez dans le ciel.

Wilfrid, craignant que la querelle s'envenime, annonça d'une voix de stentor :

— Monsieur le curé va maintenant nous adresser la parole.

Laura tirait de son côté sur le bras d'Achille et finit par le faire asseoir. Le curé prononça un discours beaucoup plus long que celui d'Albert. Puis, le directeur du chœur de chant entonna une chanson à répondre pendant que les mariés allaient revêtir leur costume de voyage :

On m'dit que tu te maries
Faut que tu prennes ben garde, Nicolas.
Si tu la prends trop laide,
Tu t'en dégoûteras, Nicolas.
Trinque, trinque, je bois du bon vin,
Bon, bon, bon, c'est bon d'la boisson.

Tout le monde reprit en chœur les deux dernières lignes du refrain.

Si tu la prends trop laide,
Tu t'en dégoûteras, Nicolas.
Si tu la prends trop belle,
Des tours elle te jouera, Nicolas.
Trinque, trinque, je bois du bon vin,
Bon, bon, bon, c'est bon d'la boisson.

Si tu la prends trop belle,
Des tours elle te jouera, Nicolas.
Le dimanche à la messe,
Ses amants elle verra, Nicolas.
Trinque, trinque...

Il arrivait au douzième couplet lorsque les mariés revinrent dans la salle. Après les embrassades et les taquineries d'usage, ils démarrèrent à bord de la Chrysler bleu horizon pour un court voyage de noces à North Bay, où Wilfrid leur avait retenu, par l'entremise d'un cousin, un chalet sur les bords du lac Nipissing.

La voiture, traînant une ribambelle de boîtes de conserve attachées par les soins de Paul, s'engagea sur le Ferguson Highway et disparut dans un nuage de poussière.

Aussitôt les mariés partis, Rose-Delima se demanda quand elle pourrait échapper au cousin de Georgette. On lui avait présenté le jeune homme la veille. Il avait paru assez aimable au premier abord mais, au banquet de noce, il avait bu plus souvent qu'à son tour. Il se répétait, lui faisait des compliments maladroits et des invitations pressantes à visiter Timmins, où son père avait une petite échoppe de viande. Elle regardait avec envie Margot Henri, la fille du barbier, qui était assise entre Jean-Pierre et Donald. Ils avaient l'air de bien s'amuser tous les trois.

À ce moment, comme s'il avait pris conscience de sa supplication muette, Donald leva les yeux et lui sourit. Par une mimique silencieuse, elle lui fit comprendre qu'elle ne prisait pas son compagnon de table et désirait s'évader. Il éclata de rire et d'un signe de tête lui indiqua la porte arrière de la salle. Le cœur de Rose-Delima se mit à battre.

Quand elle était revenue du pensionnat en juin et avait revu Donald, elle en avait reçu un choc. Il avait encore grandi et la dépassait maintenant de toute la tête. Alors qu'elle l'avait toujours traité comme un frère cadet, maintenant, lorsqu'elle levait la tête et qu'il la regardait de ses yeux sombres avec ce sourire un peu moqueur qui lui était particulier, le cœur de la jeune fille se mettait à battre sans raison. Sans qu'elle s'en rendît compte, il occupait maintenant toutes ses pensées. À son réveil, ses yeux se portaient instinctivement vers la maison des Stewart. Trois fois la semaine, il se rendait à Iroquois Falls dans la petite voiture dont les Gray lui avaient fait cadeau, un Whippet rouge à *rumble seat*[11] qui excitait l'envie de tous les jeunes de la paroisse. Il était devenu l'étoile de l'équipe de hockey du *high school* et un joueur de football très convenable. John Gray en était fier. Cependant, le temps qu'il consacrait aux sports avait entamé ses heures d'étude. Il avait toujours été faible en mathématiques et avait raté son examen de juin. Les Gray avaient engagé un professeur pour le préparer à l'examen de reprise à la fin de l'été. Comme par hasard, Rose-Delima imaginait toujours une raison quelconque de se trouver à l'extérieur de la maison pour saluer Donald au passage.

Rose-Delima profita de ce que l'encombrant cousin de Georgette s'était levé afin de se joindre à un groupe d'hommes rassemblés autour des cruches de vin pour se diriger vers la porte arrière. Les trois jeunes gens vinrent la retrouver.

— Une noce où on danse pas, c'est pas une noce, déclara Margot.

— Tu sais bien que monsieur le curé ne veut pas, reprocha Rose-Delima.

— Oui, mais moi j'aime danser, dit-elle, saisissant la main de Jean-Pierre et l'entraînant dans un fox-trot impromptu.

— Oh, si monsieur le curé te voyait!

---

[11] Siège arrière extérieur.

— Alors, allons danser où monsieur le curé ne nous verra pas, proposa Donald.

— Ça, c'est une bonne idée, approuva Margot.

— Où est-ce qu'on peut aller? demanda Jean-Pierre, qui tenait toujours Margot par la taille.

— Pourquoi pas chez vous, Lima? fit Donald. J'arrêterai à la maison prendre mes disques et on ira danser chez vous tandis qu'il n'y a personne.

La jeune fille parut troublée.

— S'il fallait que maman apprenne ça, après la défense de monsieur le curé…

— J'sais pas qu'est-ce qui lui prend, celui-là, dit Donald en haussant les épaules. Je connais des paroisses irlandaises catholiques où on organise des danses au profit de l'église. C'est la même religion, non?

— Allons-y, dit Margot.

— On prend ma petite Whippet, déclara Donald.

Margot et Jean-Pierre ne se firent pas prier pour monter dans le *rumble seat* tandis que Donald ouvrait la portière pour Rose-Delima. Elle souleva sa longue jupe et s'assit sur la banquette. L'idée de tournoyer au son de la musique, guidée par le bras de Donald, la remplissait de bonheur.

Donald s'installa au volant et la voiture démarra, soulevant l'inévitable poussière.

Une fois à la maison, tandis que Jean-Pierre et Margot s'employaient à déplacer les meubles pour libérer un espace adéquat, Donald plaçait un disque sur la table tournante du gramophone et tournait la manivelle. Les accents langoureux d'une chanson de Cole Porter remplirent la pièce. Jean-Pierre et Margot, étroitement enlacés, se mirent à danser. Donald se tourna vers Rose-Delima. Il la regarda un moment, toute svelte dans sa robe drapée à la grecque

170

qui moulait son buste et sa taille mince et tombait en plis droits jusqu'à ses pieds. Sous le front nimbé de cheveux sombres, ses yeux noisette frangés de noir souriaient.

— Puis-je avoir l'honneur? dit-il en s'inclinant cérémonieusement. C'est très intimidant. J'ai l'impression de demander Greta Garbo à danser.

— Oh, tu sais, je suis pas sûre de pouvoir te suivre. J'ai jamais eu de leçons de danse, moi. Je suis pas comme toi.

Il l'entoura d'un bras musclé. Elle se laissa flotter, heureuse de sentir la main de Donald dans la sienne, le corps du jeune homme qui guidait le sien, l'odeur chaude qui montait à ses narines, faite de crème à raser et d'épiderme sain de jeune mâle.

La musique s'arrêta brusquement.

— Mets l'autre côté, Jean-Pierre, dit Donald.

Sans enlever son bras de la taille de Rose-Delima, Donald attendit que la musique reprenne, puis il l'entraîna de nouveau.

— Tu danses bien, Lima, pour quelqu'un qui n'a jamais appris.

— Oh, tu sais, quand les sœurs ne nous voient pas, nous dansons entre nous, au couvent. Et puis, tu sais si bien guider.

Ce soir-là, elle mit du temps à s'endormir, repassant avec délice les événements de l'après-midi. Elle serrait l'oreiller contre sa joue comme si ç'avait été l'épaule de Donald. Quand enfin elle s'endormit, elle rêva qu'elle se trouvait avec lui dans une salle immense. Blottie dans ses bras, elle dansait, dansait, s'éloignant de la foule jusqu'à ce qu'ils se retrouvent seuls, étroitement enlacés, sous le firmament étoilé.

Chapitre XVII

D epuis le terrible hiver qu'on avait vécu, personne n'avait revu Vital Larramée errant par les routes. Aussi ne fut-on pas surpris lorsque les sourds tintements du glas annoncèrent au village et à la campagne environnante que le jeune homme était mort. Le bacille de Koch avait eu raison de son immense désir de vivre.

Le soir venu, tous les paroissiens se préparèrent pour la veillée funèbre, dernier hommage à rendre au défunt et occasion de témoigner leurs condoléances aux époux Larramée, qui perdaient là le seul enfant qui leur restait, les autres étant tous morts en bas âge de maladie mystérieuse. Seul Vital avait survécu jusqu'à vingt et un ans.

Quelques voisines s'étaient rendues plus tôt pour aider à préparer les plats qui soutiendraient ceux qui resteraient toute la nuit à prier et à veiller, comme c'était la coutume.

De longs bancs avaient été disposés autour du salon et de la grande pièce qui servait à la fois de cuisine et de hall d'entrée. Les gens entraient par groupes, se dirigeaient vers le cercueil de fabrication locale, fait de pin blanc recouvert de drap gris, où se voyait le visage squelettique de Vital. Ils s'agenouillaient pour une courte prière, puis allaient serrer la main d'Alphée Larramée, assis, impassible, près du cercueil de son fils. Ils allaient ensuite prendre place sur les bancs, conversant à voix basse avec leurs voisins. Les enfants, qui se fatiguaient d'être sages et couraient ou se chamaillaient, étaient vite rappelés à l'ordre par les chuchotements scandalisés des parents. Parfois, un bébé pleurait. Alors, la mère se hâtait de dégrafer son corsage et de lui donner le sein pour le faire taire. À chaque heure, tout le monde s'agenouillait pour la récitation du chapelet.

On avait déjà récité trois chapelets et les gens qui ne resteraient pas pour la nuit avaient commencé à se retirer lorsqu'on entendit un tumulte au-dehors. Un groupe bruyant entassé dans l'automobile de René Paquette arrivait devant la porte. Garçons et filles entrèrent et il n'y avait qu'à voir leurs mines réjouies pour comprendre que les Paquette venaient juste de terminer une nouvelle cuvée de bagosse au petit lac à Boudreau et qu'on avait procédé à l'échantillonnage. Ils s'agenouillèrent près du cercueil, mais la prière fut plutôt brève et les condoléances exprimées de façon un peu hilare. Le groupe prit place sur des bancs près de la porte. Bientôt, après un échange d'œillades entendues et des chuchotements entre les garçons, ceux-ci sortirent à l'extérieur pour en revenir encore plus animés qu'auparavant.

— Je crois qu'on devrait dire un chapelet et partir, dit Marie Bruno lorsque les jeunes gens revinrent.

René Paquette se leva et se mit à regarder le mort.

— Cré Vital, va. Avez-vous vu? Il sourit. Moi, je pense que qu'est-ce qui lui ferait plus plaisir qu'un chapelet, ça serait un p'tit air de danse. Qu'est-ce que vous en pensez, vous autres ?

— Voyons, René, dit Marie inquiète. Va pas manquer de respect aux morts. Disons le chapelet.

Avec l'entêtement des gens ivres, René continuait :

— Je ne manque pas de respect aux morts, je veux faire plaisir à ce bon Vital. T'as ton violon, Louis, ajouta-t-il en se tournant vers un des garçons de la bande. Au lieu d'aller danser chez vous, Marie, je pense qu'on devrait commencer un peu icitte. Puisque Vital peut pas venir avec nous, faut amener la veillée chez Vital.

Les quelques familles qui se proposaient de passer la nuit accueillirent ces propos avec effarement.

Wilfrid Lamontagne se leva.

— J'cré ben que t'es devenu fou, le jeune. Veux-tu ben t'en aller à ta veillée et laisser les trépassés dans la paix du Seigneur.

Cependant, quelqu'un était allé chercher le violon de Louis. René le lui tendit.

— T'es un homme ou t'es un peureux, Louis ?

Le jeune homme hésita, puis il prit le violon, l'ajusta sous son menton et attaqua un air de quadrille. Aux premières notes, Alphée Larramée se leva tout droit, fit signe à sa femme et monta avec elle l'escalier qui conduisait à l'étage. Ils entrèrent dans la chambre et fermèrent la porte derrière eux. La musique continuait toujours.

— Tout le monde en place ! cria René.

Attrapant Marie par le bras, il l'entraîna au centre de la pièce.

— Donnez-vous la main droite et la main gauche. Promenade. *All swing* !

Wilfrid tendit la main à sa femme.

— Viens, Bibiane. On est pas pour rester pour un sabbat pareil.

Les autres assistants suivirent, de sorte que la petite bande resta seule dans la pièce avec le mort. Alors que les gens montaient dans les buggies et voitures pour rentrer chez eux, le rythme endiablé de la danse continuait de plus belle et les accompagna tandis qu'ils s'éloignaient dans la nuit. D'après les voisins, la sarabande se prolongea jusqu'aux petites heures du matin.

Lorsque le cercueil entra à l'église le lendemain matin pour les obsèques, il n'y avait qu'à voir la mine gênée des familles des responsables de ce scandale et l'air sévère du curé Bouffard pour savoir que les choses n'en resteraient pas là.

Après l'Évangile, le curé monta en chaire et parcourut l'assistance d'un regard glacial. Un silence absolu tomba dans l'église. Pas le moindre toussotement n'osa se faire entendre. Il commença son sermon avec une douceur étonnante. Il évoqua la piété et la conduite exemplaire du jeune homme que Dieu avait rappelé à lui. Puis, soudain, il haussa la voix :

— Il se trouve malheureusement que dans notre belle paroisse des audacieux ont osé braver la majesté de la mort. Des jeunes, aveuglés par l'alcool, source de tous les maux, ont abandonné toute piété, toute crainte de la vengeance de Dieu pour se livrer à la profanation.

Il se tut un moment, promenant un œil courroucé sur l'assistance. On entendit des sanglots étouffés de part et d'autre. Puis, soudain, d'une voix de tonnerre, il cria :

— Malheur à celui par qui le scandale arrive. Il vaudrait mieux pour lui qu'on lui mette une meule au cou et qu'on le précipite au fond de la mer.

Marie Bruno s'évanouit et on dut la porter hors de l'église.

Plus doucement, il continua :

— Prions, mes frères, pour que la vengeance du Très-Haut ne s'abatte pas sur les coupables, que dans sa miséricorde Dieu daigne pardonner les égarements de jeunesse.

Quand il descendit de la chaire, le chœur entama le *Dies iræ,* dont les lugubres accents firent vibrer la voûte. À la sortie de l'église, les Paquette ne s'attardèrent pas, non plus que les familles des autres coupables.

— Je pense que ces jeunes fous ne recommenceront pas de sitôt, dit Wilfrid à Bibiane.

Comme un caillou lancé dans l'eau suscite des vagues qui vont en s'amplifiant, la nouvelle que deux agents de compagnies minières avaient rendu visite à Osias Legendre afin de prendre une option sur les droits miniers de sa terre mit tout Val-d'Argent en émoi.

On avait d'abord appris qu'Osias avait reçu cinq cents dollars, mais déjà dans la soirée on se répétait que c'était dans les milliers qu'il avait reçus, qu'il était riche pour la vie. À preuve, il avait fait le voyage à Iroquois Falls exprès pour s'acheter une caisse de quarante-onces de whisky et depuis ce temps on ne l'avait plus revu dehors.

Les deux agents logeaient au *Val d'Argent Hotel.* Le lendemain, ils visitèrent la ferme voisine et, avant la fin de la semaine, ils détenaient des options sur les droits miniers de cinq fermes situées dans le quadrant nord-ouest de la paroisse.

En apprenant cette nouvelle, Armand Fecteau, le

beurrier, s'était dit que sa théorie du «chaudron d'or» dont tout le monde se moquait serait enfin prouvée.

Lorsqu'il entra au magasin général Debrettigny ce matin-là, un groupe d'hommes était en train de discuter de cette vente de droits miniers qui bouleversait tout Val-d'Argent. Chaque jour, les deux agents se rendaient chez un fermier, faisaient signer des contrats en anglais que certains ne comprenaient pas, versaient une somme initiale de quelques centaines de dollars, avec promesse d'un autre versement l'année suivante si la compagnie décidait de conserver son option en attendant d'être prête à passer à l'exploitation.

En le voyant entrer, l'un d'eux lança :

— Alors, Armand, as-tu vendu ta terre de roches ?

Armand haussa les épaules.

— S'ils ne sont pas venus me voir encore, c'est qu'ils me gardent pour en dernier. Y savent ben que j'sus le gros morceau.

— À moins que tu sois de la petite galette, riposta l'autre. Y ont l'air d'acheter autour d'Osias et y se rapprochent pas de ta terre, tu sais.

— C'est tout ce que tu peux dire. Rira bien qui rira le dernier. Moi, je sais qu'il y a de l'or sur ma terre et je peux leur prouver n'importe quel temps.

— Je te le souhaite, Armand. Seulement y ont dit à l'hôtelier qu'y partaient avant dimanche.

Cette conversation fit sourdre une pointe d'inquiétude dans l'esprit d'Armand Fecteau. Peut-être ces agents n'étaient-ils pas au courant ? Mieux valait aller les voir tout de suite et leur expliquer que la source de tout l'or du Nord de l'Ontario se trouvait justement sur le lot quatre de la première concession.

Toute la journée, il rumina ces pensées. Le soir venu, aussitôt le souper terminé, il enfonça sa casquette, revêtit sa vareuse et se rendit à l'hôtel. Il trouva les agents dans la taverne en train de prendre un verre de bière. Lorsqu'il voulut leur expliquer comment le «chaudron» se trouvait sur sa propriété, l'aîné des deux hommes l'arrêta tout de suite.

— Si vous voulez nous parler de droits miniers sur votre propriété, autant vous dire que nous avons une carte établie par les géologues de la compagnie et que nous ne sommes pas autorisés à nous en écarter.

— Est-ce que ma terre est sur votre carte?

— Non.

— Ça doit être parce que vos géologues, comme vous les appelez, ont pas vu mon terrain, s'écria Armand. S'ils l'avaient vu, ils auraient su tout de suite que c'était là la meilleure place.

— Au contraire, riposta le second agent. Ils ont étudié toute la région et il n'y a rien de prometteur excepté ce que nous avons déjà acheté. Notre travail est terminé. Nous repartons demain.

Armand tourna vers eux des yeux de bœuf qu'on assomme.

— C'est pas vrai, bégaya-t-il. Ça peut pas être vrai. Je vous dis qu'y a de l'or en masse, à la tonne.

— S'il y a tant d'or que ça, envoyez-en un échantillon au géologue en chef de la compagnie, dit le plus âgé des deux hommes en riant. Sam Farrington serait content de voir ça. En attendant, nous autres, faut qu'on parte de bonne heure demain matin, acheva-t-il en se levant.

Son compagnon le suivit et Armand resta seul à la table, le regard fixe, l'air hébété.

Après quelques minutes, le serveur s'approcha, ramassa les bouteilles et les verres vides et essuya la table d'un coup de torchon.

— Qu'est-ce qu'on peut vous servir, monsieur Fecteau?

Armand le regarda d'un air égaré, puis, sans dire un mot, il remit sa casquette et sortit en marchant comme un somnambule.

Quelques jours plus tard, par une nuit de septembre claire et froide illuminée des reflets de glacier d'une aurore boréale, René Paquette revenait d'Iroquois Falls. Il était allé livrer une commande à un *blind pig* qu'il alimentait régulièrement du produit de l'alambic qu'il cachait au petit lac à Boudreau. Il était près de trois heures du matin et le moteur de la Ford 1927 vrombissait dans le silence absolu d'une nuit où le froid avait fait taire les grenouilles et les cigales.

Comme il approchait du dernier tournant avant le village et qu'il longeait le cimetière, un claquement sec et un désordre dans la conduite lui apprirent qu'il avait un pneu crevé. Avec un juron, il coupa le contact dans le moteur et descendit de l'automobile. Ses yeux se portèrent instinctivement vers les monuments funéraires, qui luisaient d'une lueur spectrale dans la nuit.

Il s'efforçait de ne plus penser aux funérailles de Vital, mais plusieurs fois le même cauchemar était revenu le hanter dans son sommeil. Alors, le visage osseux de Vital, les lèvres décharnées tirées par le rictus de la mort, passait devant ses yeux. Puis, les traits se désagrégeaient. Le crâne apparaissait, se dégageant peu à peu de la chair verdâtre. Les yeux se liquéfiaient. Cette tête de mort grimaçante se rapprochait de lui jusqu'à ce que, poussant un cri de terreur, il s'éveille baigné d'une sueur froide.

Ce soir, pourtant, il était bien éveillé. Il secoua la tête pour chasser cette vision d'horreur, mais ne put s'empêcher de jeter un coup d'œil rapide à droite, au fond du cimetière, où Vital Larramée dormait de son dernier sommeil. Tout était silencieux et calme.

Il se hâta de prendre le cric dans le coffre et chercha une assise solide où le placer sous le châssis de la voiture. Comme il grattait le sable de ses mains pour asseoir le pied du cric, une brise froide comme un souffle d'outre-tombe s'éleva avec une soudaineté surprenante, siffla un moment autour de ses oreilles et mourut aussitôt.

René se redressa et regarda autour de lui, inquiet. Puis, se morigénant intérieurement, il se remit à sa besogne.

Soudain, trois coups sourds, graves, retentirent derrière lui très distinctement. Une sueur froide perla sur son front. Il se mit debout, tremblant, les deux mains appuyées sur le capot de l'automobile, haletant, n'osant se retourner. Le silence absolu régnait. Puis, de nouveau, les coups solennels retentirent. René sentit ses cheveux se hérisser sur sa tête. D'un mouvement désespéré, il se retourna d'un seul coup. Un cri d'horreur lui échappa.

Le monument de Vital Larramée se détachait en silhouette sur une lueur mystérieuse qui semblait vouloir émaner du tertre derrière sa tombe. Puis, cette lueur s'agita et, dans son imagination surexcitée, René vit nettement la longue figure osseuse de Vital se matérialiser lentement.

Prenant ses jambes à son cou, il s'enfuit en direction du village. Il courait éperdument dans le noir, sentant derrière lui, tout près, la présence de Vital dont les mains spectrales s'avançaient pour le saisir. Soudain, le sol se déroba sous ses pieds et il se sentit projeté dans le vide. Un choc énorme, une douleur lancinante qui lui tordit les membres, et il perdit connaissance.

Un fermier matinal qui descendait au village le découvrit gisant au bas du ponceau au dernier tournant de la route, la jambe droite fracturée, le visage balafré de blessures infligées par les pierres du ruisseau.

Le froid avait pris tôt en ce mois d'octobre. Avant de se coucher, le bedeau devait dorénavant aller faire une bonne attisée dans la fournaise du presbytère et chauffer également celle de l'église. Même s'il n'y avait pas encore de neige, il ne suffisait plus d'allumer le feu le matin pour réchauffer l'église avant la messe quotidienne. La ménagère du curé, qui faisait les frais du chant aux grands-messes en semaine, s'était plainte d'avoir attrapé le rhume dans l'église humide et mal chauffée.

Le bedeau se dirigeait donc vers l'église dans la nuit claire et sans lune. Pas un souffle de vent n'agitait l'air pur et sec. L'étoile Polaire régnait au milieu des galaxies. De temps à autre, une étoile filante rayait le firmament comme si un ongle avait momentanément déchiré le bleu sombre de la voûte céleste pour laisser entrevoir la splendeur du paradis. Chaque fois, le bedeau se signait. «Une autre âme qui entre dans le ciel», se disait-il.

Comme il allait pénétrer dans la sacristie, il entendit distinctement trois coups sourds en provenance du cimetière. Son cœur bondit dans sa poitrine. Figé, n'osant regarder de ce côté, il attendit. De nouveau, les trois coups retentirent. Qu'est-ce que René Paquette avait raconté avant qu'on le transporte à l'hôpital? Il avait dit qu'il avait entendu trois coups, puis que le tombeau de Vital Larramée s'était ouvert... Le bedeau s'enfuit et entra en coup de vent au presbytère.

— Monsieur le curé, cria-t-il, Vital Larramée est en train d'apparaître, comme à René Paquette!

Le curé sortit de son bureau.

— Qu'est-ce qui te prend, Raoul? Qu'est-ce que t'as à crier comme ça?

— Vital est en train d'apparaître, monsieur le curé.

— Voyons, Raoul, calme-toi et laisse les trépassés en paix. On a rien à craindre d'eux. Ce sont plutôt les vivants qui sont dangereux.

— Mais je vous dis, monsieur le curé, on entend cogner dans le cimetière. Venez dehors, vous allez l'entendre comme moi.

Le bedeau était si visiblement effrayé que le curé Bouffard revêtit son manteau et son chapeau et le suivit, se dirigeant à l'arrière de l'église, vers le cimetière. Ils s'arrêtèrent, prêtant l'oreille. Distinctement, trois coups retentirent.

— Hein, qu'est-ce que je vous disais, monsieur le curé, bégaya Raoul, claquant des dents.

Le curé ne répondit pas. Il écoutait attentivement. Les trois coups se firent entendre de nouveau, tandis qu'une vague lueur se déplaçait à l'arrière du cimetière.

— Hum, il y a certainement quelqu'un là. Reste à savoir qu'est-ce qu'il peut faire à cette heure et dans ce lieu. Il faut aller voir.

— Vous n'allez pas aller là-bas tout seul, supplia Raoul.

Le curé réfléchit.

— Non, t'as peut-être raison. Il doit y avoir quelque histoire d'alambic ou de *high grading*[12] là-dessous. Raoul, tu vas aller voir si les Debrettigny sont couchés. Sinon, tu leur demanderas de venir, ainsi que Charles Henri avec son fusil de chasse et le plus vieux de ses garçons. Pendant ce temps, je vais préparer ma petite .22.

Dix minutes ne s'étaient pas écoulées que Raoul était de retour avec Jean-Pierre et son père, ainsi que Charles Henri, son fils Daniel et l'aîné des fils d'Osias Legendre qui était en train de se faire couper les cheveux lorsque Raoul était entré. Tous avaient entendu les coups mystérieux avant d'entrer au presbytère.

— Mes amis, dit le curé Bouffard, j'avais d'abord pensé à une histoire d'alambic, mais j'en suis plutôt à croire que ce sont des *high graders*[13]. Il paraît qu'ils choisissent un endroit peu fréquenté mais facilement reconnaissable, pas trop loin du *highway*, pour y cacher l'or qu'ils volent dans les mines. Des automobiles de Toronto viennent la nuit chercher ce minerai. Nous ne permettrons pas que des bandits se servent de la terre consacrée où reposent les nôtres comme lieu de recel. Allons-y!

Le curé en tête, avec Charles Henri à ses côtés carabine au poing, la petite troupe se mit en marche. Raoul, tout tremblant, suivait à faible distance. À mesure qu'ils s'approchaient du cimetière, les coups s'entendaient plus clairement et une lueur sourde se distinguait.

Le curé s'arrêta et se tourna vers ses compagnons.

— Marchons doucement, comme à la chasse. Il ne faut pas donner l'alerte.

---

[12] Vol de minerai à haute teneur en or dans les mines.

[13] Personnes qui s'adonnent au vol ou au commerce de ce minerai.

Comme des ombres, le petit groupe se glissait dans la nuit. Bientôt, une silhouette penchée qui s'affairait à un travail se précisa devant eux. À la lueur des étoiles, ils pouvaient voir le bras qui s'élevait et retombait, et la masse qui rendait un curieux bruit sourd.

Puis, les coups cessèrent. La silhouette se redressa, aux aguets. Rassuré enfin, n'entendant rien de louche, l'homme se remit à son travail. Le groupe en profita pour se glisser plus près.

En voulant se cacher derrière un monument, le bedeau s'empêtra dans les tiges gelées des cœurs saignants plantés par les soins de l'ancienne madame Leblond, la veuve trop vite consolée. Le bruit fit redresser l'homme brusquement. Il souleva sa lanterne à bout de bras, éclairant les pierres cassées, le marteau enveloppé de sacs de jute pour en assourdir les coups, et le canon du fusil qu'il tenait de son autre main visant les intrus.

— Approchez pas ou je tire, grommela-t-il. Tout ça, c'est à moi. Le chaudron, y est icitte et y est tout à moi.

Ils se redressèrent avec un soupir de soulagement. Ce n'était qu'Armand Fecteau.

Le curé voulut s'approcher, mais le fusil se fit menaçant.

— Voyons, Armand, dit-il doucement, c'est ton curé qui parle. Tu ne me reconnais pas? Donne-moi ton fusil avant de te faire mal ou de blesser quelqu'un.

— Allez-vous-en! cria Armand, hystérique. Tout le monde veut me voler mon or, mais c'est à moi, rien qu'à moi. Le premier qui approche, je tire!

Le curé jugea plus prudent de battre en retraite pour tenir un conciliabule.

— C'est clair qu'il a perdu la tête, dit-il. Il va falloir faire attention.

— Amusez-le, monsieur le curé, tenez-le à parler, murmura Charles Henri, qui était un chasseur d'expérience. Pendant ce temps, moi et une couple d'autres, on va faire le tour et le poigner par en arrière.

— Soyez prudents, recommanda le curé.

— Vous autres aussi, dit Charles. Quand on sautera dessus, jetez-vous par terre. Ça se peut que le coup parte.

Tandis qu'ils se faufilaient derrière le tas de pierres où Armand avait creusé, le curé s'avança seul.

— Regarde-moi bien, Armand, c'est ton curé qui parle. Personne ne te veut du mal. Viens avec moi, on va retourner chez toi. Ta femme doit s'inquiéter.

— Approchez pas, cria de nouveau le beurrier. Personne va venir prendre mon or. Le chaudron, y est icitte, y est à moi.

Le curé continua de lui parler tandis que Charles et ses compagnons se rapprochaient silencieusement par-derrière. Lorsqu'il perçut des présences, il était trop tard. Ils se ruèrent sur lui et le terrassèrent. Un coup de fusil retentit. La balle ricocha sur le monument de Vital Larramée et se perdit dans la nuit.

L'écume à la bouche, Fecteau se débattait. Il fallut que Raoul aille chercher une forte corde au presbytère et qu'on le ficelle comme un poulet à rôtir avant de pouvoir le transporter chez lui. Le lendemain, le docteur Reynolds vint le chercher pour l'amener à l'hôpital psychiatrique, où il devait séjourner pendant quelques semaines.

Chapitre XVIII

Lorsque Rose-Delima revint d'Ottawa à la fin de mai 1936, elle apportait dans ses bagages un diplôme de classe A lui permettant d'enseigner dans les écoles bilingues séparées de l'Ontario. Déjà à Noël, elle s'était enquise auprès des divers conseils scolaires de la région des possibilités pour elle d'obtenir un poste. Or, l'institutrice titulaire de la *Separate School Bowman* n° 4 désirait quitter et on avait embauché Rose-Delima à condition qu'elle obtînt son diplôme. Le grand avantage, comme avait dit sa mère, c'était qu'elle pourrait continuer d'habiter chez elle puisque cette école n'était distante que d'environ quatre milles.

En attendant septembre, elle aurait trois longs mois pour parcourir les champs et les bois, paresser au soleil, aider sa mère et sa tante Rose, et voir Donald. Surtout voir Donald. Celui-ci prenait de plus en plus de place dans sa vie, mais elle se désespérait secrètement car il ne paraissait pas s'en apercevoir. Le moment merveilleux qu'ils avaient vécu lors du mariage de Germain l'an dernier était demeuré sans lendemain.

En juin, Donald termina sa douzième année au *high school* d'Iroquois Falls. Les finissants célébraient la fin de leurs études et Rose-Delima voyait souvent passer la petite voiture rouge de Donald, parfois remplie de jeunes gens et de jeunes filles, qui avaient l'air de bien s'amuser. Le jeune homme fréquentait tout un monde dont elle se sentait exclue.

Alors elle espéra la venue de la fenaison, car chaque année la récolte du foin pour la ferme des Marchessault et celle des Stewart se faisait en commun. Germain étant très pris par son commerce, Rose-Delima avait promis à Paul qu'elle l'aiderait. Elle s'était acheté un pantalon et, quand sa mère l'avait vue descendre ainsi vêtue, ç'avait été le scandale.

— Mon doux Seigneur, s'il fallait que monsieur le curé te voie comme ça! Tu vas pas sortir de la maison habillée en garçon?

— Voyons, maman, tu crois pas que je suis plus décente comme ça pour m'asseoir sur le râteau qu'avec une jupe que le vent va me relever jusqu'aux oreilles?

Alma se contenta de soupirer en hochant la tête. Rose-Delima sortit et aperçut Paul et Donald qui discutaient près de la grange.

— Je suppose que vous ne refuserez pas d'aide puisque vous n'êtes que deux. Jean-Pierre ne vient pas?

— Non. Il faut qu'il reste au magasin. Son père ne va pas bien.

— Bon. Alors je me réserve le râclage.

Paul la regarda, indécis.

— T'es sûre que t'es capable, une maîtresse d'école comme toi? Est-ce qu'ils enseignent ça à l'École normale? ajouta-t-il d'un ton taquin.

Laisse faire, Paul Marchessault. Pas besoin d'avoir la tête à Papineau pour avancer jusqu'à ce que le râteau soit plein, appuyer sur la pédale pour le relever et laisser tomber le foin, puis recommencer de l'autre côté.

— Bon, ben, puisque t'es si connaissante, tu prendras Prince, et moi, je prendrai les deux autres chevaux pour aller faucher chez vous, Donald.

— Moi, je ferai les veilloches, dit ce dernier.

Au pas régulier du cheval, Rose-Delima parcourait le champ de long en large dans l'air parfumé de l'odeur du foin fraîchement coupé, tout en observant Donald qui, manœuvrant la fourche de façon experte, construisait rapidement les meulons de foin qu'on viendrait ramasser avec la charrette lorsqu'ils seraient fanés. À mesure que la matinée avançait, la chaleur croissait, de sorte que bientôt il enleva sa chemise trempée de sueur pour continuer à travailler le torse nu. Elle regardait le jeu de ses muscles d'athlète sous sa peau hâlée. Quand elle eut terminé le champ, elle fixa le râteau en position levée et s'arrêta près de Donald.

— As-tu soif?

Il la regarda en souriant. La sueur traçait des sillons pâles sur ses joues maculées de poussière.

— Quelle question! Je pourrais boire la rivière.

— Bon, alors je ramène Prince à l'écurie et je t'apporte de la limonade bien froide.

— C'est ça, dépêche-toi.

Lorsqu'elle revint avec la cruche de limonade, Donald s'en empara et but longuement à même le goulot. Il s'essuya la bouche du revers de la main et se laissa tomber dans le foin.

— Ouais, il fait chaud. Si je m'écoutais, j'irais plonger dans la rivière.

Elle s'assit près de lui.

— Paul doit être à la veille de venir nous aider. On devrait pas finir tard.

— Faudrait aller à la pêche quand on aura fini. Qu'est-ce que tu dirais de ça, Lima?

— Bonne idée. Je croyais que ces choses ne t'intéressaient plus, dit-elle d'un ton de léger reproche.

— J'ai été occupé. Maintenant, j'ai averti les amis que j'avais du travail à faire.

D'un bond, il se releva.

— Assez de paresse. Plus vite on a fini, plus vite on partira, hein, Lima?

À trois heures de l'après-midi, le travail était terminé.

— T'as plus besoin de nous, Paul? demanda Donald. On s'en va à la pêche.

— Tâchez de prendre quec' chose, au moins. Ça fait longtemps qu'on a pas mangé de poisson. En prends-tu des fois?

— T'en a mangé assez souvent pour savoir à quoi t'en tenir, rétorqua Donald.

Il alla à la maison chercher ses agrès de pêche tandis que la jeune fille l'attendait dans la chaloupe. Il revint en maillot de bain.

— Autant en profiter pour se rafraîchir, dit-il. Toi aussi, tu devrais te baigner.

— Tu sais bien que je ne sais pas nager.

— Tiens, c'est vrai. Il va falloir que je t'apprenne. Comme dirait mon chef scout, ce sera ma bonne action pour cet été.

Il prit les rames et guida l'embarcation vers le milieu de la rivière.

— Allons voir à l'anse aux lis d'eau. Il doit y avoir encore du brochet.

Assise à l'avant, la jeune fille laissait pendre sa main dans l'eau fraîche. La lumière dansait sur l'eau, les oiseaux se pourchassaient dans les bosquets d'aulnes penchés au-dessus des rives. Les yeux mi-clos, elle se laissait aller à la joie d'avoir Donald tout à elle, de passer un peu de temps avec lui. En septembre, il partirait pour Toronto. À cela, elle aimait mieux ne pas penser.

— Tiens, prends les avirons. Je vais nager un peu.

Lorsqu'elle fut en place, il se leva et plongea presque sans bruit dans les eaux sombres. Rose-Delima le chercha avec inquiétude car il ne reparaissait pas. Elle se leva, angoissée, scrutant l'onde. Un clapotis la fit se retourner. La tête de Donald émergeait de l'eau à l'arrière de la chaloupe.

— Si tu savais comme l'eau est bonne. Dimanche, je te donne ta première leçon, t'entends?

— Tu ne devrais pas me faire peur comme ça, reprocha-t-elle doucement.

— Y a rien à avoir peur, dit-il tandis qu'il s'éloignait, ses bras émergeant de l'eau en un moulinet régulier, sa tête blonde comme une bulle dorée à la surface de l'onde.

Lorsqu'ils approchèrent de l'anse où se déversait le ruisseau, il revint et se hissa à bord.

— Tu sais, pour dimanche, si Jean-Pierre est là, je ne veux pas apprendre à nager, dit-elle.

— Y sera pas là. Je lui dirai que je suis occupé.

Elle en fut étonnée et heureuse. Se pouvait-il qu'il désirât être seul avec elle?

— Bon, alors je veux bien. J'ai toujours voulu apprendre à nager.

Intérieurement, elle se dit que c'était là une activité dont il valait mieux ne pas parler à sa mère.

❖

Dès le dîner dominical terminé, Rose-Delima monta à sa chambre. Elle enfila son maillot de bain et passa par-dessus une blouse et une jupe de cotonnade. Lorsqu'elle descendit l'escalier, Bernadette la regarda.

— Où est-ce que tu t'en vas, Lima?

— À la pêche.

— Moi aussi, je veux y aller.

Sa sœur se dirigeait vers la porte d'un pas pressé.

— Non, dit-elle.

— Maman, cria Bernadette, Lima veut pas m'emmener à la pêche. J'ai rien à faire.

— Tu pourrais peut-être l'emmener, dit sa mère. C'est vrai qu'elle est seule.

— Voyons, maman, elle est jamais venue auparavant. Pourquoi qu'elle viendrait tout à coup? riposta la jeune fille.

Elle sortit et referma la porte fermement.

— J'ai jamais rien à faire, geignit Bernadette. Paul part avec la camionnette retrouver ses amis. Lima s'en va à la pêche. Personne veut m'emmener. Je reste ici toute seule.

Alma lissa les longs cheveux châtains de sa cadette.

— T'en fais pas, ma chouette. Bientôt, tu seras grande et tu auras toi aussi des choses à faire, soupira-t-elle tandis que par la fenêtre elle suivait des yeux son aînée qui se hâtait d'un pas joyeux vers la maison des Stewart.

Donald sortit à son approche, portant ses agrès de pêche. Ensemble, ils descendirent au petit quai flottant où était amarrée la chaloupe.

— Je connais justement une bonne place pour nager, dit Donald une fois qu'ils furent sur la rivière.

Il rama jusqu'à un endroit où un méandre de la rivière avait creusé une baie peu profonde garnie de galets. Il tira la chaloupe et l'amarra à un arbre. Puis, il tendit la main à Rose-Delima pour l'aider à descendre.

— C'est un peu moins boueux ici. Tu devrais voir la belle plage au chalet des Gray. Du beau sable fin. Je t'emmènerai voir ça quand tu sauras nager.

Maintenant que le moment dont elle avait rêvé ces derniers jours était arrivé, Lima se sentait paralysée par la timidité.

— T'as ton maillot? Bon, enlève ta robe et on commence.

Elle ne put se résoudre à faire le geste de se déshabiller devant lui.

— Attends, je reviens, dit-elle en s'éloignant dans le bois.

Elle se cacha derrière un gros sapin baumier pour retirer ses vêtements et revint portant un simple maillot de laine bleu marine qui moulait son jeune buste et faisait ressortir la teinte nacrée de ses épaules rondes et potelées.

— Viens, dit Donald.

La main dans la main, ils entrèrent dans l'eau calme et chaude. Il se mit à lui donner toutes sortes d'explications:

— Tu aspires par la bouche, tu expires par le nez… Il faut que t'apprennes à laisser l'eau te porter…

Tout ce dont elle avait conscience, c'était cette grande main chaude sur son diaphragme tandis qu'il lui faisait faire des exercices de respiration.

— Bon, maintenant, allonge-toi dans l'eau, fais les mouvements que je t'ai expliqués. Ne crains rien, je te soutiens. C'est ça, les bras, les jambes, doucement, régulièrement, vas-y.

Confiante, elle obéissait, découvrant le principe de la flottaison, la caresse et la résistance de l'onde, lorsque soudain elle se rendit compte que Donald ne la soutenait plus. La panique l'envahit et elle coula au fond, oubliant les exercices de respiration, avalant de l'eau. Puis, elle sentit des bras robustes qui l'entouraient et elle s'y agrippa de toutes ses forces. Il la porta sur la berge et la déposa sur l'herbe, la faisant glisser le long de son corps, la retenant enlacée tandis que, le front appuyé sur son épaule, elle tentait de reprendre haleine.

— Tu m'as laissée tomber, hoqueta-t-elle.

— C'est toi qui as manqué de confiance. T'allais très bien. C'est quand t'as pris panique que t'as tout gâté.

D'une main, il écarta les mèches mouillées qui collaient au front de Rose-Delima, obscurcissant ses yeux. Lorsqu'elle rencontra son regard, les prunelles brunes pailletées d'or semblaient un gouffre profond qui l'attirait irrésistiblement. Elle ferma les yeux et sentit le bras nerveux de Donald qui la renversait en arrière à la façon de Ronald Colman dans les films, tandis que ses lèvres se posaient sur les siennes.

Lorsqu'il la relâcha, ils demeurèrent un moment interdits, conscients du geste qui avait été fait entre eux.

Lima recula.

— Il vaudrait mieux rentrer, dit-elle très bas.

— Tu rentres en maillot?

— Ah oui, c'est vrai. Je suis toute mouillée.

— Viens t'asseoir au soleil et te sécher avant de te rhabiller.

Ils s'assirent côte à côte en silence.

— Quand est-ce que tu pars pour l'Université de Toronto?

— Tout de suite après la fête du Travail. Je descends en auto avec Fred Tottenham. Il va entrer en première lui aussi. Et toi, tu vas enseigner. T'es contente?

— Oui. C'est le métier pour lequel je me suis préparée.

— Tu sais, dans la quatrième concession, tu trouveras peut-être pas ça drôle. Ce sont des colons très pauvres qui vivent là-bas.

— Raison de plus, riposta Lima avec fougue. Tu sais ce que je me suis dit quand j'ai reçu mon diplôme? Je me suis dit que, parmi ces enfants de colons, il doit y avoir de beaux talents. Je voudrais les aider à s'instruire pour qu'ils ne soient pas nécessairement condamnés à la misère comme leurs parents l'ont été.

Elle avait prononcé ces paroles avec une conviction absolue. Elle ne se doutait pas alors combien de fois cela reviendrait la hanter par la suite.

— Et toi, qu'est-ce que tu vas faire plus tard?

Il s'allongea au soleil, les mains derrière la nuque.

— Moi, d'abord, j'en ai pour quatre ans au cours général. Après, je sais pas. Oncle John voudrait que je fasse quec' chose de scientifique mais, comme tu sais, je suis pas fort en maths.

— Ta mère, elle, qu'est-ce qu'elle voudrait?

— Elle me dit toujours de faire ce qui me tente. Peut-être que je ferai le droit.

Il se mit à compter sur ses doigts.

— Tu vois, nous sommes en 1936. Quatre ans de général, ça nous mène à 1940. Deux ans de droit. En 1942, je pourrais être avocat.

Il sembla à Rose-Delima que le soleil s'assombrissait tout à coup. Six années où il serait loin de Val-d'Argent et loin d'elle. Une désolation sans borne l'envahissait.

Elle se leva et alla se rhabiller derrière le paravent du sapin baumier.

Comme ils abordaient au quai rudimentaire, Donald lui dit d'un ton léger :

— Le premier après-midi où nous serons libres, je te donne ta deuxième leçon. Tu verras, tu sauras nager avant la fin de l'été.

Et comme elle hésitait, il ajouta :

— Il ne nous reste pas beaucoup de temps, tu sais.

Sa gorge se serra. Elle leva les yeux et fit un signe affirmatif avant de reprendre lentement le chemin de sa demeure.

Deux jours plus tard, Donald arriva avec sa voiture.

— Viens, dit-il, on va aller ailleurs pour ta prochaine leçon. Je connais un lac beaucoup plus pratique pour nager que notre petite rivière pleine de boue.

Ils filèrent sur la route poudreuse et s'engagèrent dans un chemin en forêt qui rétrécissait de plus en plus et finissait par disparaître tout à fait. Abandonnant la voiture, ils marchèrent pendant dix minutes dans un sentier à peine marqué avant de déboucher sur une plage splendide.

— Comment ça se fait que tu connais cet endroit ?

— Le chalet des Gray est de l'autre côté du lac. Il y a une bonne route là-bas, mais on sera plus tranquilles ici.

La jeune fille admirait en silence la beauté du lieu. Le lac s'étendait, placide, reflétant l'azur intense du ciel. Une plage de sable fin formait demi-lune avec, juste en face et tout près, une île rocheuse couronnée de pins tordus par le vent et d'arbustes qui se miraient dans l'eau calme.

— À l'eau, commanda Donald. Nous allons commencer les exercices.

Elle avait beau faire de son mieux, elle y arrivait difficilement.

— Ça va, encouragea Donald. Continue à te pratiquer. Je nage jusqu'à l'île et je reviens. Il faut que ce soit parfait à mon retour, compris?

Elle continua consciencieusement ses essais, mais aujourd'hui il lui semblait qu'elle ne réussissait pas du tout.

Découragée, elle se dirigeait vers la rive lorsque d'un bond il fut sur elle. Elle se débattit en riant et ils roulèrent sur le sable chaud.

— Tu pensais que je te surveillais pas, hein?

Il lui saisit les mains et, les écartant, l'immobilisa sur le sable, lui emprisonnant le corps sous le sien.

— C'est comme ça, gronda-t-il. Aussitôt que le professeur a le dos tourné, on abandonne.

— Lâche-moi. T'as pas le droit de te servir de ta force.

— Pourquoi? C'est très commode.

— Où est ton *fair play* britannique?

— Connais pas.

— C'est fini, la leçon. Je sens que je n'y arriverai jamais.

— Tu y arriveras, je te garantis, parce que je t'y forcerai. C'est moi le maître ici.

Penché au-dessus d'elle, il approchait son visage lentement. Des lèvres, il lui frôla le front, les yeux, le nez, pendant que Lima se sentait fondre comme un glaçon au soleil. Doucement, il lui effleura les lèvres puis en prit possession, relâchant les mains qui s'agitèrent un moment avant de venir caresser les cheveux blonds humides qui bouclaient sur sa nuque.

Lentement, ils revinrent à la maison par les chemins ombreux, blottis l'un contre l'autre, tandis que les cigales, dans un assourdissant concert, répétaient à l'infini que l'été s'achevait.

Ce fut le début d'un temps de bonheur que la jeune institutrice devait évoquer souvent au cours du dur hiver qui devait suivre. Quand elle fut rassurée que Donald n'exigerait d'elle que ce qu'elle voulait lui donner, elle s'abandonna volontiers à ses caresses. Comme dans un beau film, ils vivaient un temps merveilleux où une pression de main, un bras entourant les épaules, un baiser suffisaient à les remplir de bonheur.

Alma s'inquiétait d'une telle assiduité et de l'air rêveur de sa fille. Lorsqu'elle voulut mettre Rose-Delima en garde, celle-ci rétorqua :

— Mais voyons, maman, c'est Donald. Depuis que nous sommes tout petits que nous sommes ensemble. Tu vas pas commencer à t'inquiéter maintenant.

— C'est quand même un garçon, et toi, t'es une fille, dit Alma, pratique.

Rien cependant n'aurait pu empêcher Lima de courir au premier appel de Donald. Le mois d'août s'achevait en beauté, chaud et sec. Elle vécut comme dans un rêve jusqu'au jour où, suivant des yeux la petite voiture rouge qui prenait, vers le sud, la direction de Toronto, elle eut l'impression très nette que se refermaient pour elle les portes du paradis terrestre.

Chapitre XIX

Rose-Delima marchait lentement entre les pupitres tachés et rayés de coups de canif, lisant à haute voix la dictée que les élèves des troisième, quatrième et cinquième années écrivaient. Une pluie glacée d'octobre, mêlée de neige, fouettait les vitres. Le gros poêle de fonte ronronnait, répandant à l'arrière une chaleur insupportable qui n'atteignait guère les pupitres placés à l'avant de la classe.

Tout en marchant, la jeune institutrice regardait les mots que traçaient laborieusement les écoliers. Elle s'arrêta près d'une fillette qui tentait d'effacer le mot qu'elle venait d'écrire. Comme elle n'avait pas de gomme à effacer, elle mouillait son doigt de salive et frottait le papier grossier, qui se déchirait chaque fois.

— Voyons, Madeleine, je t'ai dit de ne pas faire ça. Entoure le mot de parenthèses et récris-le de la façon correcte.

L'enfant leva un visage souffreteux où deux yeux pâles cernés de bleu regardaient le monde craintivement. Une odeur aigre, l'odeur des enfants qui ne mangent pas à leur faim, monta aux narines de l'institutrice.

— Oui, mademoiselle. Je le ferai pus, mademoiselle.

Un garçon aux cheveux blond filasse et aux yeux bleus qui louchaient redressa la tête.

— Rose-Delima, comment ça s'écrit pomme?

— Dieudonné, gronda l'institutrice, qu'est-ce que je t'ai demandé?

Le garçon sourit vaguement, regardant ses condisciples.

— J'oublie toujours parce que, quand j'allais à l'école avec la maîtresse, je l'appelais Rose-Delima, comme de raison.

Il disait vrai. Lorsque Rose-Delima était en huitième année à l'école du village, Dieudonné Bouthillier était en troisième. À son premier jour d'enseignement, alors qu'elle établissait le registre des élèves inscrits, elle l'avait retrouvé. Cinq années s'étaient écoulées depuis l'école du village, mais Dieudonné était toujours en troisième année. Il avait quatorze ans et, durant ses sept années de scolarité, il avait acquis une seule compétence, dont il était immensément fier: il pouvait écrire son nom correctement malgré qu'il fût d'orthographe difficile. Il aimait Rose-Delima d'une passion sans borne et supportait difficilement qu'elle s'occupe d'un autre élève, d'où l'interruption lorsqu'elle s'était adressée à Madeleine.

Rose-Delima s'était dit qu'il fallait être patiente. La mère de Dieudonné était morte quelques années auparavant. Son père vivotait sur un lot de colonisation. Comme la plupart du temps il était absent à la recherche d'un travail, Dieudonné et sa sœur de seize ans étaient souvent seuls à la maison.

Elle lui avait expliqué qu'en classe il devait l'appeler mademoiselle, comme le faisaient les autres élèves.

Il répéta:

— Mademoiselle, comment ça s'écrit pomme?

— Tu sais bien que je ne peux pas te le dire. C'était à toi d'étudier ta leçon hier soir.

Le silence retomba, interrompu seulement par le grésillement de la neige dans les fenêtres et le grincement des crayons sur le papier. Elle relut la dictée, puis recueillit les cahiers pour les corriger durant la soirée. Debout près de la porte vitrée de l'école, elle regarda les élèves partir dans le crépuscule brunissant, pataugeant avec leurs chaussures percées dans la boue glacée des chemins de glaise détrempée. Pourvu que Paul ne s'enlise pas avec la camionnette, songea-t-elle. Depuis le début de l'année scolaire, Paul la conduisait soir et matin. Lorsque viendrait la neige, elle attellerait Prince au traîneau et pourrait se tirer d'affaire toute seule.

Avec un soupir, elle se rassit à son pupitre afin de préparer la classe du lendemain. Parfois, elle avait l'impression d'être un jongleur. Pendant qu'elle enseignait aux élèves d'un niveau déterminé, il fallait prévoir des activités pour les autres groupes. Cela ne ressemblait guère aux écoles modèles d'Ottawa où les aspirants instituteurs de l'École normale faisaient leur apprentissage.

Tout en mettant le registre à jour, elle se prit à établir le bilan. «Voyons les passifs», se dit-elle. En première année, il y avait le petit Hubert. Six semaines d'efforts n'avaient pas réussi à lui apprendre une seule lettre. Heureusement que les deux autres débutants allaient bien, sinon elle aurait douté de sa méthode d'enseignement.

Il y avait, bien sûr, Dieudonné. Aussi Madeleine et ses six frères et sœurs. Il est difficile d'apprendre lorsqu'on n'a rien ou à peu près dans l'estomac. Elle les voyait, le midi, manger furtivement l'unique morceau de pain tartiné de saindoux qui constituait leur repas.

Enfin, il y avait le grand Geoffroi, qui, à quinze ans, mesurait presque six pieds et arrivait tous les lundis à l'école mal remis de sa soûlerie de la fin de semaine. Pas qu'il manquât d'intelligence. Il n'avait cependant fréquenté l'école que sporadiquement, s'absentant pour les semailles, la récolte des pommes de terre et, depuis deux ans, passant cinq mois dans les chantiers chaque hiver. Il affectait le parler des bûcherons, émaillant sa conversation de sacres et de jurons. D'avoir une institutrice jeune l'émoustillait, aussi ne ratait-il aucune occasion de faire rougir Rose-Delima.

— Mademoiselle, je suis à étudier le catéchisme. Qu'est-ce que ça veut dire «l'œuvre de chair»? Et ce passage-ci: «Le Saint-Esprit la couvrit de son ombre et elle conçut un fils?»

Un jour, alors que Rose-Delima inscrivait au tableau la leçon des petits tandis qu'il était en train de résoudre un problème d'arithmétique près d'elle, il lui avait délibérément caressé un sein du revers de la main en faisant mine d'effacer. Elle l'avait regardé avec une fureur froide.

— Je ne suis pas obligée de te garder comme élève, Geoffroi. Je n'ai qu'à demander aux commissaires de te renvoyer.

L'air gouailleur, il avait riposté avec une fausse innocence:

— Mais je ne fais rien, mademoiselle.

Quand même, la menace avait eu un effet salutaire.

«Voyons les actifs maintenant», se dit-elle. La petite Jeanne en première année, qui apprenait avec une rapidité étonnante. Il était passionnant de voir s'éveiller un cerveau d'enfant. Émilien, en septième année, qui lisait tout ce qui lui tombait sous la main et qui rédigeait des compositions étonnamment originales pour un garçon de quatorze ans. Aussi, il y avait le groupe des élèves moyens qui, malgré les lacunes de leur alimentation et des vêtements souvent inadéquats, continuaient à fréquenter l'école. Elle se sentait envers eux une lourde responsabilité, consciente que l'école primaire serait le seul enseignement dont ils bénéficieraient au cours de leur vie. Ce qu'ils y apprendraient constituerait tout leur bagage intellectuel.

Surtout, il y avait Léonard, son petit «da Vinci» comme elle l'appelait secrètement. Elle l'avait remarqué dès le premier jour avec ses yeux gris clair et ses boucles châtaines, son visage ouvert et son intelligence vive. Sans contredit, c'était le meilleur élève de la cinquième année.

Cet enfant possédait en outre une aptitude remarquable pour le dessin. Au cours de la première semaine, alors qu'elle circulait entre les pupitres, elle avait vu un bout de papier qui dépassait du cahier de Léonard. C'était une caricature de la nouvelle institutrice, très ressemblante, révélant le talent de l'artiste qui sait, en deux coups de crayon, capter et reproduire les traits essentiels. Elle ne l'avait pas grondé. Les leçons de dessin qui étaient au programme tous les vendredis après-midi avaient confirmé cette première impression. Depuis, elle avait pris l'habitude de lui demander, chaque semaine, d'illustrer au tableau noir le chapitre du livre de lecture que les tout-petits étudieraient. Avec de simples craies de couleur, il faisait gambader Rémi et son chien, faisait apparaître la petite sœur Rita qui cueillait des radis près de la remise. Rose-Delima ne cessait de s'étonner de son coup de crayon sûr, de son sens de la proportion et de l'agencement des couleurs.

« Il faudra que j'en parle à l'inspecteur lors de sa visite, se dit-elle. Il doit y avoir moyen d'intéresser un groupe charitable ou patriotique, ou même le gouvernement, à lui payer des études. »

En attendant, comme les fonds pour l'achat de livres étaient inexistants, elle rognait sur ses maigres appointements pour se procurer des livres sur l'art du dessin et de la peinture.

Chaque fois que Paul rapportait du courrier pour les Stewart, Rose-Delima allait elle-même le porter afin d'avoir des nouvelles de Donald. Rose en était très fière. Il aimait ses études, disait-elle. Il avait été accepté dans les rangs du Varsity Football Club et attendait avec impatience l'arrivée de l'hiver pour démontrer ses prouesses au hockey.

Un désappointement attendait Rose-Delima à Noël. Tante Rose lui annonça que l'oncle Doug et elle avaient l'intention de se rendre à Toronto pour y passer le temps des fêtes chez son frère Ron, qu'elle n'avait revu qu'une seule fois depuis son retour de la guerre. Donald ne viendrait donc pas à Val-d'Argent avant l'été suivant.

CHAPITRE XX

J anvier ramena les grands vents soufflant depuis la toundra arctique, balayant la région, soulevant la neige en rafales cinglantes. Lorsque le vent cessait, un calme impressionnant régnait, l'air se faisait léger, éthéré, l'haleine se transformait en nuage de cristaux qui s'attachaient aux vêtements et au pelage des animaux et les recouvraient d'une mince pellicule de givre.

Chaque matin, Rose-Delima partait dans le noir, au pas résigné de Prince, pour se rendre à l'école. Le plus proche voisin se chargeait d'allumer le poêle avant qu'elle arrive, mais, même si on le remplissait de bûches, on ne pouvait s'en éloigner de plus de quelques pas sans ressentir aussitôt la morsure du froid. Le nombre d'élèves avait diminué de moitié. Geoffroi et Émilien étaient partis pour les chantiers. D'autres habitaient trop loin, ou n'avaient pas de chaussures ou de vêtements convenables pour les jours de grand froid.

On avait dû abandonner les pupitres. Des bûches rangées en cercle autour du poêle servaient de sièges tandis qu'une planchette sur les genoux permettait d'y mettre un cahier pour écrire. Les fenêtres étaient transformées en vitraux où le gel traçait des végétations exotiques, les rendant opaques. Rose-Delima se disait amèrement qu'il n'était pas facile, dans ces conditions, de se conformer au programme d'études établi par des spécialistes œuvrant, bien au chaud, dans les bureaux du ministère de l'Éducation à Toronto.

Dieudonné demeurait l'un des plus assidus. Chaque matin, il quittait la masure où il habitait, souvent seul lorsque sa sœur s'absentait pour aller gagner quelques sous à travailler comme femme de peine, et se dirigeait, le cœur léger, vers l'école. Là, imperméable à tout enseignement, il suivait l'institutrice des yeux et l'exaspérait par ses saillies intempestives et son dévouement encombrant.

Puis, brusquement, les grands vents de mars firent place au vent plus doux d'avril soufflant du sud-ouest. Le soleil s'approchait chaque jour davantage des contrées du Nord, réchauffant la terre toujours recouverte de neige, affirmant par la puissance croissante de ses rayons que bientôt le froid serait refoulé vers son antre au pôle Nord. Alors, les rivières, dans un spasme violent et sonore, se libéreraient de leur prison de glace pour courir tumultueusement à travers campagnes et forêts.

Les bûcherons revinrent au logis. Les pupitres de l'école retrouvèrent leurs occupants. Émilien et Geoffroi reprirent leurs places à l'arrière de la classe, le teint bronzé par les éléments, les mains dures et calleuses. Geoffroi, l'œil gouailleur, regardait avec condescendance le petit monde qui s'affairait autour de lui à mémoriser les règles de la grammaire ou à sonder les mystères de la multiplication à plusieurs chiffres. Chaque matin le retrouvait assidu à son pupitre, l'air faussement innocent, demeurant juste en deçà de la polissonnerie qui eût justifié son renvoi.

Rose-Delima désespérait de pouvoir faire rattraper le temps perdu à ceux qui avaient été absents presque tout l'hiver et de réussir à compléter le programme prévu pour les élèves des différents niveaux. Les agissements de Dieudonné ne lui facilitaient pas la tâche. Lorsqu'elle s'absorbait dans les exercices de rattrapage, il ne cessait de l'interrompre, de quémander sa part d'attention. Lasse, Rose-Delima se disait qu'elle devrait demander au Conseil scolaire la permission de l'expulser. Il était évident qu'elle ne pouvait rien pour lui et qu'il était une cause de retard et de distraction pour les autres élèves.

Un matin de mai, alors que les fenêtres ouvertes laissaient entrer le piaillement des écoliers à la récréation et qu'elle travaillait à son pupitre, une altercation dans la cour de l'école lui fit soudain dresser l'oreille. Puis la voix de Geoffroi se détacha nettement du tumulte: «Ta sœur couche avec tout le monde.»

Une sorte de rugissement lui répondit. Un simple coup d'œil par la fenêtre figea d'horreur l'institutrice. Dieudonné, le visage crispé d'une rage meurtrière et brandissant une hache qu'il avait cueillie au passage près de la cordée de bois, poursuivait Geoffroi. En deux temps, elle fut dehors. Geoffroi, dans sa fuite, avait tourné la tête pour voir son poursuivant. Ce faisant, il avait buté sur un obstacle et était tombé sur le sol. Étourdi, il se relevait lentement tandis que Dieudonné se ruait sur lui, brandissant son arme.

— Dieudonné! cria Rose-Delima en s'interposant entre les deux, les bras grands ouverts pour protéger Geoffroi.

Dieudonné avançait lentement, les yeux exorbités.

— Je te défends d'approcher, dit Rose-Delima. Tu m'entends, Dieudonné?

Il la fixa un moment d'un air dément, puis petit à petit une lueur de lucidité apparut dans son regard. La hache tremblait toujours au-dessus de la tête de l'institutrice.

— Donne-moi la hache, Dieudonné.

Le garçon leva les yeux vers l'instrument brillant qu'il tenait à bout de bras. Il parut étonné. Ses bras s'abaissèrent et il laissa tomber l'outil.

— Donne-la-moi, Dieudonné.

Sans dire un mot, il se pencha, ramassa la hache et la lui tendit.

— Maintenant, Dieudonné, il est évident que je ne peux plus te garder à l'école. Va chercher tes affaires et retourne chez toi.

— Quoi? bégaya-t-il, y faut que je m'en aille?

— Oui, Dieudonné, répéta l'institutrice fermement. Retourne chez toi jusqu'à ce que la commission scolaire prenne une décision dans ton cas.

Il la fixa d'un regard de bête blessée à mort, puis lentement il vira sur ses talons et se dirigea vers la route sans se retourner.

Le silence était tombé dans la cour de l'école. Tous fixaient l'institutrice.

— Maintenant, dit-elle, à ton tour, Geoffroi. J'ai entendu ce que tu as dit à Dieudonné. Tu l'as délibérément et méchamment provoqué. Tu es renvoyé, toi aussi.

— Si vous voulez, mam'zelle, riposta-t-il en crânant. Au revoir, mam'zelle. On se reverra peut-être ben aux danses?

Rose-Delima se détourna.

— Que les autres prennent leurs rangs pour retourner en classe, se contenta-t-elle de dire.

Les écoliers obéirent en silence. Lorsque Rose-Delima voulut les suivre, elle s'aperçut que ses jambes tremblaient et qu'une lassitude infinie l'accablait.

L'année scolaire s'acheva. On lui proposa de renouveler son contrat, mais elle hésitait.

— Faut pas te décourager, ma fille, disait Alma. C'est toujours le commencement qui est difficile. Tu verras, ça ira mieux, surtout que l'an prochain t'auras pas les problèmes de Dieudonné et de Geoffroi.

Elle finit par signer, s'engageant à enseigner encore une année à l'école *S.S.* n° 4 de Bowman. Puis, elle attendit avec impatience le retour de Donald. Tante Rose lui apprit qu'il allait passer quelque temps chez des amis qui avaient une maison d'été à Muskoka, mais qu'il serait de retour pour les foins.

Pour le moment, il y avait Georgette qui attendait un enfant d'un jour à l'autre. Par une radieuse matinée de juillet, le premier petit-fils d'Alma Marchessault naquit. Germain décida de lui donner le nom d'Eugène en souvenir de son père.

Chaque matin, quand Rose-Delima s'éveillait, son regard se portait instinctivement vers la résidence des Stewart, espérant toujours apercevoir la petite voiture de Donald.

Lorsque, enfin, vers le milieu de juillet, la Whippet rouge se trouva stationnée devant la porte, son cœur bondit de joie dans sa poitrine. Donald devait être revenu tard hier soir. Elle se retint de courir immédiatement chez tante Rose. Après tout, elle était une jeune fille maintenant et les jeunes filles n'allaient pas relancer les garçons. Un moment, elle regretta la camaraderie sans arrière-pensée de leur enfance. Puis, elle espéra que Paul apporterait du courrier pour les Stewart afin d'avoir une raison de s'y rendre.

Après le petit-déjeuner, elle offrit à sa mère d'aller sarcler le potager. Alma accepta d'emblée, ne se doutant pas que sa fille cherchait un poste d'observation avantageusement placé pour surveiller les allées et venues chez les Stewart. La journée serait chaude. Bien qu'elle maniât la pioche mollement, la sueur perlait à son front et elle s'arrêtait fréquemment pour l'essuyer et pour fixer anxieusement la maison de Donald.

Vers le milieu de la matinée, elle le vit enfin sortir. Il l'aperçut et agita joyeusement le bras. Elle lui répondit et vit avec satisfaction qu'il s'engageait sur la route pour venir vers elle. Abandonnant son travail, elle s'avança à sa rencontre. Le cœur battant, elle le regardait s'approcher, ses cheveux blonds comme un casque d'or au soleil, le sourire éclatant tranchant sur son teint hâlé, ses longues jambes arpentant le sol du pas assuré d'un monarque visitant son royaume. Lorsqu'il fut tout près d'elle, elle dut lever la tête pour rencontrer son regard sombre. D'un mouvement affectueux, il l'enlaça et posa un baiser léger sur ses lèvres.

— Alors, comment va l'institutrice de la *S.S.* n° 4 Bowman?

— Bien, merci. J'espère que l'étoile des clubs de football et de hockey de l'Université se porte bien également, et que toutes ces activités sportives ne l'ont pas empêchée de réussir ses examens?

Il éclata de rire.

— N'ayez crainte, chère professeure, malgré tout je me suis bien tiré d'affaire.

Tout en échangeant des propos, ils revinrent vers la maison, où Donald voulait saluer Alma. Rose-Delima était très consciente du bras amical qui l'entourait et de la grande main chaude qui serrait son épaule.

Alma obligea Donald à courber la tête pour l'embrasser sur les deux joues, puis elle l'éloigna à bout de bras pour l'examiner des pieds à la tête.

— T'as encore grandi, Donald, et t'as l'air bien. T'as l'air d'un vrai monsieur de la ville maintenant.

— Si c'est un compliment, je vous en remercie, tante Alma, dit Donald en riant.

— Alors, t'es revenu pour rester jusqu'au mois de septembre?

— Oui, c'est-à-dire que je m'en vais au chalet des Gray pour une semaine. Après les foins, j'irai passer une autre semaine avec eux, mais, à part ça, je resterai chez mes parents.

— C'est ta mère qui va être contente de t'avoir avec elle, observa Alma.

Lorsqu'il se leva pour partir, Rose-Delima alla le reconduire jusqu'à la route.

— Quand reviens-tu de chez les Gray?

— Lundi, lundi en huit. Je pars après-midi.

— Déjà? Tante Rose ne t'aura pas eu longtemps.

— Oh, tu sais, je vais revenir. Et puis, maman comprend. Les Gray attendent des amis, des gens qui ont un fils et une fille de mon âge, et ils veulent que je sois avec eux pour les recevoir.

Rose-Delima sentit un pincement au cœur. Ainsi, il y

aurait une jeune fille, probablement riche et jolie, avec qui il passerait toute une semaine.

— À mon retour, nous irons en pique-nique à notre baie de sable. Nous aurons le temps de parler. Ça te va?

— Oui, j'aimerais ça.

— À la semaine prochaine, alors.

Elle le regarda s'éloigner et songea que la semaine serait longue.

CHAPITRE XXI

W ilfrid Lamontagne songeait que malgré tout il
ne se tirait pas trop mal d'affaire en dépit de
cette crise économique qui n'en finissait plus.

Il avait eu de la poigne et il pouvait maintenant
contempler sa famille et son commerce avec une certaine
complaisance.

D'abord, il y avait eu Thérèse, son aînée, qui avait toujours été un sujet d'inquiétude et de désappointement
malgré que ce fût une enfant pleine de promesses. Après
le grand feu de 1916, après ce qui s'était passé entre
elle et Harvey McChesney, il avait été acculé à prendre
une décision très rapide. Dame! ce genre de problème
n'attendait pas. Il reconnaissait que le vieux mari qu'il lui
avait donné ne l'avait pas rendue heureuse. Enfin, tout
ça, c'était du passé. Maintenant, la paralysie avait mis le
personnage hors d'état de nuire et, lorsqu'il mourrait,
Thérèse hériterait d'un beau bien.

Mina, sa seconde fille, était de nouveau enceinte,
son huitième enfant. Son crétin de mari, le bedeau,
n'était bon qu'à cela, semblait-il. « Je me demande comment il parviendrait à nourrir sa famille s'il ne pouvait

s'approvisionner gratuitement au magasin du beau-père », réfléchit Wilfrid.

Marie-Luce était religieuse, donc en sécurité pour cette vie et pour l'autre.

Georgette, elle, lui avait donné le gendre dont il avait rêvé toute sa vie. Ce Germain Marchessault avait vraiment la bosse des affaires. Le commerce de viande prospérait et dorénavant il n'avait plus à se soucier d'écouler les denrées et marchandises avec lesquelles ses clients le payaient, car Germain était apte comme pas un à dénicher de nouveaux marchés. De plus en plus, il laissait son frère Paul s'occuper du commerce de viande tandis qu'il voyageait au loin en quête de nouveaux débouchés. Il serait temps de penser à grossir les opérations. On pourrait acheter un second camion, embaucher un nouveau vendeur et doubler le rayon desservi. Wilfrid y songeait depuis un moment et s'étonnait que son gendre ne l'eût pas lui-même proposé.

Apercevant la Dodge bleue de Germain qui venait se ranger devant le magasin, il laissa Bibiane s'occuper des clients et sortit à la rencontre de son gendre.

— T'as fait un beau voyage ?

— Oui. J'ai eu un nouveau contrat de la boucherie Vigneault et j'ai parlé aux frères Steinback. Ils vont nous acheter les bleuets encore cette année et à dix cents le panier de plus que l'an dernier. Pas mal, hein ?

— Pas mal en effet. Pour revenir à la viande, je pensais justement qu'on pourrait acheter un deuxième camion. Tu pourrais établir un nouveau parcours cet été et, l'an prochain, on engagerait un nouveau vendeur. Qu'est-ce que t'en penses ?

Germain ne répondit pas. Appuyé sur le capot de

l'automobile, il semblait plongé dans ses réflexions. Wilfrid continua:

— Il me semble qu'on pourrait établir un nouveau parcours du côté de Matheson, tu penses pas?

— Il faudrait engager plus d'un homme, dit Germain lentement. D'abord, Paul ne fournit plus à préparer la viande. Et puis, il ne faut pas compter sur moi à partir de septembre.

— Comment ça? fit Wilfrid, surpris. Qu'est-ce que tu vas faire?

— Je vais acheter l'hôtel Prince Arthur à Timmins.

Wilfrid en demeura bouche bée.

— Toi? Tu vas acheter un hôtel? Mais tu y connais rien!

— Ça s'apprend, dit Germain, laconique.

— Avec quel argent? Tu comptes pas que je vais te fournir l'argent?

— Non, beau-père. D'abord, il ne m'en faut pas tant que ça. Je peux l'emprunter en donnant les terres de mon père en garantie. Vous connaissez Pit Messier, le proprié-taire. Il a fait une deuxième crise de cœur. Le docteur l'a mis au repos complet. Il m'a laissé entendre qu'il était plus intéressé à avoir une hypothèque à recevoir, qui lui serve une bonne rente, qu'un gros montant en comptant.

— Non, mais qu'est-ce que t'as besoin de ça, bon Dieu! Mon commerce est assez prospère pour nous faire vivre tous les deux, cria presque Wilfrid.

— Faut pas m'en vouloir, le beau-père, dit Germain doucement. Je continuerai à vous donner un coup de main quand je pourrai et Paul travaillera pour vous. Mais cet hôtel, c'est trop une bonne aubaine pour la laisser passer.

Il ouvrit la portière de la voiture.

— Excusez-moi, mais je dois aller apprendre la nouvelle à Georgette.

La voiture démarra et reprit la route, laissant Wilfrid perplexe et amer. Il y avait quelques années à peine, ce jeune homme était un petit va-nu-pieds. Maintenant, son commerce ne suffisait plus à intéresser ce monsieur. Il lui fallait essayer ses ailes en ville, voltiger dans les hautes sphères. « La vie vous réserve toujours un coup bas, se dit-il. J'ai deux gendres : l'un trop imbécile et l'autre trop ambitieux. » Il soupira et lentement regagna son magasin.

La journée du dimanche, un dimanche sombre où une pluie froide tombait avec régularité, n'augurait rien de bon pour la fenaison, qui devait débuter le lendemain. Rose-Delima ne songeait qu'au retour de Donald.

On recevait l'oncle Achille et la tante Laura à dîner. Germain, Georgette et le bébé y étaient également. Germain les avait entretenus de son projet grandiose d'acquérir l'hôtel Prince-Arthur de Timmins. Dès le lendemain, il devrait se rendre à Toronto pour voir au transfert de la licence et accomplir d'autres formalités.

— T'as pas envie de venir avec moi, Lima ? demanda-t il à brûle-pourpoint.

Surprise, sa sœur bafouilla une excuse quelconque. Rien ne lui ferait quitter les lieux juste au moment où Donald revenait. Heureusement, l'oncle Achille enchaîna aussitôt :

— Quand tes voyages t'amèneront à Ottawa, Germain, j'aimerais ça que tu m'offres d'embarquer.

— Certainement, mon oncle. Mais pourquoi Ottawa plutôt que Toronto?

— Je voudrais visiter les bureaux du journal *Le Droit*. De temps à autre, ils publient le portrait de personnes qui ont visité le journal. J'ai deux mots à leur dire, à ces gens-là: la vérité sur les Canadiens français du Nord d'Ontario. Y sont pas toujours corrects, dit-il avec véhémence.

Germain ne put se retenir de sourire.

— Je vous promets de vous emmener à la première occasion, mon oncle. Peut-être que j'irai bientôt.

Le début de la semaine fut pluvieux, au grand désappointement de Paul, qui grommelait qu'une fois de plus on aurait du mal à faire la récolte du foin, et à celui de Rose-Delima, qui rêvait de ce pique-nique avec Donald. Le mardi soir, un magnifique coucher de soleil inonda le paysage d'écarlate et d'or et annonça la fin du mauvais temps. Donald, passant en voiture, s'arrêta un moment pour dire:

— S'il fait beau demain, nous partirons pour la journée, Lima. C'est le temps d'en profiter. Paul va probablement pouvoir commencer à faucher le foin demain. Après, nous serons occupés.

— Entendu, répondit-elle. Je préparerai le lunch.

Elle eut du mal à s'endormir ce soir-là. Tôt le matin, elle se mit à préparer le goûter.

— Tu vas en quelque part? demanda sa mère.

— Oui. En pique-nique, avec Donald.

Alma regarda sa fille. Elle avait les yeux brillants et un air de fébrilité et de joyeuse anticipation.

— Où allez-vous?

— Au lac où les Gray ont leur chalet.

— Alors, pourquoi le dîner? Je suis sûre que madame Gray vous donnera à manger.

La jeune fille haussa les épaules.

— Quand on va en pique-nique, maman, c'est pour manger au grand air, dans la nature.

Alma se tut un moment, puis elle hocha la tête.

— J'ai peur que tu t'attaches trop à Donald, Lima. C'est un beau garçon, et gentil, mais il en a encore long aux études, et puis, c'est pas de notre monde, tu le sais bien.

— Voyons, maman, c'est presque mon frère. Allez pas bâtir tout un roman.

Quelques minutes plus tard, Alma regarda sa fille monter joyeusement dans la petite voiture de Donald et son cœur se serra. Elle savait qu'on ne bâtit pas les romans. Ils naissent tout seuls, malgré tout. Et à ce roman, elle ne voyait pas d'heureuse issue. Le pire, elle le savait, c'est qu'il était déjà trop tard, qu'elle n'y pouvait rien. Autrement, comment expliquer que Lima refusât systématiquement les invitations des jeunes gens de la paroisse? Grondée par sa mère qui lui avait fait remarquer que ce comportement lui vaudrait une réputation de snob vu son poste d'institutrice, elle acceptait de temps à autre de sortir à quatre avec Jean-Pierre et Margot Henri ainsi que l'un ou l'autre des amis de Jean-Pierre, mais il était facile de voir que le cœur n'y était pas.

Dans la voiture qui l'emportait sur la route étroite, Rose-Delima se laissait bercer, tout au bonheur d'avoir Donald près d'elle pour une journée entière, de voir son profil au nez droit, au menton volontaire se détacher sur le ciel éclatant. Il tourna soudain la tête et elle reçut son regard brun et chaud comme un choc.

— T'as apporté ton maillot de bain?

— Oui.

— T'aurais dû voir la baie Georgienne, au chalet des Dunlop, quand j'étais là en juin. C'était beau!

— Comment tu les connaissais, les Dunlop?

— Roy Dunlop est dans ma classe à l'université et ses parents sont des amis d'oncle John et de tante Elizabeth.

Il passa en seconde pour gravir une colline et continua:

— Comme je te le disais, c'est beau la baie Georgienne. C'est tout plein d'îles. Un soir, au clair de lune — faut dire qu'on avait un peu bu —, on a décidé de nager jusqu'à l'île en face du chalet. On était déjà allés en bateau, mais à la nage, on s'est vite aperçus que c'était plus loin que ça paraissait.

— Combien étiez-vous?

— Quatre. Il y avait Roy, son amie Betty, Bonnie et moi...

— Qui c'est, Bonnie?

— La sœur de Roy Dunlop. Si j'avais pas été près d'elle, je pense que Bonnie se serait noyée ce soir-là. J'ai commencé à m'apercevoir qu'elle ralentissait. Alors, j'ai voulu la prendre par la taille pour l'aider, mais elle est orgueilleuse, Bonnie. «J'ai pas besoin de ton aide», qu'elle m'a dit. Comme elle se débattait, je lui ai dit: «Tiens-toi tranquille et laisse-moi faire ou bien je fais ce que la Croix-Rouge enseigne. Je t'assomme et je te traîne au bord.»

— Tu l'as ramenée au chalet?

— Non, parce que par ce temps-là nous étions plus près de l'île que du bord. Alors je l'ai amenée dans l'île.

— Comment êtes-vous revenus?

— Une fois que Roy et Betty ont été reposés, ils sont allés à la nage chercher le bateau.

De nouveau, Rose-Delima sentit la morsure de la jalousie. L'idée de Donald enlaçant cette jeune fille, de toute cette bande de jeunes gens dont il faisait partie et qui n'avaient qu'à étudier et à s'amuser, la faisait souffrir.

— À quoi penses-tu, Lima? demanda soudain Donald. Tu es devenue bien silencieuse.

— Est-ce qu'elle est jolie, Bonnie Dunlop?

Il se mit à rire et chercha la main de la jeune fille.

— Moins que toi, Lima, beaucoup moins que toi.

La voiture s'engagea dans le chemin de sable raboteux qui conduisait vers le lac. Les branches des arbres fouettaient le véhicule au passage. Oiseaux et bêtes fuyaient devant l'intrusion de ce monstre grondant dans leur paisible domaine. Lorsque la route cessa tout à fait, ils prirent le petit sentier qui débouchait sur la plage lisse en forme de croissant qui bordait la baie. L'île, tout près, mirait son bouquet de verdure dans les eaux placides du lac.

Ils s'avancèrent jusqu'au bord.

— Cette île-là est beaucoup plus proche que celle qui se trouve devant le chalet des Dunlop. Tu veux essayer de nager jusque-là, Lima?

— Je sais pas si je pourrai. Tu sais bien que j'ai peur en eau profonde.

Donald lui passa un bras autour de la taille et la serra contre lui.

— Comment pourrais-tu avoir peur avec moi, Lima? Est-ce que t'as pu pratiquer un peu depuis l'année passée?

— Un peu, oui.

Elle n'ajouta pas que depuis juin elle allait à la rivière chaque jour quand il faisait beau. Elle voulait lui en faire la surprise.

— Bon, allons-y. Si tu as peur, tu n'auras qu'à t'accrocher à moi, compris?

Il enleva son élégant tricot blanc et marine. Elle laissa tomber sa jupe paysanne et ôta sa blouse pour apparaître toute mince dans un maillot blanc qui tranchait avantageusement sur sa peau de brune.

Donald eut un sifflement admiratif et lui tendit la main, mais elle courut vers l'onde et y plongea d'un mouvement souple.

— Aïe, attends-moi, cria-t-il, surpris, se lançant à sa poursuite.

En deux brasses, il l'avait rejointe. Elle nageait la marinière, qu'elle trouvait plus facile que le crawl, se concentrant sur ses mouvements: un, deux, allonger le bras droit tandis que la main gauche revenait en propulsant, cisaille des jambes, trois, la glissade.

Il se laissa flotter sur le dos.

— Tu te tires bien d'affaire, Lima. As-tu eu d'autres professeurs?

Elle ne répondit pas, réservant ses forces pour atteindre l'île qui se profilait tout près. Elle sortit de l'eau et se laissa tomber sur le sable. Il lui tendit la main.

— Viens, j'ai quelque chose à te montrer.

Il la guida à travers les arbustes vers une clairière entourée de pins et de mélèzes discrets qui semblait faite tout exprès pour se faire sécher au soleil.

— Hein, qu'est-ce que tu penses de ça?

D'un mouvement preste, il la força à se coucher sur le sable et se laissa tomber près d'elle. Penché au-dessus de son visage, il approcha ses lèvres. Avec un soupir de contentement, elle s'abandonna à ce baiser dont elle rêvait depuis le départ de Donald en septembre dernier.

Bientôt, une pointe d'inquiétude se fit jour dans son euphorie. Il y avait quelque chose de changé. Les lèvres de Donald se faisaient insistantes, la langue du jeune homme pénétrait dans sa bouche tandis que les mains, de dures mains masculines, caressaient ses seins, faisaient glisser l'épaulette de son maillot. Elle le repoussa.

— Donald, qu'est-ce que tu fais?

— Des choses agréables, dit-il, en la bécotant dans le cou. Ça te plaît pas?

Elle voulut protester, mais il lui ferma la bouche de ses lèvres tandis que d'un geste il faisait glisser l'autre épaulette.

— T'es belle, Lima, dit-il, tandis que ses mains entouraient les seins nus. Est-ce que tu sais à quel point t'es belle?

Les mains se déplaçaient sur son corps, repoussant le maillot toujours plus bas, caressant le ventre lisse, les flancs, descendant jusqu'à ses cuisses. Un bonheur sans pareil parcourait sa chair, irradiait de son ventre, allumait des sensations plus fortes qu'elle n'avait jamais pu imaginer jusqu'alors. Il fit glisser le maillot jusqu'à ses pieds, puis d'un mouvement enleva le sien. Cette fois, la panique la saisit.

— Non, Donald, il ne faut pas. Je pourrais devenir enceinte, tu le sais bien.

— *You little goose*, dit-il tendrement, crois-tu que je te ferais ça, à toi? Il y a des moyens, voyons. As-tu confiance en moi, Lima? M'aimes-tu?

Sa réponse fut comme une plainte.

— Tu le sais bien que je t'aime, que je n'ai jamais aimé que toi.

Il se détourna et prit un objet dans la poche intérieure de son slip de bain. Rose-Delima s'assit tout à coup les yeux pleins de larmes.

— Je t'aime, Donald, mais il n'y a pas de place dans ta vie pour une fille comme moi. Tu vis maintenant dans un milieu si différent…

— Tu auras toujours une place dans ma vie, Lima, rappelle-toi de ça.

Il continuait à la caresser, à l'embrasser, avec ses mains et sa bouche. Les idées de Rose-Delima s'embrouillaient. Elle n'était plus consciente que de l'odeur chaude du sol, du goût frais de la peau qui la touchait, du corps nerveux pressant le sien. Il était son univers, il l'avait toujours été. Rien d'autre n'importait. Elle mit ses bras autour du cou de Donald. Un moment, le visage de sa mère, un visage plein de tristesse, flotta devant ses yeux, puis la douleur et l'ivresse d'appartenir à l'être chéri balayèrent tout ce qui n'était pas lui. Lorsqu'il se laissa glisser près d'elle, le soleil revint verser une douce chaleur sur sa peau tandis que les pins et les mélèzes chuchotaient entre eux.

Donald se souleva sur un coude pour mieux la dévisager.

— Ça va, Lima ? Tu ne le regrettes pas ?

— Non, Donald, je suis heureuse. J'ai toujours su que je t'aimais, mais jamais je n'aurais pensé que je t'aimais autant. Ça me fait peur. C'est pas juste.

— Qu'est-ce qui n'est pas juste ?

— Que je t'aime plus que tu m'aimes.

— Tu crois ? Qu'est-ce que t'en sais ? dit Donald en riant. Chose certaine, c'est que j'ai plus faim que toi. On va manger ?

— Je veux bien.

En silence, ils renfilèrent leurs maillots et plongèrent dans l'eau fraîche. Plus tard, pendant qu'ils déballaient le goûter, Rose-Delima lui dit :

— Tu sais, tu m'as demandé tout à l'heure si j'avais eu d'autres professeurs.

— Oui, tu nages drôlement bien pour quelqu'un qui pouvait à peine flotter lorsque je suis parti.

Elle lui tendit une assiette garnie et lui beurra une tranche épaisse de pain de ménage.

— Moi, je n'ai pas eu d'autre professeur, Donald, mais toi, tu en as eu, n'est-ce pas?

Il mordit à pleines dents dans le pain.

— Ta mère fait du bon pain, aussi bon que celui de maman.

— Tu en as eu, n'est-ce pas, Donald? insista-t-elle. Tu sais de quoi je veux parler.

— Voyons, Lima, un *gentleman* ne parle pas de ces choses-là. Et puis, qu'est-ce que ça peut faire? Les autres, c'est rien. Toi, c'est différent.

— Comment c'est différent?

— Parce qu'une Lima, y en a qu'une, voilà. C'est comme le bon Dieu du petit catéchisme que mademoiselle Groulx enseignait, tu te souviens? Lima a toujours été et sera toujours.

— Grand fou!

— Raconte-moi donc tes aventures d'institutrice parmi les colons au lieu de m'injurier.

Elle commença à parler de Dieudonné puis de Léonard, qui pourrait devenir un nouveau Leonardo da Vinci si seulement la vie lui en donnait la chance. Mais petit à petit la conversation tourna vers les exploits sportifs de Donald à l'université, le but gagnant qu'il avait marqué lors des éliminatoires de hockey, ses sorties avec des camarades, garçons et filles, les danses. Elle écoutait, passionnée par ce récit, mais en même temps sentant combien elle était étrangère à ce milieu. Leur vie divergeait déjà, songea-t-elle avec tristesse. Bientôt, le mois de septembre ferait sonner l'heure du départ. Le temps était si court.

Lorsque, avant le retour, il la reprit dans ses bras, elle répondit à son ardeur avec l'avidité du désespoir.

Cette fois, il la posséda lentement et elle fut surprise de la douleur qu'il lui causait. Mais en même temps, une exultation sans pareille l'envahissait à la pensée qu'elle était entièrement sienne. Il lui semblait que cette union tissait des liens que rien ne pourrait rompre entre elle et ce jeune homme qu'elle aimait à en perdre la tête. Dorénavant, toutes les barrières avaient été balayées entre eux. Comme bien d'autres amoureuses avant elle — et bien d'autres qui suivraient —, elle crut vraiment que l'union des corps et l'union momentanée de l'esprit et du cœur suffisaient à assurer la survie d'un amour.

Chapitre XXII

Il avait été entendu que Donald irait passer la deuxième semaine d'août au chalet des Gray. Rose-Delima le vit partir avec d'autant plus d'amertume qu'elle se disait que, si les rôles avaient été inversés, elle aurait trouvé moyen de ne pas le quitter. Lorsqu'il reviendrait, il ne resterait même pas deux semaines avant son départ. En attendant, finies les randonnées en voiture, les promenades sur la rivière ou, à la brunante, sur les routes longeant les champs bruissants et parfumés.

Jamais elle n'aurait cru regretter que la fenaison fût terminée. Elle songeait avec nostalgie aux jours ensoleillés où ils travaillaient ensemble. Paul était si occupé par les affaires du magasin qu'ils avaient dû faire le travail avec seulement un engagé envoyé par Wilfrid Lamontagne.

Mais dès que le travail était terminé pour la journée, si le temps n'était pas favorable ou qu'il leur fallût attendre que le foin sèche, ils partaient dans la petite voiture de Donald afin de s'isoler dans la nature, heureux d'être ensemble, heureux de s'aimer.

Maintenant que Donald était parti, qu'elle ne subissait plus l'envoûtement de sa présence, un sentiment de culpabilité l'étreignait, surtout lorsqu'elle voyait sa mère l'observer à la dérobée d'un air inquiet. Elle se trouvait aussi dans la désagréable nécessité d'aller confesser ses péchés au curé Bouffard afin d'en obtenir le pardon. Il dirait : «Combien de fois?» Elle compta sur ses doigts à partir du pique-nique au lac des Gray et s'aperçut vite que la comptabilité n'était pas aussi simple. Ainsi, par exemple, ce mercredi où Donald avait dû conduire son père à Iroquois Falls et annuler leur rendez-vous, n'avait-elle pas quand même commis le péché puisqu'elle avait déjà consenti et que seules des circonstances extérieures les avaient empêchés de se rejoindre?

Elle secoua la tête. Mieux valait attendre le départ définitif de Donald pour établir l'addition finale. L'idée des gros sourcils froncés du curé Bouffard derrière la grille du confessionnal la faisait trembler.

«Vous avez couché avec un homme, dites-vous? Est-ce un bon catholique que vous vous proposez de marier? Quoi! Un protestant, dites-vous? Un Anglais protestant!»

Non. Décidément, elle irait à Iroquois Falls ou à Timmins et se confesserait à un prêtre inconnu.

La saison des bleuets battait maintenant son plein, cette manne annuelle qui mettait de l'argent dans les goussets des plus pauvres. Bernadette avait supplié sa sœur de l'y amener et Rose-Delima avait accepté puisque Donald était absent. Elle avait cependant insisté pour aller seulement au champ le plus près, à quelques milles de Val-d'Argent, plutôt qu'à l'autre, plus considérable, de

Blueberry Lake. Paul les y déposait le matin et Germain, qui s'occupait de ce commerce cette année encore, les ramenait le soir.

Lorsqu'il les fit monter dans la cabine du camion ce soir-là, il dit à Rose-Delima :

— Il est arrivé un accident à Blueberry Lake hier soir. Un jeune garçon s'est noyé.

— Quelqu'un qu'on connaît ?

— Mais oui, même que c'était un de tes élèves : Dieudonné Bouthillier.

Le cœur de Rose-Delima fit un bond dans sa poitrine.

— Mon Dieu, Dieudonné est mort ? Comment est-ce arrivé ?

— C'est assez curieux. Apparemment, il se baignait avec d'autres jeunes gens qui ont affirmé qu'il savait à peine nager. Tout à coup, il s'est dirigé carrément vers le large. Ses compagnons lui ont crié de revenir, mais il est disparu sous l'eau. On a retrouvé son corps deux heures plus tard. Ce lac est profond. La police a dû se servir de grappins.

Pendant que son frère racontait, Rose-Delima voyait très clairement le visage blanc de Dieudonné, ses yeux désespérés de bête touchée à mort, tel qu'il lui était apparu le jour où elle l'avait renvoyé de l'école après le drame avec Geoffroi. Se pouvait-il qu'il eût attenté à ses jours ? En le rejetant, lui avait-elle enlevé sa dernière raison de vivre ? Les larmes lui montèrent aux yeux.

Bernadette se mit à interroger Germain et ni l'un ni l'autre ne s'aperçut du trouble intérieur de leur sœur. «Je ne pouvais pas faire autrement, se disait-elle. Il n'apprenait rien, il dérangeait la classe, il pouvait être dangereux pour ses compagnons durant ses accès de rage folle.» Malgré toutes les excellentes raisons qu'elle avait invoquées pour l'expulser de l'école, elle eut le pressentiment qu'elle resterait longtemps hantée par le regard de cet adolescent qui n'avait trouvé de place nulle part.

Donald revint au début de la semaine suivante. Rose-Delima songeait qu'il ne restait plus que deux semaines avant son départ. Elle se rendait compte qu'elle aurait dû s'occuper à préparer les classes pour la nouvelle année scolaire, mais elle en était absolument incapable. Si Donald ne venait pas la chercher ou s'il s'absentait sans qu'elle l'accompagne, elle restait oisive à guetter son retour.

Rien de tout cela n'échappait à Alma, qui n'osait même plus lui faire des remontrances. Lorsqu'elle récitait la prière du soir, elle ne manquait pas de rappeler à Eugène qu'il l'avait quittée prématurément par pur entêtement et qu'il se devait par conséquent de veiller sur l'âme et le bonheur de sa fille. Dans son cœur, elle se doutait bien que, même vivant, son mari n'y aurait pas pu grand-chose.

Les jours s'écoulaient avec une rapidité désespérante. Le dernier soir, Donald avait invité Rose-Delima au cinéma. C'était une comédie des frères Marx, mais elle n'avait guère le cœur à rire. Lui s'esclaffait aux facéties des comédiens. Lorsque, au retour, il prit le petit chemin qui conduisait à leur plage, il parut surpris de l'intensité avec laquelle elle s'accrochait à lui.

— Qu'est-ce que t'as, Lima, tu pleures?

— Je pense que demain soir tu ne seras plus là.

— Voyons, faut pas prendre la vie comme ça. On a été heureux, on est jeunes, on a toute la vie devant nous autres.

Le lendemain matin, elle se rendit chez les Stewart sous prétexte de lui remettre un petit cadeau de départ, un mince volume des poésies d'Elizabeth Barrett Browning. Sur la page frontispice, elle avait écrit : « De Lima, afin que tu puisses relire de temps à autre le poème que je t'ai lu lors de notre dernier pique-nique. »

Ce poème, elle se le répétait souvent :

How do I love thee? Let me count the ways.
I love thee to the depth and breadth and height
My soul can reach...[14]

Lorsque la petite voiture disparut au tournant, elle était si blanche que tante Rose la regarda avec compassion.

— Viens, Lima, dit-elle doucement. Nous allons prendre une tasse de thé.

---

[14] Comment t'aimai-je ? Laisse-moi te dire :
Je t'aime profond, large et haut
Jusqu'où mon âme peut atteindre...

Chapitre XXIII

A près les chaleurs inusitées du mois d'août, des pluies glaciales dès le début de septembre rendirent difficiles les travaux nécessaires avant l'arrivée de l'hiver : la cueillette des pommes de terre et la récolte des légumes du jardin. Alma ferma la cuisine d'été et réintégra la maison principale.

Rose-Delima reprit le chemin de l'école. Émilien était revenu en attendant l'ouverture des chantiers. Léonard était maintenant en sixième année ; le petit Hubert avait dû répéter la première année. Serait-il un autre Dieudonné ? se demanda l'institutrice. Elle chassa cette pensée.

Lorsqu'elle demanda à Émilien pourquoi sa sœur Odile était absente, il répondit qu'elle travaillait à Timmins maintenant et qu'elle ne reviendrait plus à l'école. « Quatorze ans, se dit Rose-Delima. Une autre qui s'est vieillie pour obtenir un travail mal rémunéré de bonne à tout faire. » Elle soupira. Tout ce qu'elle pouvait faire, c'était d'essayer de leur inculquer le plus de savoir possible durant le temps restreint où ils fréquenteraient l'école. Et réussir à obtenir quelque chose pour Léonard. Elle en avait parlé à l'inspecteur lors de sa visite annuelle l'année précédente, mais celui-ci ne lui avait donné que des réponses vagues. Oui, peut-être une association patriotique, enfin, on verrait. L'élève n'était qu'en cinquième année, n'est-ce pas ? On avait le temps.

Le dimanche, Alma aimait inviter la parenté à dîner, soit l'oncle Achille et la tante Laura, soit l'oncle Denis, la tante Marguerite et Jean-Pierre. L'oncle Achille ne parlait plus que de la promesse que Germain lui avait faite de l'amener à Ottawa, où il pourrait enfin, par les bons offices du journal, diffuser son message à tous ses concitoyens de langue française. Il avait essayé de leur envoyer des articles qu'il avait rédigés de sa main, mais on ne les avait pas retenus pour publication. Lorsqu'il visiterait leurs bureaux, cependant, et qu'il leur parlerait personnellement, ce ne serait plus la même chose. Il leur raconterait comment il avait obtenu du premier ministre en personne que Donat soit réembauché. On n'avait qu'à s'unir, à se tenir debout, à exiger que nos droits soient respectés, à rester fidèles à nos traditions. Il voyait déjà l'article, coiffé de sa photographie, portant en gros titre :

UN ORATEUR FRANCO-ONTARIEN
VISITE NOS BUREAUX

Quoique simple fermier, monsieur Achille Nantel s'est créé une réputation enviable comme orateur et chef de file dans la région nord-ontarienne.

Cet homme remarquable, disciple d'Henri Bourassa et d'Aurélien Bélanger, a su, il y a quelques années, faire reculer l'honorable Howard Ferguson lui-même et obtenir justice...

Rose-Delima écoutait d'une oreille distraite et se disait qu'au moins il ne parlait plus de ses fils morts au front la veille de l'Armistice.

Lorsque c'étaient les Debrettigny qui étaient invités, Jean-Pierre et Rose-Delima trouvaient toujours moyen de s'isoler pour parler de Donald. Jean-Pierre se désespérait.

— Il est chanceux, lui, que des études supérieures lui soient tombées du ciel. C'est pas à moi que des choses pareilles arriveraient.

— Même sans les Gray, tante Rose l'aurait envoyé chez son oncle à Toronto afin qu'il puisse fréquenter l'université, dit Rose-Delima.

— Tandis que moi, je n'ai même pas la liberté de partir, fit Jean-Pierre amèrement. D'abord, si je laisse papa seul au magasin, il va se tuer à la tâche avec sa maladie de cœur. Ça rapporte pas assez pour engager un remplaçant et il n'en resterait certainement pas assez pour payer mes études. Je suis pris comme un rat dans un piège.

— Et Margot, qu'est-ce que t'en fais?

Le souvenir de leur dernière soirée lui revint à la mémoire. En rentrant d'une danse, Margot avait elle-même proposé qu'on aille admirer le clair de lune sur le lac à Boudreau. Lorsqu'il avait arrêté la voiture sous les grands arbres, elle s'était rapprochée de lui et il avait caressé avec délices ses seins fermes et son corps souple et chaud. Elle l'avait embrassé passionnément et s'était abandonnée dans ses bras avec des soupirs de chatte ronronnante. Le désir montait en lui, impérieux, lorsque l'idée lui était venue, comme une douche d'eau froide, que l'ultime piège, il était là. S'il se laissait gagner, il se retrouverait marié sans aucun espoir de jamais se libérer de ce milieu. Il l'aimait bien, Margot, avec ses yeux clairs et son rire facile. Mais il se dit que dans quelques années elle ressemblerait à Jeannette Fecteau, qui était si jolie mais que des maternités répétées et la dureté de ce pays avaient flétrie au point qu'à vingt-trois ans elle en paraissait quarante. Il devait y avoir plus dans la vie que ce sort banal. D'un ton rauque, il avait dit : «Il vaut mieux partir» et il avait fait démarrer le moteur tandis que Margot, la voix étouffée par les larmes, avait gémi : «Tu ne m'aimes pas, Jean-Pierre, et moi je t'aime tant.» «Mais non, voyons, tu sais bien qu'il n'y a que toi.» Elle s'était laissé consoler.

Jean-Pierre regarda Rose-Delima.

— C'est une chic fille, Margot. Mais je sais trop bien ce qu'elle voudrait. Elle voudrait qu'on se marie et que je fasse ma vie à tenir le magasin général. Moi, tu sais, je peux pas me décider.

— Qu'est-ce que t'as envie de faire, alors?

— Je sais pas. Je suppose que je continue à espérer que cette crise économique finisse, que je puisse un jour aller travailler dans une ville, à Toronto ou à Ottawa, que je sois libre.

À la fin d'octobre, alors que les élèves prenaient leurs rangs au son de la cloche du matin, Rose-Delima s'aper- çut que non seulement Émilien était absent, mais aussi Léonard. Une inquiétude sourde lui étreignit le cœur.

— Ton frère est-il malade? demanda-t-elle à l'aînée des sœurs de Léonard.

— Non, mademoiselle. Il va monter au chantier avec papa.

— Au chantier! Mais il n'a que treize ans.

— Y va avoir quatorze ben vite, mademoiselle, répondit la fillette.

Rose-Delima se mordit les lèvres. Ah, non! On ne pouvait pas laisser faire une chose pareille. Un enfant aussi doué, non seulement en dessin, mais en tout. S'il fallait se battre, elle était prête. Il était au-dessous de l'âge légal, il suffirait d'avertir les autorités. Il aurait sa chance, celui-là.

Elle attendit avec impatience la fin de la journée, puis elle attela Prince et fit monter les quatre sœurs de Léonard dans le traîneau.

— Je vous ramène chez vous, dit-elle. J'ai à parler à votre père.

Une fois arrivées à la misérable cabane qui était leur demeure, les petites ouvrirent la porte en criant: «Maman, mademoiselle nous a ramenées.»

Rose-Delima s'arrêta, suffoquée. Elle se trouvait dans une pièce unique, chauffée d'un poêle à deux ponts. Dans un coin, se trouvait la chambre des parents, un lit entouré de rideaux faits de sacs vides de farine ou de sucre. Une table, une petite armoire, des bancs rustiques et deux chaises complétaient l'ameublement. Un garçonnet de trois ans, nu dans une petite veste déchirée, s'amusait sous la table avec des brindilles. Un autre, d'environ un an et demi, vêtu d'une simple couche malgré le froid, se traînait sur le plancher de grosses planches. Dans un coin, un seau répandait une âcre odeur d'urine et d'excréments qui prenait à la gorge.

— Votre mari est-il ici? demanda l'institutrice.

— Non, mademoiselle. Il est parti pour Smooth Rock Falls par le train du matin.

— Et Léonard?

— Il est parti avec son père.

La femme avança une chaise.

— Prenez la peine de vous asseoir, mademoiselle.

Atterrée, Rose-Delima se laissa tomber sur la chaise.

— Vous savez, madame, il ne faudrait pas que Léonard s'absente de l'école pour si longtemps. Il a une intelligence au-dessus de la moyenne.

La femme lui jeta un regard de chien battu.

— Oui, je sais, mademoiselle. Mais mon mari a eu un contrat à Smooth Rock. C'était pas refusable.

— De plus, Léonard n'a pas l'âge légal de travailler ni de quitter l'école. Si je faisais rapport…

— Vous feriez pas ça, mademoiselle, supplia la femme terrifiée. Mon mari serait si fâché…

Les larmes étaient montées à ses yeux éteints. Rose-Delima regarda son visage maigre, ses cheveux ternes ramenés en chignon, la grossesse avancée qui gonflait sa robe de cotonnade sous le tricot déchiré.

— C'est un si beau talent, votre Léonard, c'est dommage. Il serait capable de faire de grandes choses plus tard.

— J'sais ben, mais il se rattrapera facilement, mademoiselle, vous verrez.

Sur le chemin du retour, lorsqu'elle repassa la scène, la colère remplaça la pitié. Ce mari, le père de Léonard, elle aurait voulu le voir conduit au cachot. Espèce d'ivrogne qui dépensait son argent à boire alors que sa femme et ses enfants vivaient dans des conditions pareilles! Et dire que cette brute avait eu la chance d'avoir un fils comme Léonard et qu'il n'appréciait nullement ses dons exceptionnels.

Une perle devant un pourceau. Quant à elle, que pouvait-elle faire? Toute action de sa part ne ferait qu'augmenter la misère de cette femme et de ses enfants sans changer quoi que ce soit à leur sort. Il valait mieux attendre la visite de l'inspecteur afin d'en discuter avec lui.

Comme elle s'était douté, elle ne recevait aucune lettre de Donald. Même la mère du jeune homme n'en recevait qu'à des intervalles assez longs. Rose-Delima aimait visiter les Stewart, lire les revues et les journaux reçus d'Angleterre et, surtout, parler de Donald.

Germain habitait maintenant Timmins, où il avait pris en main l'hôtel Prince-Arthur. Vu la mauvaise santé du propriétaire précédent, l'entretien en avait été négligé, le mobilier abîmé. Il se mit à la tâche, secondé par Georgette, pour nettoyer et rafraîchir le décor. Il embaucha un colosse du nom de Léger Dansereau pour surveiller les deux côtés de la taverne, le *Men only* et le *Ladies and Escorts*. Avec un meilleur service et un décor renouvelé, la clientèle augmentait. Même si les mines fonctionnaient au ralenti, la ville était moins touchée par le chômage que certaines municipalités plus au sud. Quand les mineurs finissaient leurs huit heures dans les galeries souterraines, ils s'arrêtaient en groupe au Prince-Arthur pour se débarrasser le gosier de la poussière de minerai en buvant de grandes chopes de bière.

Un dimanche où il dînait chez sa mère alors que l'oncle Achille était présent, Germain avertit son oncle de se préparer à visiter Ottawa bientôt. Achille en fut très heureux.

— Quand est-ce que tu t'attends à descendre? demanda-t-il.

— Pas avant mercredi, mon oncle. On annonce une vente d'équipement usagé de cuisine industrielle dans

Le Droit. Je vais aller voir ça. C'est justement ce dont j'ai besoin. Nous partirons mercredi et nous reviendrons vendredi ou samedi. Ça vous va?

— Certain. Ça me donnera le temps de préparer un peu ce que je vais leur dire. Quand on pense, répétait-il en se frottant les mains, je vais pouvoir m'adresser à tout le monde, à tous les Franco-Ontariens...

Laura eut beaucoup de mal à le faire coucher ce soir-là. Il se releva deux ou trois fois pour allumer la lampe et étudier certains gestes devant le miroir. Les deux jours furent employés à rédiger un discours qu'il raturait et corrigeait sans cesse. Le mercredi, à cinq heures du matin, il était déjà habillé, son discours à la main. Malgré les chemins tortueux, le soir même ils arrivaient à Ottawa, où Germain alla retenir deux chambres à l'hôtel Rideau, un établissement à deux étages avec des portes de taverne battantes qui ouvraient dans la rue en été comme un décor de Far West.

— Est-ce que les bureaux du *Droit* sont loin? demanda-t-il à son petit-neveu.

— Non. Juste dans la rue voisine. J'irai vous conduire demain matin.

Le lendemain, Germain alla le déposer devant la porte de la rue George.

— Vous voyez, mon oncle, lorsque vous sortirez, vous n'aurez pas à traverser de grandes rues. Pour retourner à l'hôtel, vous n'aurez qu'à faire le tour du carré en suivant le trottoir et vous m'y attendrez. Vous avez compris?

— Oui, oui, dit vaguement Achille, déjà pris par sa rencontre imminente avec les responsables d'un journal. Avec une vague pitié, Germain le regarda pénétrer dans l'immeuble, puis il se rendit à ses affaires.

Lorsque, une heure plus tard, Achille sortit de l'immeuble, il n'était pas du tout satisfait. Après une attente initiale, un monsieur gentil l'avait guidé à travers les dédales de l'imprimerie. Il avait vu fonctionner l'énorme presse d'où les feuilles du journal sortaient à une vitesse vertigineuse, la machine qui rassemblait les feuillets, les coupait et les pliait ; l'expédition d'où partaient les ballots destinés aux quatre coins de la province ; même la reliure où un employé poussait des piles de livres et retirait ses doigts au dernier moment avant que s'abatte la lourde guillotine tranchant la pile comme un fil du beurre. Tout cela était fort intéressant, mais l'important c'était de diffuser son message.

Lorsqu'il avait demandé à parler à la personne responsable, on lui avait amené un jeune homme qui ne l'avait guère écouté. Et quand, feuilles en main, il avait entonné : «Mes amis, mes chers compatriotes», le jeune homme l'avait tout de suite interrompu en lui demandant si c'était là un discours qu'il avait prononcé.

— Non, je l'ai écrit exprès pour *Le Droit*. Je voulais vous expliquer…

— Pas besoin. Laissez-moi le texte. Vous êtes venu de loin ?

— Du nord d'Ontario, de Val-d'Argent.

— Votre nom ?

— Achille Nantel.

— Bon, je note.

Se retournant vers un adolescent qui passait, le jeune homme avait crié :

— Va chercher Mainville et dis-lui qu'il me photographie monsieur Nantel.

Avec un vague salut, il était disparu au bout du corridor. L'adolescent était revenu avec un homme plus âgé, qui avait emmené Achille dans un bureau pour le photographier.

Lorsqu'il avait voulu lui expliquer pourquoi il était venu, celui-ci avait continué son travail, puis avait remarqué :

— Vous savez, moi, je suis photographe. C'est aux journalistes qu'il faut parler.

Cinq minutes plus tard, Achille se retrouvait sur le trottoir, où une pluie froide et verglaçante rendait la chaussée glissante. Il avançait au hasard, répétant les phrases clés de son discours, esquissant de grands gestes qui faisaient se retourner les passants curieux. Le désespoir l'envahissait. Il avait eu sa chance et l'avait ratée. Il n'avait pas su trouver les mots qu'il fallait.

Longtemps il erra, la tête pleine de pensées douloureuses. Soudain, il s'arrêta net. Quel idiot il avait été! Il savait maintenant ce qu'il fallait leur dire. Il ouvrit les bras dans un geste fraternel, comme l'avait fait Henri Bourassa. «Chers amis, mes très chers amis... » D'un pas pressé, il se dirigea de nouveau vers les bureaux du *Droit*.

Il ne vit pas l'énorme camion qui fonçait sur lui ni le chauffeur qui luttait désespérément avec le volant pour tenter de l'éviter. Il ne vit qu'un immense soleil qui se levait comme une apothéose, puis la tombée brusque de la nuit définitive.

Laura, sa femme, découpa l'article qui parut dans le journal et le rangea avec les souvenirs de ses fils morts en 1918. Sous la photographie on lisait :

DEUXIÈME ACCIDENT MORTEL
À L'ANGLE NELSON

Monsieur Achille Nantel de Val-d'Argent a perdu la vie ce matin dans un accident de la circulation alors que la pluie verglaçante rendait dangereuses les rues de la capitale.

Monsieur Nantel venait de visiter les bureaux du Droit *lorsqu'il fut renversé par un camion alors qu'il tentait de traverser la rue Rideau à la hauteur de la rue Nelson.*

Le chauffeur du camion, Joseph Lebeau, 21 ans, de Sarsfield, a déclaré que la victime avait soudainement rebroussé chemin au milieu de la rue et qu'il n'avait pu freiner à temps pour l'éviter étant donné l'état de la chaussée.

C'est le deuxième accident mortel en deux mois à cet endroit et on se demande quand l'hôtel de ville répondra aux vœux des citoyens en installant des feux de circulation pour la protection des piétons.

Chapitre XXIV

Vu le décès de l'oncle Achille, la famille Marchessault observait le deuil et le temps des fêtes fut assez triste. Pour Rose-Delima, cette période fut doublement sombre puisque, encore une fois, les parents de Donald s'étaient rendus à Toronto et qu'elle ne verrait le jeune homme qu'aux vacances d'été.

À son retour, tante Rose raconta d'abondance comment s'était passé Noël chez son frère et rapporta à Rose-Delima un cadeau de Donald. Lorsque, tout émue, elle ouvrit la boîte, elle y trouva un délicat pendentif serti d'une améthyste, leur pierre de naissance à tous deux puisqu'ils étaient nés en février, à deux ans d'intervalle. Elle se mit aussitôt à le porter constamment, comme une amulette dotée du pouvoir de lui ramener ce garçon qui était devenu, qui avait toujours été, toute sa vie.

Le matin, lorsqu'elle attelait Prince dans le noir afin de franchir les quatre milles de désert glacé qui la séparaient de l'école, elle touchait ce pendentif comme un talisman. Depuis le feu de 1916, même s'il y avait maintenant plus de vingt ans de cela, les grands arbres n'avaient plus repoussé. Le paysage plat ne montrait

241

que des broussailles, avec, ici et là, quelques bouquets de trembles. Le vent du nord s'en donnait à cœur joie, sculptant des vagues profondes dans la plaine enneigée. Dès que cessait le vent, un froid sibérien s'installait, figeant cette mer houleuse.

Comme d'habitude durant l'hiver, le nombre des élèves diminua de moitié. Rose-Delima en profita pour consacrer plus de temps aux plus faibles, tout en mettant au point un programme de rattrapage qui permettrait aux absents — dont Émilien et Léonard — de compléter le programme de l'année. Elle songea même à leur offrir des cours en dehors des heures de classe. Elle leur donnerait le goût du savoir. On verrait bien si quelque chose de bon ne sortirait pas de toute cette misère, de ce dénuement. Le talent et même le génie allaient se nicher chez les plus humbles parfois. Avec le retour du printemps, chaque jour elle se demandait si elle retrouverait Léonard et Émilien à l'école ce matin-là. Elle avait hâte de voir le quatrième pupitre de la deuxième rangée occupé par Léonard, cet adolescent aux yeux pétillants qui, malgré les conditions misérables dans lesquelles il avait grandi, était doué d'une intelligence toujours en éveil, d'un cerveau qui absorbait le savoir comme une éponge boit l'eau.

La semaine suivante, Émilien revint. Tout en lui expliquant le programme de rattrapage, elle s'enquit de son compagnon.

— Je travaillais pas au même chantier que lui, répondit-il, mais j'imagine qu'ils vont tous fermer maintenant que le dégel est pris.

Le samedi suivant, où l'air était doux, le soleil brillait et des ruisselets couraient partout, alimentés par la neige molle qui fondait à vue d'œil, Rose-Delima se rendait au poulailler pour y nourrir les poules et ramasser les œufs, humant avec délice cet air qui sentait déjà le printemps. Soudain, elle entendit distinctement dans l'air calme le glas qui tintait à l'église du village.

Lorsqu'elle revint à la maison, elle demanda à sa mère si elle était au courant que quelqu'un de Val-d'Argent fût malade. Dans ces petites agglomérations où tous les habitants se connaissent, les événements n'arrivent guère par surprise.

— Mais non, dit Alma. À moins que ce soit la grand-mère Paquette. Elle arrive à quatre-vingt-trois ans et pas trop forte. Ça prend pas grand-chose à cet âge-là.

Quand Paul revint du village, Rose-Delima lui demanda si quelqu'un était décédé.

— Oui. J'ai appris ça au magasin Lamontagne. C'est justement un de tes anciens élèves, Lima. Geoffroi est mort.

— Quoi? Il lui est arrivé un accident?

— On peut dire que c'est une sorte d'accident, dit son frère. Apparemment qu'ils sont partis du chantier, trois jeunes ensemble, pour revenir chez eux. En attendant le train, y ont décidé d'aller prendre un coup, histoire de faire comme les vrais durs-à-cuire. Ça a l'air que le gars qui faisait la boisson avait mis de l'alcool de bois dans sa brassée. Les jeunes ont été transportés à l'hôpital quand on les a trouvés pratiquement sans connaissance dans le train. Geoffroi est mort à matin. Le docteur dit que les autres ont des bonnes chances de s'en sauver parce qu'ils en avaient bu moins.

Rose-Delima écoutait ce récit avec une horreur croissante. Un noir pressentiment l'envahissait.

— Qui c'est, les deux autres?

— Arthur Legendre, le troisième des garçons d'Osias, et Léonard Arpin.

Les larmes jaillirent des yeux de la jeune fille.

— Léonard? demanda-t-elle d'une voix brisée. T'en es sûr?

— C'est ce que Wilfrid m'a dit. Mais y paraît qu'y vont s'en sauver.

— À quel hôpital sont-ils?

— À Matheson.

— Je vais avoir besoin de la camionnette dimanche, euh… demain, Paul. Je veux aller voir Léonard. Faut que je lui apporte des livres et du papier à dessin. Dès qu'il sera en état de lire, je sais qu'il sera heureux d'avoir de quoi s'occuper.

Lorsqu'elle arriva à l'hôpital, il était un peu tôt pour les visites mais elle se dit que, si on la laissait entrer, elle pourrait le voir seul avant que d'autres visiteurs arrivent.

— Dans quelle chambre se trouve Léonard Arpin? demanda-t-elle à l'infirmière de service.

La jeune femme regarda curieusement la visiteuse qui arrivait les bras chargés de livres et de cahiers.

— Vous êtes une parente?

— Je suis son institutrice.

— Il est dans la chambre cent dix, mademoiselle.

La porte était ouverte. Elle aperçut tout de suite ses boucles châtaines. Il occupait le lit à l'angle de la pièce le plus éloigné de la porte. Il était assis dans son lit, ce qui était de bon augure. Elle s'avança en souriant.

Chose curieuse, bien qu'il eût la tête tournée vers elle, il ne semblait pas la reconnaître. Elle allait prononcer son nom lorsqu'elle le vit se tourner vers la table de chevet et chercher à tâtons la carafe d'eau qui s'y trouvait. Il se versa de l'eau dans un verre, en renversant une partie, et le porta à ses lèvres. Puis il replaça le verre sur la table, mais si maladroitement qu'il tomba et se brisa sur le parquet.

Rose-Delima avait observé ce manège avec l'angoisse du dormeur prisonnier d'un cauchemar affreux. Léonard avait maintenant les yeux tournés vers elle, mais son regard était vide. Elle courut à la recherche de l'infirmière et l'aperçut au bout du corridor qui parlait avec le médecin.

— Qu'est-ce qu'il a, Léonard Arpin? demanda-t-elle, les yeux pleins de larmes.

Ils la regardèrent, un peu surpris. Puis, l'infirmière se tourna vers le médecin :

— Elle vient de voir le jeune homme dans la chambre cent dix, l'un des trois jeunes qu'on nous a amenés avant-hier.

— Ah oui, bon, je vois. Des deux survivants, l'un a les reins touchés. Il semble toutefois que le dommage n'aura pas été fatal. L'autre est pratiquement aveugle. Que voulez-vous, ils ont absorbé du méthanol, un poison qui s'attaque aux reins et au nerf optique.

— Mais il est si jeune, supplia presque Rose-Delima, celui qui est aveugle, je veux dire. Il n'a que quatorze ans. Est-ce qu'il ne pourrait pas guérir?

— Malheureusement non, mademoiselle. Les dommages déjà causés sont irréversibles. Que voulez-vous, lorsque le nerf optique est détruit, il est impossible de le régénérer…

Comme une somnambule, elle se dirigea vers la sortie. Lorsqu'elle atteignit la camionnette, elle s'aperçut qu'elle avait toujours les bras chargés de livres et de matériel à dessin. Elle les lança sur la banquette et, s'appuyant le front sur le volant, elle pleura longuement. Elle pleurait les yeux clairs d'un adolescent à qui avait été donnée une vision toute particulière du monde et des choses, la perception de l'artiste, mais dont les prunelles étaient éteintes à jamais par la malhonnêteté criminelle d'un être de bas étage ; elle pleura Geoffroi, qui avait été forcé d'assumer, encore enfant, des responsabilités et des tâches d'adulte ; elle pleura Dieudonné, le démuni, qui n'avait reçu pour tout partage qu'un cœur capable de souffrir.

Lorsqu'elle revint à la maison, sa mère s'employa à la consoler.

— Je te comprends, Lima, c'est terrible, mais faut pas te laisser abattre. Il faut que tu finisses ton contrat. Les autres élèves ont droit à leur institutrice jusqu'à la fin de l'année. Tu peux pas les laisser tomber.

Elle savait que sa mère avait raison, même si, en son for intérieur, elle était maintenant persuadée que tout cela ne servirait à rien. Les jeux étaient faits pour eux tous, comme ils avaient été faits le jour où Léonard était né dans la misérable cabane de la cinquième concession.

— Je finirai l'année, maman, mais demande-moi pas d'enseigner là l'an prochain.

— Bon, bon, fit Alma, conciliante. Tu réfléchiras durant les vacances d'été.

Cette évocation magique fit monter un peu de rose aux joues pâles de la jeune fille. Deux mois encore et Donald serait de retour. Il s'agissait d'exister jusque-là.

CHAPITRE XXV

Lorsque la mère de Jean-Pierre reçut la lettre de sa belle-sœur, elle en fut fort étonnée. Elle tournait et retournait l'enveloppe de beau papier crème, se demandant ce qu'Émilia, la sœur cadette de Denis, pouvait leur vouloir après tant d'années de silence.

Se décidant enfin à l'ouvrir, elle lut :

> *Chers Marguerite et Denis,*
> *J'ai l'intention de me rendre à Val-d'Argent au début de juin pour vous entretenir d'une affaire qui me tient à cœur. Je suppose qu'il ne se trouve pas à Val-d'Argent d'hôtel digne de ce nom, aussi devrai-je vous demander l'hospitalité durant un jour ou deux.*
> *Votre sœur affectionnée,*
> *Émilia de Brettigny*

Marguerite en resta bouche bée, puis elle descendit précipitamment l'escalier et regarda Jean-Pierre qui bâillait derrière le comptoir.

— Où est ton père ?

— Dans le hangar, maman.

Elle trouva Denis en train de compter les poches de moulée et de grain. Elle lui tendit la lettre, qu'il parcourut des yeux.

— Émilia ici! Pour une nouvelle, c'est toute une nouvelle.

— Quand je pense qu'elle parle d'hôtel! C'est comme si on n'était pas capables de recevoir la famille, bougonna Marguerite.

Denis, les yeux fixés au loin, songeait à sa sœur. Des dix enfants de la famille, six seulement avaient survécu jusqu'à l'âge adulte. L'aîné était missionnaire en Papouasie, ses deux frères cadets s'étaient mariés et vivaient à Saint-Mathieu, de même que sa sœur Marie. Émilia, née cinq ans après Marie, avait toujours été volontaire et têtue. Sa défunte mère l'appelait sa «garçonne». Elle aimait le commerce et avait secondé son frère au magasin depuis qu'elle avait une dizaine d'années. En grandissant, elle était devenue remarquablement belle avec des cheveux d'un roux doré, de grands yeux gris clair et un teint laiteux. Les prétendants s'étaient présentés nombreux, mais elle les avait tous éconduits et, à vingt et un ans, malgré les objections de la famille, elle était partie pour Montréal. Elle y avait trouvé du travail comme vendeuse dans un grand magasin à rayons.

Dans les années qui suivirent, on avait reçu de Montréal des nouvelles inquiétantes. Des gens de la parenté avaient laissé entendre qu'Émilia vivait dans un luxe bien au-dessus des moyens financiers d'une simple vendeuse. Denis, en tant que chef de famille depuis que son père était mort, avait voulu en avoir le cœur net. Même si elle ne donnait comme adresse qu'un casier postal, il l'avait suivie après le travail jusqu'à un immeuble de luxe au flanc du mont Royal et avait frappé à son appartement. Lorsqu'elle l'avait aperçu sur le seuil, elle avait paru troublée, mais elle s'était vite ressaisie et l'avait invité à entrer.

— Entre donc, puisque tu t'es donné tant de mal pour me retrouver.

Il avait regardé l'appartement clair et richement meublé et lui avait dit :

— C'est avec ton salaire de vendeuse que tu te paies des vêtements et un appartement comme celui-là, je suppose ?

Elle avait haussé les épaules.

— Je suis majeure, Denis. Je vivrai ma vie comme je voudrai.

La colère avait grondé en lui.

— Tu penses que je laisserai ma sœur devenir une putain ? Non, mais tu veux faire mourir maman de chagrin. Heureusement que notre père n'est plus là.

Pour la première fois, le rouge lui était monté aux joues.

— Je ne suis pas ce que tu penses, Denis…

— Alors, explique-moi. Cet argent, où le prends-tu ?

— Je vis avec un homme que j'admire et que j'aime. Nous ne pouvons nous marier tout de suite, mais nous nous marierons un jour.

— Qui c'est, cet homme ?

Émilia s'était tue.

— Parle, avait-il dit, ou je te jure que j'irai l'attendre à la porte et que je lui casserai la gueule.

Émilia s'était faite conciliante.

— Écoute, Denis, tu ne comprends pas. C'est mon patron, le propriétaire du magasin où je travaille.

— Le propriétaire de Stein's ? Alors te voilà une femme entretenue, et par un Juif encore !

— Je suppose que ce serait moins pire si c'était le président de la Ligue du Sacré-Cœur? avait-elle crié. Tu comprends rien à rien. Monsieur Stein est un homme bon et qui m'apprécie, pas seulement pour ma beauté mais aussi pour mon intelligence et mon talent pour les affaires. Il m'a promis que lorsque j'aurai assez d'expérience, il m'aidera à ouvrir ma propre boutique.

Denis avait haussé les épaules.

— Et tu l'as cru? Quand il sera fatigué de toi, qu'il en trouvera une plus belle ou une plus jeune, il te plantera là. En attendant, tu vis dans le péché. T'as songé à ce que maman va dire quand je lui raconterai tout ça?

— Tu n'as qu'à pas lui dire. Quand je lui écris, je lui parle seulement de mon travail. Si t'es assez bête et méchant pour aller lui dire, ça changera rien à ma vie et tu seras responsable pour la peine que ça lui fera.

— Si je lui dis pas, quelqu'un d'autre le lui apprendra peut-être. Et puis, ta situation, parlons-en. Je ne veux pas d'une sœur qui se prostitue!

— Et moi, je ne veux pas d'un frère qui me traite comme une enfant. Fiche-moi la paix. C'est ma vie.

Ils s'étaient quittés sur cette note. Lorsque leur mère était décédée subitement l'année suivante, Émilia était venue pour les obsèques et était repartie aussitôt. Depuis, ils n'avaient échangé aucune correspondance. Denis ne savait pas ce qu'elle était devenue. Et voilà qu'elle réapparaissait.

Marguerite le regardait, anxieuse.

— Tu crois que je devrais remettre son portrait sur l'harmonium avant qu'elle arrive? On sait pas. Elle s'est peut-être convertie?

Denis haussa les épaules.

— Fais comme tu l'entends. C'est ma sœur. Elle commence à prendre de l'âge. On la recevra de notre mieux.

Marguerite chercha dans le tiroir parmi les images pieuses, les souvenirs de profession religieuse de ses filles, les cartes mortuaires des parents et amis décédés, les chapelets cassés et les vieux missels jusqu'à ce qu'elle trouve le cadre de velours rouge dans lequel une jeune fille au visage d'un ovale parfait, au regard direct, souriait doucement. Elle alla le poser sur l'harmonium à glace d'où elle l'avait banni, jugeant inconvenant que la maîtresse d'un Juif trône dans cette auguste assemblée de prêtres, de religieuses et de bons chrétiens, époux légitimes et féconds.

Puis, elle songea qu'il lui faudrait entreprendre un ménage complet de l'appartement pour recevoir comme il se devait la sœur de Denis.

Jean-Pierre n'en crut pas ses yeux lorsqu'il vit une grande Lasalle seize cylindres, immatriculée du Québec, se ranger devant le magasin. Une dame d'une élégance inusitée en descendit et pénétra dans l'établissement. Les quelques clients qui s'y trouvaient cessèrent aussitôt de parler et tous les yeux se braquèrent sur la nouvelle venue. Elle n'en parut pas troublée.

— Alors, c'est toi mon neveu Jean-Pierre ? demanda-t-elle au jeune homme qui s'avançait.

— Tante Émilia ? demanda-t-il, incrédule.

Puis, se ressaisissant, il indiqua l'escalier.

— Montez, ma tante, maman vous attend. Papa est couché car le docteur veut qu'il se repose dans l'après-midi.

Marguerite, qui avait entendu des pas dans l'escalier,

251

apparut dans l'embrasure de la porte et sembla intimidée par la belle visiteuse.

— Excusez-moi, ma tante, je suis de garde au magasin, dit Jean-Pierre. Je vous verrai plus tard.

— C'est ça, Jean-Pierre. Retourne à ton travail. Nous aurons tout le temps de jaser ce soir.

Déjà un groupe de badauds s'étaient rassemblés devant le magasin pour admirer la belle automobile. Il dut plaider l'ignorance face aux questions des curieux. Tout ce qu'il savait, c'est que la dame était la sœur de son père et qu'elle habitait Montréal. La curiosité le rongeait lui aussi et il attendit avec impatience que son père vienne le remplacer au comptoir.

Lorsque Denis descendit enfin, il regarda son fils d'une curieuse façon, mi-souriant, mi-triste.

— Tu peux monter, maintenant. Prends le temps qu'il faudra. Ta tante a quelque chose à discuter avec toi.

— Elle veut me parler à moi? De quoi?

Son père lui mit la main sur l'épaule.

— Cela, elle veut te le dire elle-même. Vas-y, elle t'attend.

Jean-Pierre grimpa l'escalier quatre marches à la fois. Lorsqu'il fit irruption dans la pièce, sa mère s'affairait à préparer le souper.

— Ta tante t'attend au salon, dit-elle.

De plus en plus intrigué, il pénétra dans la pièce, dont on se servait rarement et où de lourdes tentures ne laissaient filtrer qu'un jour discret.

Tante Émilia était assise dans le grand fauteuil de peluche verte qui venait du grand-père. Avec son chemisier de soie, sa jupe de fin lainage et sa montre d'or en sautoir, elle avait grand air.

— Papa m'a dit que vous vouliez me parler, ma tante?

— Oui, assieds-toi. D'abord, je dois te dire que j'ai pris mes renseignements avant de faire le voyage en Ontario-Nord et que j'en sais passablement sur ton compte. Tu as bien réussi au *Bowman High School*. Tu aimes l'étude?

— Ah oui, ma tante, fit-il avec élan.

Émilia eut un léger sourire de contentement.

— Bon, je vois que je ne me suis pas trompée. Mais d'abord, pour que tu comprennes les motifs qui m'amènent ici et le sérieux avec lequel il faut que tu réfléchisses avant d'accepter ma proposition, je dois te raconter un peu mon histoire. Écoute bien.

Sans savoir pourquoi, le cœur du jeune homme se mit à battre plus fort. Une proposition? Elle avait bien dit: une proposition.

— Je me suis mariée la première fois alors que j'avais vingt-deux ans, commença tante Émilia.

«Enfin, se dit-elle, avec Arnold Stein, c'était tout comme.»

Elle continua tout haut:

— Lui, c'était un homme d'affaires beaucoup plus âgé que moi, mais qui était très bon et qui m'aimait beaucoup...

Rien qu'à évoquer ce souvenir, elle se revit au rayon des robes du Stein's Department Store sous la dure tutelle de Miss McGregor, cette virago fortement corsetée, à la mise impeccable, qui rendait la vie si dure aux apprenties vendeuses comme Émilia Debrettigny. Un jour, Arnold Stein était venu s'entretenir avec la gérante du rayon. Une compagne lui avait chuchoté que c'était là le propriétaire, le grand patron, et elle l'avait regardé, remplie d'admiration. Monsieur Stein l'avait remarquée. «Une nouvelle employée ?» avait-il demandé. Miss McGregor l'avait présentée de mauvaise grâce.

Par la suite, comme par hasard, il s'était trouvé souvent sur son chemin. Il avait le don de la mettre à l'aise et riait volontiers de ses réflexions primesautières. De son côté, elle le trouvait très beau, avec ses cheveux noirs striés d'argent et ses yeux très bleus dans un visage basané. Surtout, elle l'admirait, lui qui gérait seul et avec tant d'aisance cet important établissement.

Puis il l'avait invitée à dîner.

«J'aurais quelque chose à discuter avec vous, si vous le voulez bien», avait-il dit.

Il l'avait amenée à l'hôtel Ritz Carleton et, durant le repas, il lui avait parlé de sa femme invalide, de son fils unique mort en bas âge. Quoique un peu grisée par le champagne qu'elle buvait pour la première fois, lorsqu'il lui avait proposé de l'installer dans un appartement, elle avait répondu :

«Je ne veux pas d'une cage où je serais prisonnière. Je veux travailler au magasin et devenir acheteuse. Un jour, j'aurai ma boutique à moi et je vous ferai concurrence.»

«Bravo ! avait-il dit. Je savais qu'en plus d'être belle vous étiez intelligente. Écoutez, je rêve de vous depuis que je vous ai vue. Je ne suis pas assez sot pour penser que je puisse vous inspirer une passion égale à la mienne. Mais si vous pensez pouvoir ressentir de l'affection pour moi, je suis prêt à m'employer à vous rendre heureuse, à vous donner une vie aussi douce qu'il sera en mon pouvoir de le faire.»

Ils avaient longuement discuté. Émilia était très flattée de la passion évidente qu'elle inspirait à cet homme. Lorsqu'il lui proposa d'occuper une chambre à l'hôtel le soir même, elle avait d'abord hésité, puis elle avait accepté. Le luxe de la chambre l'avait éblouie, de même que l'aisance avec laquelle son compagnon avait fait monter encore du champagne.

Il s'était montré un amoureux tendre, patient et délicat. Il l'avait dévêtue avec révérence, comme un officiant rendant hommage à une déesse, et lui avait fait l'amour expertement. Lorsqu'il avait découvert qu'elle était vierge, il avait été étonné. « Ma petite Émilia, je ne savais pas, je te revaudrai ça, mon petit oiseau doré, ma petite Tanagra... »

Émilia regarda soudain son neveu qui attendait sagement les explications promises.

— J'ai vécu cinq années de bonheur avec cet homme. Il m'a tout appris. Lorsqu'il est décédé subitement, j'ai tout perdu.

Elle ferma les yeux et songea à cette soirée de cauchemar où il s'était soudain affaissé dans son fauteuil. Elle s'était affolée, avait appelé un médecin qui avait mis beaucoup de temps à arriver. Il n'avait pu, d'ailleurs, que constater le décès. Puis, elle s'était trouvée devant le problème de mettre la famille au courant. Le neveu de sa femme qui était venu chercher le corps de son oncle était le même qui par la suite avait pris charge du magasin. Ah, celui-là ! Un personnage vulgaire, arrogant. Il avait osé lui faire des propositions et, lorsqu'elle avait refusé avec indignation, il avait souri méchamment.

« Je ne crois pas que tu puisses te permettre de refuser, ma belle. Le bel appartement meublé au flanc du mont Royal, ça coûte cher. Tu devrais te compter chanceuse qu'en occupant le bureau de mon oncle je consente également à occuper le lit de sa maîtresse. »

Lorsqu'il avait compris qu'elle ne céderait pas, il l'avait congédiée de son poste au magasin. Il avait même voulu la chasser de son appartement et reprendre les meubles, mais là, il s'était cassé les dents. Le bail était à son nom à elle et rien n'avait été payé par des chèques du Stein's Department Store.

Tout haut, elle dit :

— Le magasin est allé à un neveu. J'ai dû sous-louer mon appartement, déménager dans un garni en sous-sol et recommencer à zéro comme vendeuse dans un autre établissement. Il m'a fallu sept années de travail acharné pour remonter la pente. Durant ce temps, j'ai travaillé avec une jeune veuve à qui son mari avait laissé quelque bien. Ensemble, nous avons ouvert la boutique Marie-Émilie, rue Sherbrooke. Les débuts ont été difficiles mais, petit à petit, nous nous sommes bâti une clientèle, et des meilleures. Puis, mon associée s'est remariée avec un homme de Trois-Rivières et j'en ai profité pour acheter sa part. Je suis devenue seule propriétaire de Marie-Émilie. C'est alors que j'ai rencontré mon second mari.

De nouveau, tante Émilia se tut, perdue dans ses pensées. Jamais elle n'oublierait le jour où elle l'avait vu pour la première fois. Il était entré dans la boutique, accompagnant sa mère, et l'avait regardée en souriant : «Vous n'avez qu'une heure, mademoiselle, pour satisfaire tous ses goûts. Après, je reviendrai la reprendre. »

Puis, il s'était tourné vers sa mère et avait ajouté : «Tu ne me feras pas attendre, n'est-ce pas, maman? Tu sais que je dois sortir. »

Ce regard et ce sourire l'avaient perdue.

Pourquoi une femme de tête comme elle s'était-elle laissé prendre comme une adolescente naïve? Était-ce parce qu'il lui rappelait Arnold, un Arnold jeune, élégant, avec des cheveux noirs et des yeux bleus? Quoi qu'il en soit, pour la première fois de sa vie elle avait connu l'amour-passion, celui qui asservit, qui hante, qui blesse, qui fait fi de tout orgueil, de toute fierté, de toute dignité.

Elle avait trente-sept ans, lui vingt-six. La famille avait refusé d'assister au mariage. Un arrière-grand-père avait établi une solide fortune dans la confiserie et les cornichons et ses descendants avaient su la conserver et l'augmenter. Frayant dans la meilleure société, ils s'étaient interdit d'envisager l'union d'un fils cadet et d'une boutiquière «qui aurait pu être sa mère». Qu'importe. Il était devenu son mari et elle avait été heureuse de le gâter, même s'il l'avait blessée en refusant tout net de venir rencontrer sa famille à Saint-Mathieu. Elle aurait aimé, maintenant qu'elle avait convolé en justes noces, renouer avec sa famille. «J'ai bien voulu d'une boutiquière, avait-il dit dédaigneusement, mais je refuse absolument de fréquenter une tribu d'habitants.»

Elle avait payé très cher la passion aveugle qui l'avait précipitée dans cette union. Ses biens avaient coulé à vue d'œil pour satisfaire les goûts de son jeune mari pour le jeu et la noce. Vint le jour où elle avait vu l'existence même de sa boutique menacée par cette hémorragie incessante de fonds.

Quand elle s'était vue contrainte de lui refuser l'argent qu'il réclamait sans cesse, il l'avait quittée. Peu de temps après, il avait été mêlé à une affaire louche qui risquait d'aboutir devant les tribunaux. La famille l'avait expédié en France avec pension assurée tant qu'il ne remettrait pas les pieds de ce côté-ci de l'Atlantique.

Tout cela, Émilia l'avait appris d'une cliente amie de la famille qui adorait papoter et se complaisait dans la médisance.

Émilia n'avait jamais revu son mari. Elle avait repris son nom de jeune fille et se donnait pour veuve afin d'éviter les ennuis. N'avait-elle pas vu mourir d'une appendicite aiguë une de ses employées pendant qu'on cherchait en vain le mari dont elle n'avait pas eu de nouvelles depuis quinze ans mais dont le consentement à l'intervention chirurgicale était requis par la loi?

— Il ne vous a pas accompagnée, ma tante? demanda Jean-Pierre, qui trouvait que le silence s'éternisait.

Émilia le regarda, surprise.

— Qui veux-tu dire?

— Mais, votre second mari, ma tante.

Émilia secoua la tête.

— Non, je l'ai perdu également, un an et demi après notre mariage. Un accident… Alors, j'ai dû rebâtir de nouveau mon commerce, que j'avais un peu négligé. Dieu merci, j'ai réussi, j'ai très bien réussi. Même cette crise économique ne m'a guère affectée. Je vends des vêtements et des accessoires de luxe et il est connu que les dépressions appauvrissent les pauvres et enrichissent les riches.

Jean-Pierre regardait avec admiration cette femme qui s'était taillé une place si enviable dans la vie.

— Si je te raconte tout ça, Jean-Pierre, c'est pour te montrer que l'on n'arrive à rien sans effort. Je ne peux pas souffrir les gens qui disent: «Si j'avais eu la chance…» La chance, il faut la fabriquer de toutes pièces, ou la saisir quand elle passe. Mais attention! Il faut en payer le prix, ajouta-t-elle en appuyant sur les mots.

Elle se tut de nouveau, puis elle reprit :

— Depuis quelques années, je m'intéresse à la généalogie. J'ai fait retracer l'origine du nom Debrettigny et je veux maintenant te faire part de l'histoire du premier ancêtre venu de France au Canada. Pierre de Brettigny était le second fils d'Édouard de Brettigny, comte de Bervault. Nos ancêtres étaient nobles, Jean-Pierre («alors que ces faiseurs de cornichons étaient des roturiers de bas étage», ajouta-t-elle mentalement). Pierre de Brettigny était militaire et médecin, rattaché au régiment de Carignan-Salières. Son père était un ami personnel du marquis de Tracy, l'officier commandant de ce régiment. Il vint au Canada en 1665 et fit la connaissance de Louise Le Gardeur, la sœur cadette du célèbre capitaine Jean-Baptiste Le Gardeur, seigneur de Repentigny. Nous n'avons pas à rougir du sang qui coule dans nos veines, Jean-Pierre, et ce nom de Brettigny, je veux que tu le portes fièrement.

— Oui, ma tante, répondit-il, tout en se demandant où elle voulait en venir.

— Je crois qu'il est temps qu'il y ait de nouveau un médecin du nom de Pierre de Brettigny. As-tu jamais songé à être médecin ?

— Moi, ma tante ? Non… Comment est-ce que je pourrais ?

Tante Émilia sourit.

— Je n'ai jamais eu d'enfant, Jean-Pierre. Puisque tu es doué et que tu réussis bien, je serais prête à te payer des études, à te considérer comme mon fils.

Le cœur du jeune homme battait à se rompre.

— Mais, bégaya-t-il, je ne peux pas laisser papa tout seul…

— Ce n'est pas un problème insoluble. Je vais acheter la moitié du magasin. C'est un commerce, d'ailleurs, qui peut profiter d'un apport de capital. Avec cet argent, ton père pourra procéder aux améliorations qui s'imposent et embaucher un bon gérant qui travaillera sous ses ordres. Il y a tellement de jeunes gens de talent qui sont actuellement sans travail, on devrait pouvoir trouver quelqu'un de bien.

Une grande joie envahit Jean-Pierre. Libre, il serait libre. La cage s'ouvrait.

— Vous êtes sûre que je ne rêve pas, ma tante ?

— Non, Jean-Pierre. Seulement, attention ! Justement parce que nous sommes dans le domaine de la réalité, cette offre n'est pas sans conditions. J'ai tenu à te raconter mon histoire afin que tu saches que cet argent dont je dispose, je l'ai gagné durement. Je ne tolérerai pas de fainéantise. Il faudra que tu étudies ferme. Je veux non seulement que tu réussisses les examens, mais que tu sois parmi les premiers de classe.

— Oui, ma tante.

— Aussi, dit-elle d'un ton sévère, pas d'amourettes avant que tes études soient finies. Plus tard, tu feras un grand mariage.

Un instant, le visage de Margot flotta devant ses yeux, mais il s'en détourna.

— Oui, ma tante.

— Bon. Je suis contente de ton enthousiasme, mais sache que je ne céderai pas ni sur un point ni sur l'autre. Tu ne veux pas y réfléchir un peu avant de t'engager ? N'oublie pas que, si tu manques à ton engagement, j'agirai comme la méchante fée des contes d'enfant : le carrosse doré redeviendra citrouille. Je te renverrai dans l'Ontario-Nord et tu te débrouilleras par toi-même. Compris ?

— Oui, ma tante. J'ai compris et c'est tout réfléchi. Toute ma vie j'ai rêvé de ce que vous m'offrez. Vous ne le regretterez pas, tante Émilia, je vous l'assure.

Il était parfaitement sincère, à la manière de ceux qui s'engagent d'emblée sur une route dont ils ne voient pas l'issue.

Émilia sourit avec satisfaction.

— Donne le bras à ta vieille tante, mon grand, et allons souper. Toutes ces émotions m'ont creusé l'estomac.

CHAPITRE XXVI

L a nouvelle que Jean-Pierre partirait pour Montréal en août afin d'habiter chez sa tante et de commencer son cours de médecine à l'Université McGill plongea Rose-Delima dans une mélancolie qu'elle s'expliquait mal. Ce n'était pas qu'elle lui en voulait de cette chance inattendue. Sincèrement, elle se réjouissait du bonheur de son cousin. Mais, petit à petit, son univers se dépeuplait. Donald vivait à Toronto la plus grande partie de l'année et ne revenait qu'aux vacances, si brièvement. Maintenant, Jean-Pierre s'en irait. Le trio inséparable qui remontait à leur enfance n'était plus. Même Germain habitait Timmins et on ne le voyait que le dimanche.

Chaque jour, elle se rendait à l'école et y dispensait un enseignement mécanique d'où l'enthousiasme avait disparu. Heureusement qu'on était en juin. Bientôt, Donald serait là. Après les vacances, on verrait. Germain avait appris qu'il y aurait, à Timmins, des postes vacants et qu'elle pourrait poser sa candidature. Peut-être dans un autre milieu, avec l'appui d'autres professeurs, retrouverait-elle le goût de l'enseignement.

Lorsque la camionnette conduite par Paul qui la

ramenait à la maison tourna au coin de la route, elle aperçut immédiatement la grosse voiture noire des Gray devant la maison des Stewart. Une vague inquiétude l'envahit et son cœur se serra. Si les Gray étaient là, il ne pouvait s'agir que de Donald.

Aussi, lorsque sa mère lui apprit qu'ils y avaient passé tout l'après-midi, son inquiétude se muta en vive appréhension : Avait-il eu un accident ? Était-il malade ?

De la fenêtre de sa chambre, elle guetta le départ des Gray. Dès qu'elle vit la voiture reprendre la route, elle n'y tint plus et courut chez tante Rose. Elle la trouva seule, assise près de la fenêtre, souriant vaguement.

— Vous avez eu des mauvaises nouvelles de Donald ? demanda-t-elle sans préambule.

— Mais non, pourquoi ?

L'angoisse qui étreignait sa poitrine la quitta. Si tout allait bien avec Donald, de quoi pourrait-elle s'inquiéter ?

— Quand j'ai vu l'auto des Gray, j'ai pensé qu'il lui était arrivé quelque chose.

— Il s'agit de tout autre chose, commença tante Rose, arborant toujours son mystérieux sourire. Monsieur Gray nous a demandé d'être discrets puisque la nouvelle n'est pas encore officielle.

— Quelle nouvelle ?

— Voilà, tu garderas cela pour toi, mais monsieur Gray vient d'être nommé vice-président de l'Abitibi Paper.

— Ah bon, dit Rose-Delima, soulagée, il doit en être très heureux.

— Ce n'est pas tout. Il déménage à Toronto la semaine prochaine. Ils vont rouvrir la grande maison qui appartenait à son père et nous offre, à Doug et à moi, d'aller habiter avec eux.

Tout chavira autour de Rose-Delima.

— Je ne vous verrai plus, dit-elle faiblement, ni vous ni Donald.

— Mais non, tu viendras nous visiter à Toronto, j'espère.

Toute préoccupée par son bonheur, elle racontait sans s'apercevoir de la détresse de la jeune fille.

— Ils ont été très sympathiques, tous les deux. John Gray a dit: «Puisque Donald est notre fils à tous les quatre, vous par le sang et nous par l'affection que nous lui portons, autant vaut habiter la même maison. D'abord, cette demeure est beaucoup trop grande pour ma femme et moi. J'y ferai aménager un appartement convenable pour vous et, comme nous aurons à recevoir beaucoup, vous pourrez aider ma femme à diriger le personnel de la maison. Votre mari, lui, pourra s'occuper des jardins. Je voudrais qu'il les fasse restaurer à leur ancienne splendeur. C'est un horticulteur tellement doué!»

Elle secoua la tête, incrédule.

— Je n'ose encore y croire. Ce sera comme à Londres, mais en mieux, beaucoup mieux. J'aurai Donald avec moi et je pourrai voir mon frère Ron. C'est comme un rêve...

La pluie tombait de plus belle lorsque Rose-Delima reprit le chemin du retour, une pluie persistante, monotone, qui mouillait ses cheveux et qui lavait les larmes ruisselant sur ses joues. Elle ne s'en apercevait pas. Une phrase martelait sans fin sa tête douloureuse: «Je ne le reverrai plus, je ne le reverrai plus...»

Lorsqu'elle entra dans la maison et qu'elle voulut répondre aux questions de sa mère, sa voix s'étrangla dans sa gorge et elle courut se réfugier dans sa chambre pour y ressasser à l'aise l'étendue de son malheur. Tante

Rose avait répété son invitation à venir les visiter à Toronto mais, si elle en jugeait par l'accueil froid que lui avait réservé Elizabeth Gray un jour où Donald l'avait amenée à leur résidence d'été, les Gray ne tiendraient pas à accueillir là-bas un rappel de l'enfance pauvre de Donald. Ils avaient d'autres ambitions pour lui.

Le dimanche suivant, Germain s'étonna de l'absence de sa sœur au repas dominical.

— Elle est en haut, dit sa mère. Il va falloir que tu lui parles. Ça n'a pas de sens. Elle va se rendre malade.

— Qu'est-ce qu'elle a?

— Depuis qu'elle a appris que les Stewart partaient pour Toronto, elle passe le plus clair de son temps dans sa chambre.

Germain se leva.

— J'y vais tout de suite, maman.

Il monta l'escalier et frappa à la porte.

— Lima?

— J'ai pas faim, je veux rien, dit une voix lasse.

Il poussa la porte et entra. Sa sœur était allongée sur son lit, les yeux clos. Il s'assit sur une chaise tout près et lui prit la main.

— Voyons, Lima, t'es pas raisonnable. Qu'est-ce que ça va te donner de te rendre malade?

Elle ne répondit pas.

— Ce n'est pas seulement parce que les Stewart partent pour Toronto, j'imagine. Tu n'es pas heureuse dans l'enseignement, c'est ça?

Elle soupira.

— Non, Germain. C'est vrai que je ne peux plus me décider à continuer dans l'enseignement. J'y crois plus. On peut pas les aider.

— Tu sais, je me suis déjà informé pour un poste pour toi à Timmins. Je crois que ça marcherait. Tu pourrais rester avec Georgette et moi. Est-ce que tu voudrais ça? Les écoles de Timmins ont quand même plus de ressources que la *S.S.* Bowman n° 4.

Les larmes coulèrent sur ses joues.

— Je sais plus qu'est-ce que je veux, Germain.

Son frère la regarda un instant.

— Je comprends que le départ des Stewart te bouleverse. T'as peur de plus revoir Donald, c'est ça?

Les larmes redoublèrent.

— Tante Rose part la semaine prochaine, dit-elle en sanglotant. Donald ne viendra pas cette année. Il ne viendra plus jamais!

Elle se leva et chercha un mouchoir dans le tiroir du bureau. Germain lui prit le bras et la força à se rasseoir.

— Tu ne peux pas comprendre ça, toi, Germain. T'as aimé Georgette et tu l'as épousée. Mais moi, j'ai perdu Donald pour de bon.

Une lueur de mélancolie traversa le regard de Germain. Il lui entoura les épaules d'un bras fraternel.

— Je te comprends peut-être plus que tu penses, Lima. Mais il ne s'agit pas de cela. On arrive à rien en se décourageant. Il faut lutter, il faut changer les choses. Qu'est-ce que tu voudrais faire vraiment? Partir d'ici?

Elle songea à la maison vide des Stewart, ou, pis encore, à des étrangers qui viendraient s'y installer.

— Oui.

— Si t'avais une chance d'aller étudier comme Jean-Pierre, ça te dirait quelque chose?

Elle demeura silencieuse un moment.

— Oui, dit-elle, j'aimerais aller étudier, apprendre,

devenir plus savante. Il me semble que plus ça va, moins je comprends quelque chose à la vie, au monde où nous vivons. Il doit bien y avoir une explication quelque part.

— Tu voudrais aller étudier à Toronto?

Toronto! Vivre dans la même ville que Donald. Un instant, la tentation lui vint, mais son orgueil lui disait qu'elle paraîtrait à son désavantage là-bas, qu'elle deviendrait vite un fardeau. Elle serait toujours la Canadienne française, fille d'un colon pauvre de Val-d'Argent. Jamais elle ne ferait partie du cercle d'amis huppés que Donald fréquentait.

Puis, une autre idée se fit jour dans son esprit. Si c'était là tout ce qu'elle pouvait raisonnablement espérer de la vie? Peut-être valait-il mieux le voir de temps à autre que de ne pas le voir du tout?

— Pourquoi me parles-tu de ça, Germain? Tu sais bien que c'est parfaitement inutile. Même si j'ai fait quelques économies durant mes deux années d'enseignement, c'est loin d'être suffisant pour entreprendre quatre années d'études.

— Mais non, c'est pas impossible, Lima. Mon hôtel réussit mieux que je l'avais espéré. Je suis prêt à t'aider.

La jeune fille secoua la tête.

— T'as déjà fait assez pour moi, Germain. T'as payé le pensionnat. Mais maintenant, je suis une grande personne, et je suis plus chanceuse que bien d'autres puisque je peux avoir du travail. Toi, tu as une famille à faire vivre maintenant.

— Écoute, Lima, quand papa est mort, je lui ai promis de m'occuper de maman et de la famille. Considère-le comme un prêt si tu veux, mais prépare-toi à retourner aux études en septembre. Seulement, il y a une condition.

— Laquelle?

La réponse vint, directe et brutale.

— Arrête de brailler et secoue-toi un peu. T'es une Marchessault, bon Dieu! Tu penses que nos parents ont perdu leur temps à brailler après le grand feu, alors qu'ils avaient tout perdu? Tu sais, c'est quand on perd tout qu'on voie ce qu'on est vraiment. Là, on peut voir si on est parmi les courageux qui continuent à lutter, ou parmi les lâches qui se laissent couler. T'as compris?

— Oui, Germain.

— Pour commencer, tu vas descendre en bas dîner comme tout le monde. On peut pas combattre quand on a rien dans le ventre. Est-ce que j'ai raison, oui ou non?

— Oui, Germain, t'as raison. C'est une mauvaise habitude que t'as d'avoir toujours raison.

Son frère se mit à rire.

— Enfin, une petite étincelle dans la cendre. Y a peut-être encore de l'espoir. Allons manger, Lima.

Ensemble ils descendirent l'escalier.

Par la portière du train qui l'emporterait vers le Sud, Rose-Delima agitait la main en réponse aux adieux de la famille groupée sur le quai de la gare. À l'arrière, elle aperçut la figure pâle et triste de Margot. Jean-Pierre était parti à la mi-août pour Montréal. «Au moins, se dit-elle, elle peut toujours espérer voir Jean-Pierre aux vacances. »

Dans un nuage de fumée noire, le train s'ébranla. Lorsque la gare disparut, elle s'installa près de la fenêtre et se mit à regarder le paysage familier qui fuyait à une vitesse accélérée sous ses yeux et qu'elle quittait maintenant : les épinettes noires aux cimes acérées ; les grands pins solidement ancrés, défiant le vent du nord ; les trembles sans cesse en mouvement ; les prairies où les grandes herbes parsemées de fleurs ondulaient comme des vagues sous le vent ; le sol né de cataclysmes préhistoriques, de glaciations et d'inondations successives ; les cours d'eau et les lacs sans nombre qui relançaient vers le ciel les rayons du soleil d'août en un défi éblouissant.

Le parcours du feu de 1916 se distinguait encore nettement, mais la nature patiente s'employait inlassablement à restaurer la forêt.

C'était le pays de l'espoir viscéral, où une espèce prépare la voie à une autre, où les cônes des grands pins gris, dans l'agonie du feu, éclatent et dispersent au loin les graines qui germeront dix jours plus tard et s'empareront du territoire ; où les épinettes noires, s'avançant en rangs si serrés qu'ils arrêtent la lumière et suppriment les autres espèces, reviennent inexorablement reconquérir le sol natal, recréant ainsi la diversité de la forêt boréale.

Ici, la loi de la sélection naturelle agissait pleinement : les faibles périssaient, les forts vainquaient.

C'était sa patrie. Elle y était née, elle avait grandi dans ce pays austère qui enseignait le courage et l'ingénuité, forçant chaque jour ses enfants à donner leur pleine mesure s'ils voulaient survivre. Elle ne se laisserait pas abattre par les circonstances ; elle lutterait.

Elle eut soudain la conviction très nette qu'un jour elle retrouverait Donald.

TABLE DES MATIÈRES

9 782894 232743